# 《申报·自由谈》杂文选

## （1932—1935）

SHENBAO · ZIYOUTAN　ZAWENXUAN

唐　弢 | 主编　　陈子善　王锡荣 | 编选

上海科学技术文献出版社
Shanghai Scientific and Technological Literature Press

图书在版编目（CIP）数据

《申报·自由谈》杂文选：1932-1935/ 唐弢主编；陈子善，王锡荣编选．—上海：上海科学技术文献出版社，2023

ISBN 978-7-5439-8897-2

Ⅰ．①申…　Ⅱ．①唐…②陈…③王…　Ⅲ．①杂文集—中国—现代　Ⅳ．①I266.1

中国国家版本馆 CIP 数据核字（2023）第 136741 号

组稿编辑：朱文秋
责任编辑：李　莺　栾　鑫
策　　划：黄显功
封面设计：张琳洁

《申报·自由谈》杂文选：1932-1935
SHENBAO ZIYOUTAN ZAWENXUAN: 1932-1935
唐　弢　主编　陈子善　王锡荣　编选
出版发行：上海科学技术文献出版社
地　　址：上海市长乐路 746 号
邮政编码：200040
经　　销：全国新华书店
印　　刷：商务印书馆上海印刷有限公司
开　　本：880mm×1230mm　1/32
印　　张：13.25
插　　页：4
字　　数：297 000
版　　次：2023 年 8 月第 1 版　2023 年 8 月第 1 次印刷
书　　号：ISBN 978-7-5439-8897-2
定　　价：88.00 元
http://www.sstlp.com

谨以本书

纪念《申报》创刊一百五十周年

《申报·自由谈》作者廖沫沙先生为 1987 年版《〈申报·自由谈〉杂文选（1932—1935）》的题签

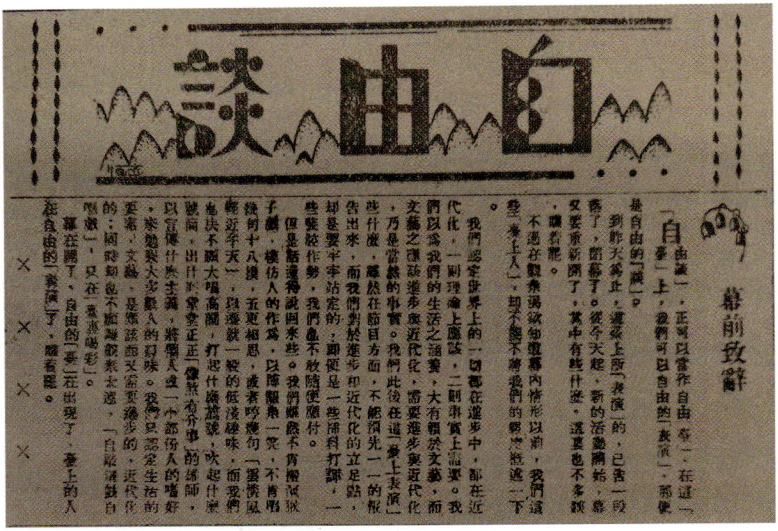


幕前致辭

「自由談」，正可以當作自由「臺」，在這「臺」上，我們可以自由的「表演」，那便是自由的「談」。

到昨天為止，這臺上所「表演」的，已告一段落了，閉幕了。從今天起，新的活動開始，幕又要重新開了，其中有些什麼，這裏也不多說，讓看罷。

不過在觀衆渴欲知道幕內情形以前，我們這些「臺上人」，却不能不將我們的態度概述一下。

我們認定世界上的一切都在進步中，都在近代化，一則理論上應該，二則事實上需要。我們以為我們的生活之涵義，大有賴於文藝，而文藝之應該進步與近代化，需要進步與近代化，乃是當然的事實。我們此後在這「臺上表演」些什麼，雖然在節目方面，不能預先一一的報告出來，而我們對於進步和近代化的立足點，却是要牢牢站定的，即便是一些插科打諢，一些裝腔作勢，我們也不敢隨便應付。

但是話還得說回來些。我們雖然不肯搬演猴子戲，模仿人的作為，以博觀衆一笑，不肯唱「十八摸」，「五更相思」，或者哼幾句「[illegible]」，以遷就一般的低淺趣味，而我們也決不願大唱高調，打起什麼旗號，吹起什麼號筒，出什麼「堂堂正正」「像煞有介事」的法師，以宣傳什麼主義，將觀衆或一小部份人的嗜好，來勉强大多數人的口味。我們只認定生活的要素，文藝，是應該而又需要進步的，近代化的；同時却也不願離觀衆太遠，「自鳴清[illegible]」，只在「[illegible]喝彩」。

幕在開了，自由的「臺」在出現了，臺上的人在自由的「表演」了，請看罷。

× × × ×

《幕前致辞》

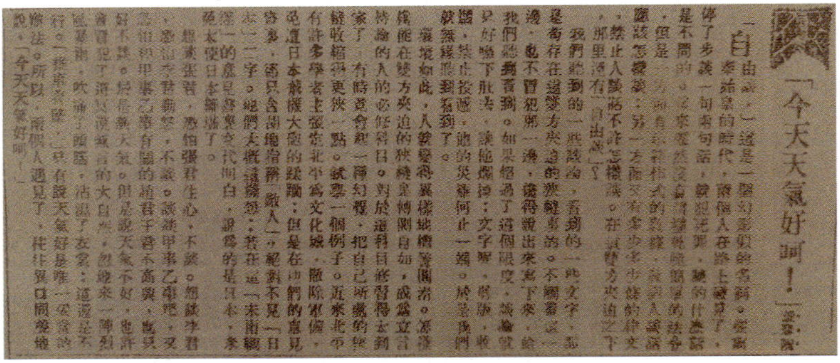

「今天天氣好呵！」 聖陶

叶圣陶《“今天天气好呵！”》

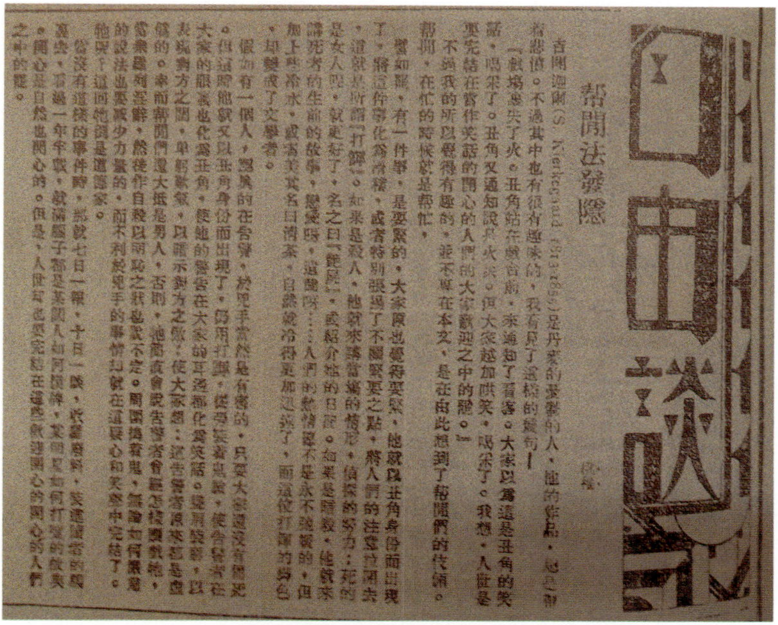

自由談

## 幫閑法發隱

桃椎

吉開迦爾(S. Kierkegaard 1813-55)是丹麥的憂鬱的人，他的作品，總是帶著悲憤。不過其中也有很有趣味的，我看見了這樣的幾句——

「戲場裏失了火。丑角站在戲台前，來通知了看客。大家以為這是丑角的笑話，喝采了。丑角又通知說是火災。但大家越加哄笑，喝采了。我想，人世是要完結在當作笑話的開心的人們的大家歡迎之中的罷。」

不過我的所以覺得有趣的，並不專在本文，是在由此想到了幫閑們的伎倆。幫閑，在忙的時候就是幫忙，

譬如罷，有一件事，是要緊的，大家原也覺得要緊，他就以丑角身份而出現了，將這件事變化為滑稽，或者特別張揚了不關緊要之點，將人們的注意拉開去，這就是所謂「打諢」。如果是殺人，他就來講當場的情形，偵探的努力；死的是女人呢，那就更好了，名之曰「艷屍」，或介紹她的日記。如果是暗殺，他就來講死者的生前的故事，戀愛呀，遺聞呀……人們的熱情原不是永不弛緩的，但加上些冷水，或者美其名曰清茶，自然就冷得更加迅速了，而這位打諢的腳色，卻變成了文學者。

假如有一個人，認真的在告警，於兇手當然是有害的，只要大家還沒有聽完，但這時他就又以丑角身份而出現了，仍用打諢，從旁裝著鬼臉，使告警者在大家的眼裏也化為丑角，使他的警告在大家的耳邊都化為笑話。聳肩裝窮，以表現對方之闊，卑躬歎氣，以暗示對方之傲；使大家心裏想：這告警者原來都是虛偽的。幸而幫閑們還大抵是男人，否則，她簡直會說告警者曾經怎樣調戲她，當眾羅列淫辭，然後作自殺以明恥之狀也說不定。周圍搗着鬼，無論如何嚴肅的說法也要減少力量的，而不利於兇手的事情卻就在這疑心和笑聲中完結了。他呢？這回是道德家。

當沒有這樣的事件時，那就七日一報，十日一談，收羅廢料，裝進讀者的腦裏去，看過一年半載，就滿腦子都是某闊人如何摸牌，某明星如何打嚏的典故。開心是自然也開心的。但是，人世卻也完結在這些歡迎開心的開心的人們之中的罷。

桃椎(鲁迅)《帮闲法发隐》

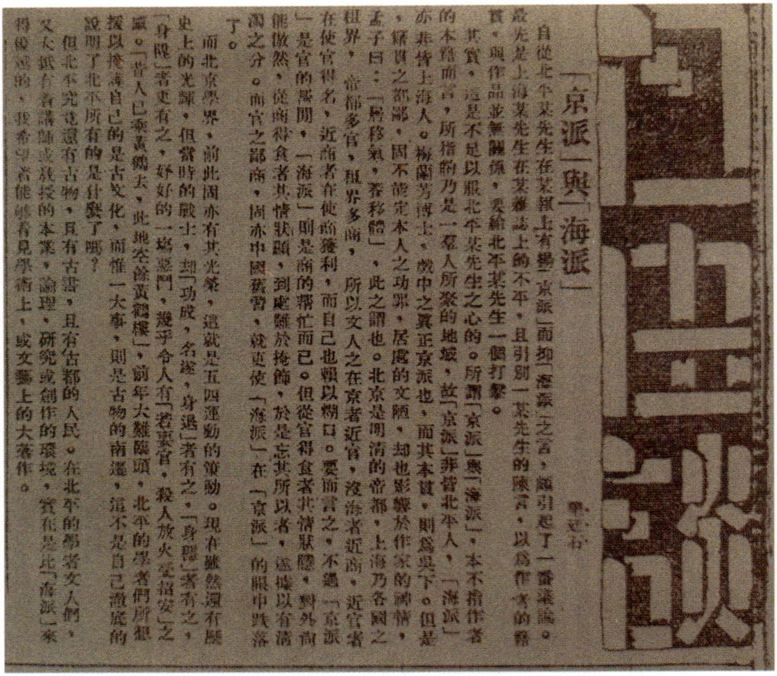

## 「京派」與「海派」

欒廷石

自從北平某先生在某報上有揚「京派」而抑「海派」之言，頗引起了一番議論。最先是上海某先生在某雜誌上的不平，且引別一某先生的陳言，以為作者的籍貫，與作品並無關係，要給北平某先生一個打擊。

其實，這是不足以服北平某先生之心的。所謂「京派」與「海派」，本不指作者的本籍而言，所指的乃是一群人所聚的地域，故「京派」非皆北平人，「海派」亦非皆上海人。梅蘭芳博士，戲中之真正京派也，而其本貫，則為吳下。但是，籍貫之都鄙，固不能定本人之功罪，居處的文陋，卻也影響於作家的神情，孟子曰：「居移氣，養移體」，此之謂也。北京是明清的帝都，上海乃各國之租界，帝都多官，租界多商，所以文人之在京者近官，沒海者近商，近官者在使官得名，近商者在使商獲利，而自己也賴以糊口。要而言之，不過「京派」是官的幫閒，「海派」則是商的幫忙而已。但從官得食者其情狀隱，對外尚能傲然，從商得食者其情狀顯，到處難於掩飾，於是忘其所以者，遂據以有清濁之分。而官之鄙商，固亦中國舊習，就更使「海派」在「京派」的眼中跌落了。

而北京學界，前此固亦有其光榮，這就是五四運動的策動。現在雖然還有歷史上的光輝，但當時的戰士，卻「功成，名遂，身退」者有之，「身穩」者有之，「身陞」者更有之，好好的一場惡鬥，幾乎令人有「若要官，殺人放火受招安」之感。「昔人已乘黃鶴去，此地空餘黃鶴樓」，前年大難臨頭，北平的學者們所想援以掩護自己的是古文化，而惟一大事，則是古物的南遷，這不是自己徹底的說明了北平所有的是什麼了嗎？

但北平究竟還有古物，且有古書，且有古都的人民。在北平的學者文人們，又大抵有着講師或教授的本業，論理，研究或創作的環境，實在是比「海派」來得優越的，我希望着能夠看見學術上，或文藝上的大著作。

栾廷石（鲁迅）《“京派”与“海派”》

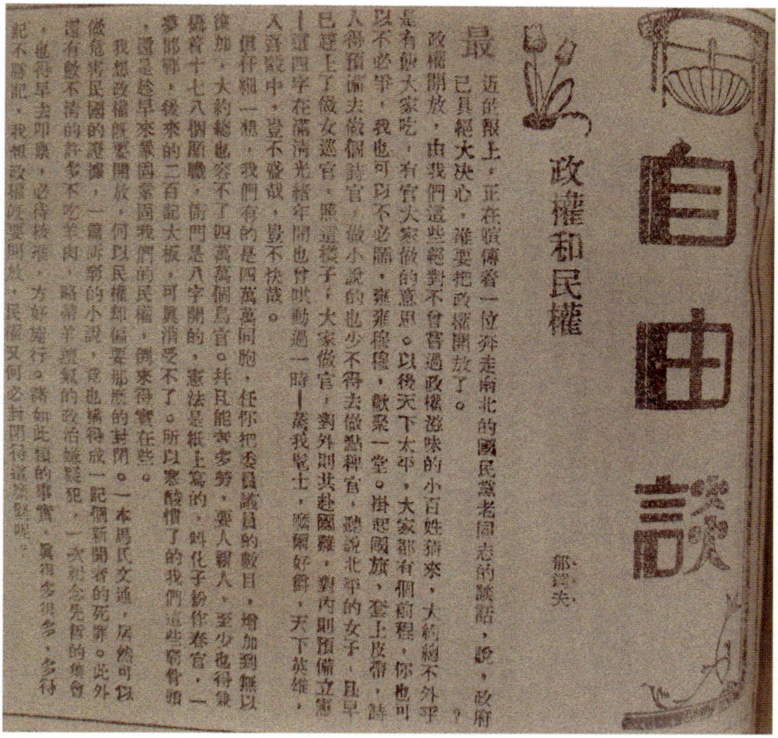


最近的報上，正在喧傳着一位奔走南北的國民黨老同志的談話，說，政府已具絕大決心，確要把政權開放了。

政權開放，由我們這些絕對不曾嘗過政權滋味的小百姓猜來，大約總不外乎是有飯大家吃，有官大家做的意思。以後天下太平，大家都有個前程，你也可以不必爭，我也可以不必鬧，雍雍穆穆，歡聚一堂。掛起國旗，套上皮帶，詩人得預備去做個詩官，做小說的也少不得去做點稗官，聽說北平的女子，且早已選上了做女選官，照這樣子，大家做官，對外則共赴國難，對內則預備立憲——這四字在滿清光緒年間也曾哄動過一時——蒸我髦士，縻爾好爵，天下英雄，入吾彀中，豈不盛哉，豈不快哉。

但仔細一想，我們有的是四萬萬同胞，任你把委員議員的數目，增加到無以復加，大約總也容不了四萬萬個烏官。並且能者多勞，要人兼人，至少也得兼着十七八個閑職，衙門是八字開的，憲法是紙上寫的，叫化子扮作春官，一夢那鄉，後來的二百記大板，可真消受不了。所以寒酸慣了的我們這些窮骨頭，還是趁早來要回我們的民權，倒來得實在些。

我想政權既要開放，何以民權卻偏要那麼的封閉。一本馬氏文通，居然可以做危害民國的證據，一篇尋常的小說，竟也構得成一記個新聞者的死罪。此外還有數不清的許多不吃羊肉，略帶羊羶氣的政治嫌疑犯，一次紀念先哲的集會，也得早去印票，必得核准，方好施行。諸如此類的事實，真得多很多，多得記不勝記，我想政權既要開放，民權又何必封閉得這樣緊呢？

郁达夫《政权和民权》

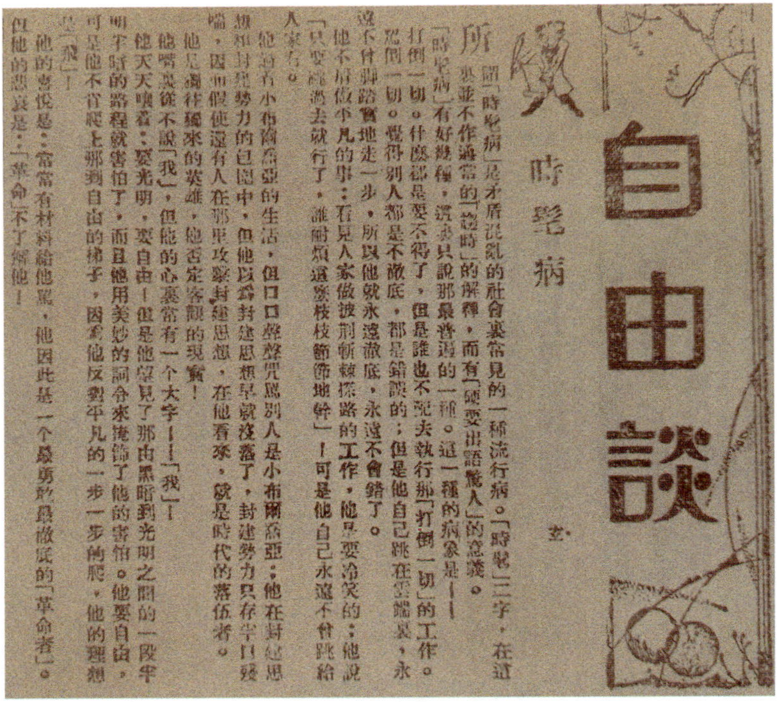

# 自由談

## 時髦病

玄

所謂「時髦病」是矛盾混亂的社會裏常見的一種流行病。「時髦」二字，在這裏並不作適當的「趁時」的解釋，而有「硬要出語驚人」的意義。

「時髦病」有好幾種，這裏只說那最普遍的一種。這一種的病象是——打倒一切。什麼都是要不得了，但是誰也不想去執行那「打倒一切」的工作。罵倒一切。覺得別人都是不徹底，都是錯誤的；但是他自己跳在雲端裏，永遠不肯腳踏實地走一步，所以他就永遠徹底，永遠不會錯了。

他不屑做平凡的事：看見人家做披荆斬棘探路的工作，他只要冷笑的；他說「只要跳過去就行了，誰耐煩這麽枝枝節節地幹」！可是他自己永遠不肯跳給人家看。

他過着小布爾喬亞的生活，但口口聲聲咒罵別人是小布爾喬亞；他在封建思想和封建勢力的包圍中，但他以爲封建思想早就沒落了，封建勢力只存苟延殘喘，因而假使還有人在那里攻擊封建思想，在他看來，就是時代的落伍者。

他是獨往獨來的英雄，他否定客觀的現實！

他嘴裏從不說「我」，但他的心裏常有一个大字——「我」！

他天天喚着：要光明，要自由！但是他望見了那由黑暗到光明之間的一段艱辛的路程就害怕了，而且他用美妙的詞令來掩飾了他的害怕。他要自由，可是他不肯爬上那到自由的梯子，因爲他反對平凡的一步一步向爬，他的理想是「飛」！

他的喜悅是：常常有材料給他罵，他因此是一个最勇敢最徹底的「革命者」。但他的悲哀是：「革命」不了解他！

玄（茅盾）《时髦病》

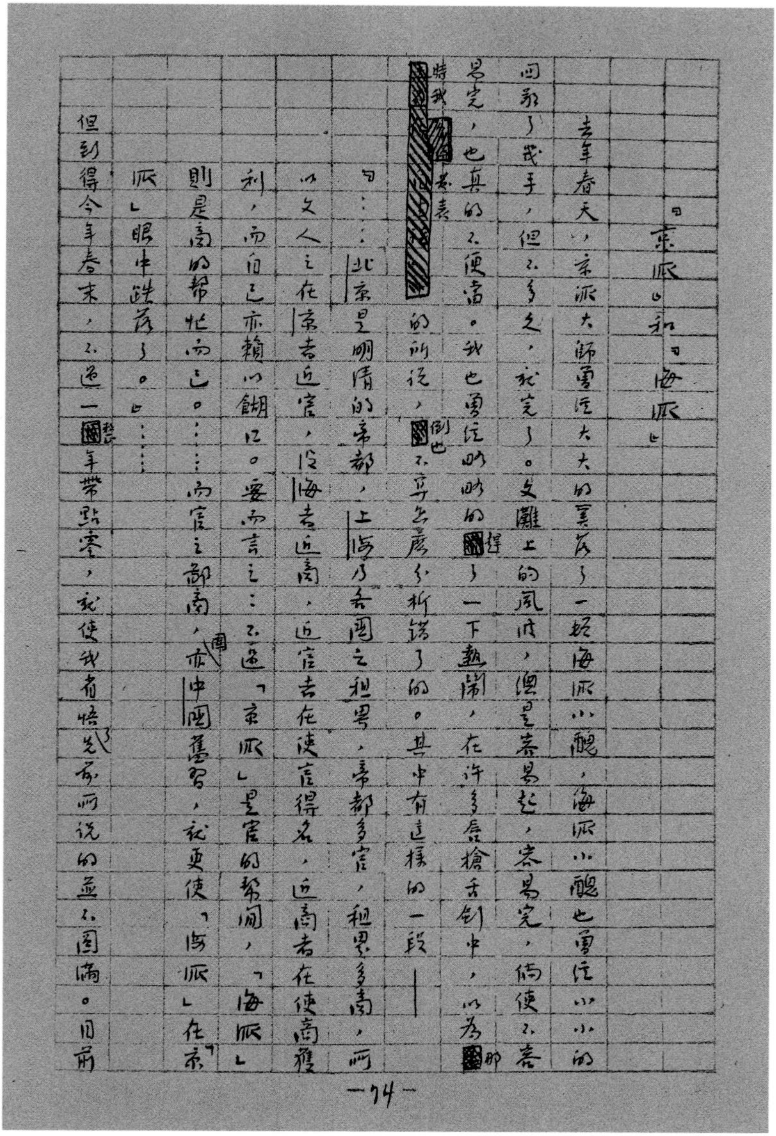

「京派」和「海派」

去年春天，京派大师曾经大大的奚落了一顿海派小丑，海派小丑也曾经小小的回敬了几手，但不多久，就完了。文坛上的风波，总是容易起，容易完，倘使不容易完，也真的不便当。我也曾经略略的赶了一下热闹，在许多唇枪舌剑中，以为那时我的所说，倒也不算怎么分析错了的。其中有这样的一段——

「北京是明清的帝都，上海乃各国之租界，帝都多官，租界多商，所以文人之在京者近官，没海者近商，近官者在使官得名，近商者在使商获利，而自己亦赖以糊口。要而言之：不过「京派」是官的帮闲，「海派」则是商的帮忙而已。……而官之鄙商，固亦中国旧习，就更使「海派」在「京派」眼中跌落了。」……

但到得今年春末，不过一年有零，就使我省悟了先前所说的并不圆满。目前

—74—

鲁迅《“京派”和“海派”》手稿首页

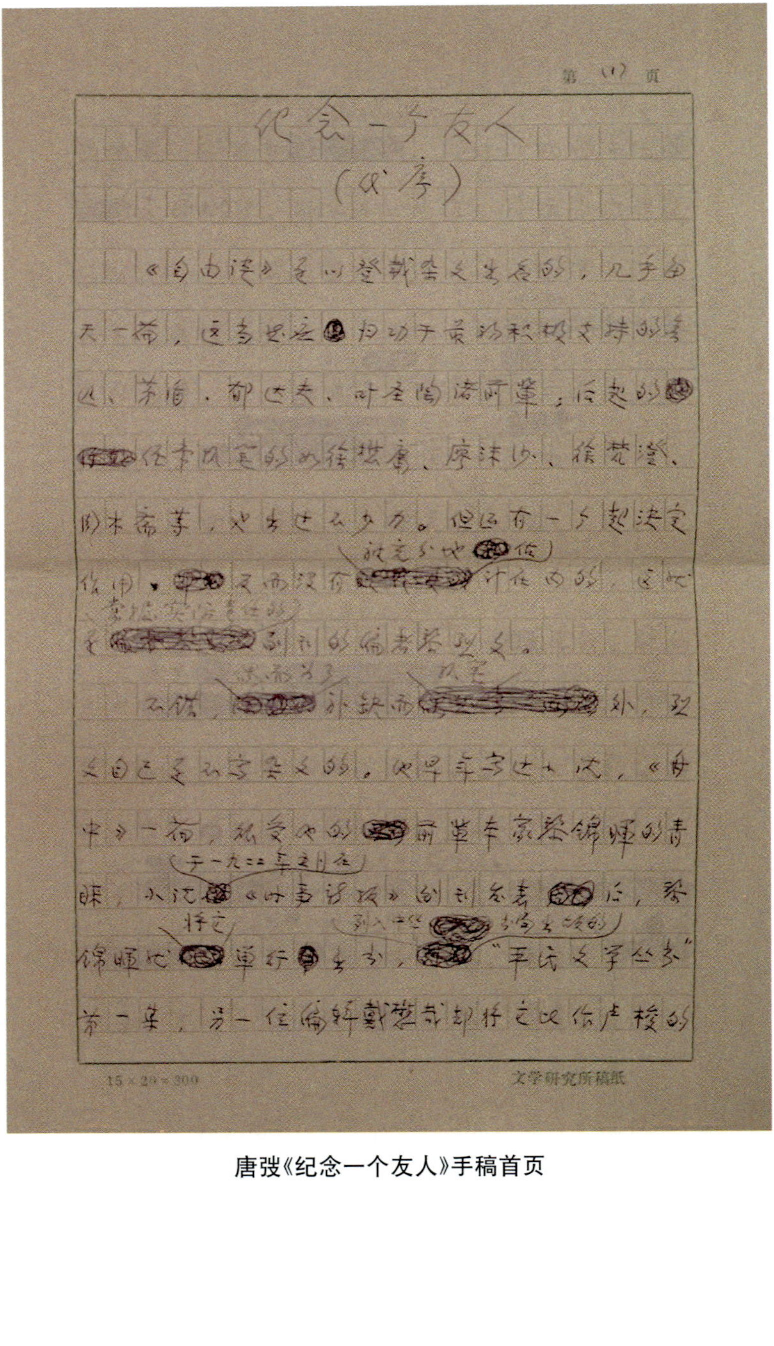

唐弢《纪念一个友人》手稿首页

# 目 录

## 一九三四年

## 一九三五年

**新版附录**

## 代序

# 纪念一个友人

唐 弢

《自由谈》是以登载杂文出名的，几乎每天一篇，这当然应归功于最初积极支持的鲁迅、茅盾、郁达夫、叶圣陶诸前辈；后起的经常执笔的如徐懋庸、廖沫沙、徐梵澄、周木斋等，也出过不少力。但还有一个起决定作用、反而没有被充分地估计在内的，这就是掌握实际责任的副刊的编者黎烈文。

不错，偶尔为了补缺而执笔外，烈文自己是不写杂文的。他早年写过小说，《舟中》一篇，很受他的前辈本家黎锦晖的青睐，小说于一九二二年五月在《时事新报》副刊发表后，黎锦晖就将它单行出书，列入中华书局出版的“平民文学丛书”第一集，另一位编辑戴懋哉却将它比作卢梭的《忏悔录》，认为不宜流布，卖出十几册后就把余书烧毁了。到一九二七年，泰东书局将烈文的十二个短篇结集，书名即为《舟中》。他的小说感情真挚，文字明洁，这些都是他出国以前的事情，却已流露出这位青年作者在文学方面的才华和风格。他后来就以漂亮的笔墨写散文，译小说，努力提高自己的艺术的成就。

黎烈文先到日本，后到法国，一九三二年从法国回来，接编

《自由谈》，于十二月一日起革新。他自己也写些小品短文，还译了赖纳的《红萝卜须》和莫泊桑的《两兄弟》，在副刊上连载。稍后写的散文《秋外套》《崇高的母性》，译的小说罗逖的《冰岛渔夫》、梅里美的《伊尔的美神》，都被称为一时的名作和佳译。这些似乎和杂文无关，但每天发表一篇杂文，却是出于他的坚持和经营。烈文一方面利用文艺界熟人关系，邀约几位常写杂文随笔的前辈，带头开路，例如一九三三年初的一个题为《编辑室》的启事说："编者为使本刊内容更为充实起见，近来约了两位文坛老将何家干先生和玄先生为本刊撰稿，希望读者不要因为名字生疏的缘故，错过'奇文共赏'的机会！"（一月三十日）这是已经约定鲁迅、茅盾经常撰写杂文的暗示；另一方面，又声明"《自由谈》不是一个人或一部分人的《自由谈》"，请广大的作者投稿支持，仍以杂文为重点，一则曰："本刊日来所收稿件，以短篇小说为多，希望投稿诸君以后改寄描写实际生活之文字，或含有深意之随笔杂感等，……"（一九三二年十二月十九日）再则曰："近日本刊收到关于文艺方面之稿件甚多，希望投稿的先生们以后改寄一点别方面的稿件，以资调剂，五六百字之小品随笔，尤为欢迎。"（一九三三年八月四日）呼吁投寄杂感随笔的启事，在黎烈文编辑任内，几乎是经常出现的。事实证明了他对杂文的重视。一个刊物应当有自己的性格，编者能够不以个人的长短好恶去左右趋向已明的刊物的性格，合乎逻辑地一任其发展，这是学术上值得称道和提倡的风气。

《自由谈》提倡杂文，编者黎烈文本人却不写杂文，他擅长的是散文和译作，有较高的艺术鉴赏力。后来我才知道，这是和他青年时代所受家庭教育和个人努力分不开的。烈文任职商务印书馆时，专心向学，对中国古典文学和传统艺术有较深的修养；

在日本和法国专攻文学，融会贯通，独得于心。他的前妻严冰之(蘘影)是旅欧同学，象他一样非常喜欢梅里美，还译过这位法国作家的几个短篇。夫妻情好弥笃，不幸婚后不久便死于产褥热，烈文写了好几篇文章纪念她，包括前面提到的《秋外套》和《崇高的母性》。他告诉我：因为要使孩子将来记住曾经有过一个愿意为他牺牲一切的母亲，因此给他取名为“念慈”(后改念之)。

《自由谈》每天占《申报》半版，共分六栏，千字左右的杂文三栏直排，正好一个方块，二栏则成长方形，对角加花边，后来又发展到全文加花边，这就是所谓“花边文学”。就因为这些“花边文学”触犯国民党当局，烈文终于登出了“吁请海内文豪，从兹多谈风月”的启事；不顶用，又终于被挤出了申报馆。他一面和鲁迅、茅盾积极筹备以后由黄源编辑的《译文》，一面夜以继日地译书，但仍没有忘记对杂文的提倡。他在兼做母亲的忙碌杂乱生涯中，担任了《太白》的编辑委员。《太白》停刊以后，计划自己编个刊物，这便是一九三六年问世的《中流》。《中流》创刊号《献词》说：“近来新出的纯文艺杂志虽多，但侧重杂文随笔的刊物，尚不多见；我们想在这方面凑凑热闹，便产生了《中流》。”《中流》这个刊名是鲁迅取的。当时林语堂在一篇文章里说：他爱读极上流书或极下流书，上流如佛老孔孟庄生，下流如小调童谣、民歌盲词、泼妇骂街、船婆毒咒等，只有中流偷下袭上，最无足观，他不喜爱。将刊物命名《中流》，是针对这段话而发的，说明这里登的无非是林语堂所不喜欢的中流文章，这仍然是《自由谈》上关于小品文论争的一个心照不宣的继续。

“八一三”战争爆发，我还为烈文和茅盾、巴金合编的《烽火》(初名《呐喊》)写过短文。以后他带着孩子回湖南老家去了，彼此失去联系。不久，我陆续收到从福建永安寄来的书刊，才知道他到了永安，主持改进社，编综合性刊物《改进》。他要我寄一些在那里买不到的小东西，如刮胡子的刀片之类，我们恢复了通信。他还为靳以、王西彦先后主编的《现代文艺》约写杂文随笔，我尽力而为；也是由于他的建议，又在“现代文艺丛刊”第一辑里出了一本杂文集：《劳薪辑》。

有人说，烈文很会做官，在福建几年深得陈仪的信任，据我所知，这是不确的，他并不得意。一九四一年夏季，烈文写信给我，委托我找个职业。我接触的社会面很小，而能使烈文发挥其所长的事情也不多，因此写信给西谛（郑振铎），希望他在暨南大学代谋一个教书的位置。我只看到“孤岛”畸形发展，人口增多，开办学校（其实都是中学）不少，而不知暨大从真如搬到市区，文学院局处康脑脱路（现在的康定路）一座小楼里，毫无发展余地，西谛告诉我这个情形，又在九月二十五日的信里说：“烈文事，未能帮忙，甚为惭愧！”几个月后，日军进袭珍珠港，太平洋战争爆发，学校停办，内地和上海的音讯，也从此断绝了。

战争结束，大约是一九四七年吧，烈文曾一度回到上海，他到邮局看我，我和他到四川路桥堍一家新开的饭馆里便餐，这时我才知道他已和雨田（许粤华）结婚，生活还好，事业却不顺利。雨田在上海时和我熟悉，为人温顺，处事干练，我觉得他们是很合适的一对。过不多久，和谈破裂，局势急转直下，烈文匆匆回去。以后他从台湾来信，说是担任报馆编辑，又在台湾大学兼一点课，和许寿裳、乔大壮、台静农同事。我想起鲁迅请乔大壮书《离骚》诗句的事，寄了几张宣纸，请他和许寿裳、乔大壮写字，许先生和乔先生写的是自作诗，烈文则写了杜甫的一首七言古风：《苏端薛复筵简薛华醉歌》，只写到“近来海内为长句，汝与山东李白好”，宣纸将尽，没有终篇，但读其中“垂老恶闻战鼓悲，急觞为缓忧心捧，少年努力纵谈笑，看我形容已枯槁……”一曲醉歌，聊以自喻。偶忆当年情意，不禁为之黯然。

两地暌隔以后，什么消息也没有了，有时从朋友处听到一点传闻，矛盾百出，疑信参半。直至我去香港，方才确证烈文已于一九七二年十月在台湾病故，身后萧条，有关当局派人给他家属送钱，雨田继承遗志，婉言谢绝，始终保持清贫自守的本色。呜呼，巧言令色，君子所耻。一个人立身处世，待人接物，本应有一定的准则。烈文与“扫帚文人”作战，坚韧不拔，在浮言蜚语中度过一生，不把他人当踏脚板，曾无半句打扮自己的话。言行一致，温文真率，他的提倡杂文，或者也正是这种精神的一个体现吧，我想。

现在，鲁迅逝世已经五十年了，烈文离开我们也已一十四年。方行同志继一九八一年擘划影印《申报》副刊《自由谈》之后，又和丁景唐同志商量，主张从《自由谈》上选一本杂文出版，并把这一工作委交给我。我虽然了解一些当时的情形，但因杂务羁身，水平有限，只能提些原则性意见，具体工作，完全由陈子善、王锡荣两同志负责。他们两位勾检校读，用力甚劬，编选既定，要我写几句话，我想起最初革新《自由谈》并且积极提倡杂感随笔的黎烈文，聊记数行，以代序言。

一九八五年八月二十日

# 一九三二年

# 幕前致辞*

编 者(黎烈文)

《自由谈》,正可以当作自由"台"①,在这"台"上,我们可以自由的"表演",那便是自由的"谈"。

到昨天为止,这台上所"表演"的,已告一段落了,闭幕了。从今天起,新的活动开始,幕又要重新开了,其中有些什么,这里也不多谈,瞧着罢。

不过在观众渴欲知道幕内情形以前,我们这些"台上人",却不能不将我们的态度概述一下。

我们认定世界上的一切都在进步中,都在近代化,一则理论上应该,二则事实上需要。我们以为我们的生活之涵养,大有赖于文艺。而文艺之应该进步与近代化,需要进步与近代化,乃是当然的事实。我们以后在这"台"上表演一些什么,虽然在节目方面,不能预先一一的报告出来,而我们对于进步和近代化的立足点,却是要牢牢站定的,即便是一些插科打诨,一些装腔作势,我们也不敢随便应付。

但是话还得说回来些。我们虽然不肯搬演猴子戏,模仿人

---

* 《申报·自由谈》创刊于1911年8月24日,先后经王钝根、姚鹓雏、周瘦鹃等主编,自是日起改由黎烈文主编,进行改革,此为其开场白。

① 吴语"谈"与"台"同音,故谓。

的作为，以博观众一笑，不肯唱几句十八摸，五更相思，或者哼几句“云淡风轻近午天”，以迁就一般的低浅趣味，而我们也决不愿大唱高调，打起什么旗号，吹起什么号筒，出什么堂堂正正“象煞有介事”的雄师，以宣传什么主义，将个人或一小部分人的嗜好，来勉强大多数人的口味。我们只认定生活的要素——文艺，是应该而又需要进步的，近代化的；同时却也不愿离观众太远，“自敲锣鼓自唱戏”，只在“台里喝彩”。

幕在开了，自由的“台”在出现了，台上的人在自由的“表演”了，瞧着罢。

（原载一九三二年十二月一日）

# “今天天气好呵！”

叶圣陶

“自由谈”，这是一个幻影似的名词。从前秦始皇的时代，两个人在路上碰见了，停了步谈一句两句话，就犯死罪，谈的什么话是不问的。后来虽然没有这样干脆简单的法令，但是一方面有示范作式的教条，教训人谈话应该怎样谈；另一方面又有多少多少条的律文，禁止人谈话不许怎样谈。在这双方夹迫之下，那里还有“自由谈”？

我们听到的一些谈论，看到的一些文字，都是苟存在这双方夹迫的狭缝里的。不触着这一边，也不冒犯那一边，才得说出来写下来，给我们听到看到。如果超过了这个限度，谈论就只好咽下肚去，让他烂掉；文字呢，劈版，收缴，禁止投递，他的灾难何止一端。于是我们就无缘听到看到了。

环境如此，人就变得异样地机警圆滑。怎样才能在双方夹迫的狭缝里转侧自如，成为立言持论的人的必修科目。对于这科目修习得太到家了，有时竟会起一种幻觉，把自己所处的狭缝收缩得更狭一点。试举一个例子。近来北平有许多学者主张定北平为文化城，撤除军备，免遭日本飞机大炮的蹂躏；但是在他们的意见书里，却只含糊地指称“敌人”，绝对不见“日本”二字。他们大概这样想：若在这“未雨绸缪”的意见书里交代明白，说为的是日本，未免太使日本难堪了。[1]

想谈张君，恐怕张君生心，不谈。想谈李君，恐怕李君动怒，不谈。谈谈甲事乙事吧，又恐怕和甲事乙事有关的赵君王君不高兴，也只好不谈。于是谈天气。但是说天气不好，也许会冒犯了这冥漠无言的大自然，忽地来一阵烈风暴雨，吹痛了头脑，沾湿了衣裳；这还是不行。“推车着壁”，只有说天气好是唯一妥当的办法。所以，两个人遇见了，往往异口同声地说，“今天天气好呵！”



（原载一九三二年十二月一日）

---

① 此时去“九一八”、“一·二八”事变尚不远，当局惧提日本，出版物有言及日本侵略者处，均以“××”或“敌人”代之。

# 笑

黎烈文

最近苏联有一个奇特运动，即是所谓“笑的总动员”。这好象开玩笑，连不惯笑的我也竟笑了一场，但因这一笑，就引起了我不少关于笑的感想，姑且说笑说笑，以博大家一笑。

笑的种类，虽有苦笑，狂笑，媚笑，假笑之分，然人同此心，心同此理，不笑则已，笑必一面自己有什么快感，一面也要人发生快感，所以笑是愉快的表现，谁也不容否认。不过太认真的人，总说于今什么都假了，连笑也假了，讲得不好听一点，笑已成了一种商品性质的工具。

莫说电影明星，舞台坤角，下而至于名花土娼，是公开以笑卖钱，供人享乐，他如青年男子之于摩登女郎，则由一笑而倾心，失意者之于权贵，亦靠胁肩谄笑来巴结，开店要笑，教书要笑，承欢上司更难不笑：笑之用广，笑的堕落便不堪闻问，而人间关系，也就于此了然了。

象现在，一切尽破碎不堪，乱，穷，弱这三个特征，我国都当得起天字第一号，讲到笑，简直是非其时也，我们实不应说笑，笑则必自讨没趣，国亡无日，弄成个欲笑不能的局面下场。

不过我们仍不讳言笑，古语说“笑里藏刀”，假使大家鼓着满腹热肠，把那献笑，卖笑的颓风扭过来，一齐满面笑容，添上些朝气，发扬伟大的民族精神，那倒是笑得其道。当此危机，有的垂头叹气，抑郁难安，有的穷奢极乐，流连忘返，这其间纵有笑不笑之别，要皆为笑的罪人！

笑说完了，“笑的总动员”，也望能象苏联一样在中国开始！

（原载一九三二年十二月二日）

# 自　　由

行

“自由”，在这世间，据说是确有其物。但毕竟其为物也太玄妙，朦胧地，模糊地，象一溜青烟，又象一个甜梦，你一伸手，烟便从你的手边消散，梦也就从你的记忆里幻灭，手里空空，什么都没有捉住。所以，一直到现在，“自由”还只是一条淡淡的影，若有，又若无。

然而，世界上尽有聪明人，偶然，一只鸢飞上天空，一条鱼跃出水面，聪明人便若有所得的喊出：“你看，自由，就在这里，就活跃在这活泼的天机里。”而更聪明的人则更斩钉截铁的说叫：“不自由，毋宁死！”

但谈到死，究竟并没有“鸢飞”“鱼跃”那么容易。有时候，你要死，偏不准你死，正如你要活，偏不准你活一样。“不准你活”，眼前很不难随便提出一个实证，这里不必细谈，而上海黄浦江畔至南京燕子矶上，听说都竖有一块“死不得”的石碑，而自杀据说也是犯了什么法第几百几十几条，哼！你以为死可以自由吗？

就是海那样阔，天那样空，但鸢和鱼也还是不得不随时留意。因为芸芸万汇，究竟有“强”、“弱”之分，强者可以随意在海面天空打下一个篱笆，不准你飞，不准你跃，你要任意一点，就会极轻便的钻进布好了的网罗！

所以在秦始皇帝时代，就没有人敢“偶语”，也没有人敢“藏书”，都把自己下死力的压，压得扁扁地，装在一个得进不得出的壁缝里，因为没有人肯伸手去捉捉不住的烟，而死也都〔到〕底有点可怕。

但，始皇帝的网终于被壁缝里的人撞破了。这里，虽说并没有真正的捉住“自由”，但，假使壁缝里的人再撞破几面网，也许一伸手，不会永远是空空的罢！

（原载一九三二年十二月七日）

# “爱国奖券”

柳

昨日本报载上海市地方协会致函市府，请制止所谓“爱国奖券”之发行。君子曰：这不仅是太“煞风景”，而且简直象是“不准爱国”！

本来，自从去年“九一八”日本人大胆的为我们制造出所谓“国难”以来，“国难”与“爱国”，便立刻成为流行在我们嘴上的最摩登的口号。起初，大众为“国难”而哭，为“爱国”而游行示威，于是，南京便常是挤满了“爱国男儿”，而中山陵前尤洒下了不少的“悲壮之泪”。时间久一点，大众觉得眼泪究竟是有限，而游行示威也未免太吃力，于是“哭”，便一变而为“叫”，“长期抵抗呀！”“武装收回失地呀！”这样，叫遍了全国！时间再久一点，大众又觉得救国之道甚多，老是哭固然没有这么许多眼泪，老是叫也究竟有点伤精神，咱们只要保有一点诚心，念念不忘，则何往而不适？而“长期抵抗”之道，亦即存乎其间，正所谓“神而明之，存乎其人”，此念一转，顾虑尽散，于是“哭”停“叫”止，大家又摆出“满不在乎”的大国风度，打牌者既可以打八圈“国难”之牌，跳舞者亦不妨跳几回“国难”之舞，至于“国难期间结婚”“国难期间做寿”则更是冠冕堂皇，言之成理，横竖只要把“国难”或“爱国”和“打牌”“跳舞”之类联系起来，则“爱国”之道尽，而耿耿“乐中带苦”的一颗心，亦已可为人所共见，推而广之，我们有钱，便不妨去欣赏“救国”的“游艺”去，我们有艺，也不妨“游艺救国”去，因为这都是救国之大道，至于干脆拿钱出来捐助在东北冰天雪地里和日本兵厮杀的义勇军，或者是自己投袂而起实行加入义勇军和日本人硬干，那都是冤大头，都是傻瓜！

大众既都是这样的“爱国”“救国”，则“爱国奖券”之发行，又何尝不是顺应时代之潮流，行“爱国”之大道。而地方协会竟不准爱国奖券“爱国”，故君子又曰：“其失也偏，是乌乎可？”



（原载一九三二年十二月十日）

# 文明利器

叶圣陶

以前，商店逢到“特别大减价”“多少周纪念”的时候，就雇几名军乐队（“乐”字通常念作“快乐”的“乐”）吹吹打打，借此吸引过路人的注意。现在，这办法似乎淘汰了。只在偏僻的小马路上，还偶尔有几家背时的小商店送出喇叭和竖笛的合奏，调子是“毛毛雨”或者“妹妹我爱你”。过路人知道是怎么一回事，头也不回地走过了。这寂寞的音乐只有屋檐下的布市招寂寞地听着。

现在，上海的商店有了另外的引人注意的办法。即使并非“特别大减价”“多少周纪念”，他们也要装一具收音机在当门的檐下。好在播音台是那么多，从清早到深夜可以不间断地收音，他们就一直把机关开着。于是，电车汽车声闹成一片的空间，又搀入了三弦叮咚的“弹词”，癞皮声音的“哭妙根笃爷”，老枪喉咙的“毛毛雨”和“妹妹我爱你”，诸如此类。

但是，这办法也未必真能引人注意。只在新流行的一些时，装有收音机的商店前站几个抬头呆望的过路人。后来就同雇几名军乐队吹吹打打的一样，你仅管“弹词”……“妹妹我爱你”，过路人还是走他的路。看看店里的伙计，似乎也没有一个在那里听这些“每天的老调”。那末，收音机收了音究竟给谁听呢？这大概只有市招知道了。然而新装收音机的还陆续有得增加，好象没有收音机就失了大商店的体统了。

我家左邻有一具收音机，发音清楚而宏亮，品质大概是不坏的。可是他们对付这家伙的办法太妙了。他们时时在那里旋转那刻度器，老生唱了半句，就来了女声的小调，小调没有完一曲，又来了高亢的西洋喉咙……他们到底想听什么，三四个月来我还不曾考察明白。也许，他们的趣味就在旋转那刻度器吧。否则就在"有"一具收音器！收音器是时髦，人家都"有"，他们就非"有"不可。

又听说上海有好多吸鸦片的人懒得出门，就利用收音机来互通声气。有几个自设播音台，在夜间一两点钟的时候，从鸦片榻上播音道："张老三，吃过夜饭么？李老四，明天晚上的马将局有你在内，不要起得太迟了。"啊，现代文明的生活！

说"收音机救国"（前天的报纸上登载着吴稚晖君"马达救国"的谈话，我这语式是有来历的），固然近乎荒诞不经。然而收音机这家伙如果能好好利用他，譬如说，用来团结大众的意志，传授真实的知识，报告确切的消息……那末，从社会的观点说，他的价值的确是了不得的。反过来，如果他仅成为"街头军乐队"的代替品，仅成为商店与人家的点缀品，仅成为吸鸦片的人的通信机，所传送的又仅是"哭谁的爷""哭谁的娘"之类，试问，社会上又何贵有这等"奇技淫巧"的玩意儿？

一切所谓"文明利器"，其价值都不存在于本身，而存在于对于社会的影响。这可以从两方面看：一、他被操持在谁的手里，二、他被怎样地利用着。就讲马达。象美国，总算马达很不少的国度了，然而都会的大道上有大队的饥民奏着饥饿进行曲。这就因为所有的马达操持在资本主义的手里的缘故。假如那些马达也有饥民的份，饥民就不复是饥民了。那时候，马达的价值岂止可以“救国”而已？又如飞机。苏联近年利用他来散播种子，扑灭害虫。这就扩大了人类战胜天然的能力，飞机的价值何等高贵。但是，他被利用作轰炸机侦察机的时候，除了在军缩会议中斤斤计较的野心家以外，谁还承认他的价值呢？

（原载一九三二年十二月二十三日）

# 伟人与死

赵家璧

死是生的尽头，世上许多伟大的心灵，在向这生的世界诀别的当儿，他们从心底吐出的最后的一句话，是值得我们在这一刻里还生存着的人去纪念的。

希腊人对于死的见解是看做再平淡也没有的事，人生象是一棵在生长着的树木，瓜熟蒂落的时光，就非到另一个世界去不可了，所以死是“在快乐的一天的尽头去睡觉”一样的平凡。苏格拉底临死时，就告诉送终的人说：“我的朋友，我还欠爱斯古来伯斯一只鸡呢！”希腊的传记家地奥格尼斯当朋友问他：“谁会来葬你的尸身呢？”他说：“谁买我的屋子，谁就得替我埋葬。”

在法国本来有一句俗话，叫做“没有讲一句话而死”，但是法国的大人物，临死时总有一句话说出的，拉布莱说：“完了，我那双走长路的脚带我到这里了。”龙沙说：“再见，我亲爱的朋友，我先走一步，去预备一个位子。”至于法国大革命时代的英雄，更有许多可宝贵的遗语。

许多话是在断头台上说的，佩莱看到了断头台，这位革命的英雄在战栗了，观众们笑着说：“你在怕死啊。”他说：“不，我觉得冷啊！”但东被刽子手拒绝，不许他去和他同时受刑的朋友拥抱时，他恨恨的说：“滚你的，你总禁止不了我们的头颅在篮子里接吻罢!”因为那时用刑以后的头颅是合放在一个篮子里的。这些英雄的遗语,也正可以和我们中国的草莽英雄,在走上刑场的时光,大声的说,“再过二十年,又是一条好汉”,同样是够使我们佩服的。

在近代的许多文艺人物中,有些遗语也是值得记下来的,法国诗人缪塞说:“死是多么费事的一件事啊!”因为他死的时光,年纪还轻,但是在他短短的一生中已受够了爱和苦的磨折。卢梭死的时光,说了这样的话,“这是上帝,太阳唤着我!上帝开了我的胸门了。”德国诗人海涅临死的时光,一个牧师在祈祷着上帝求“他”恕免,海涅说:“为什么要求呢?这是‘他’的职务啊!”法国诗人唯尼临死时对着上帝说:“要到上帝向人类请求恕免他不应当创造人类的一天,那才是最后的审判了。”

（原载一九三二年十二月二十六日）

# 排　天　才

岂　凡（章克标）

我并不想引用意大利的犯罪学者郎勃罗梭的见解，把天才的人看作一种精神病者，一种心力没有平衡发展的狂人，而要加以排斥。天才的应当排除，不能因为他们是精神病者而可以有些宽恕，同样，也不能因为他们不是精神病者而加以推崇。惟一的缘故，是在于天才和我们凡庸的不同，在我们的庸俗的社会中，我们不要什么天才，所以要排除他。

我们这个社会中的最大多数人是庸人，是平常的人，绝对不是任何一方面的天才。我们庸人有我们庸人的生活法，有我们庸人自己的路，我们用不着和我们庸人不同的天才来指导领导。天才所知的，只有他们天才的生活法和天才的路，那是我们庸俗社会中用不到的，我们再也不敢希望大家都成天才，用天才的生活法，走天才的路了。庸人走天才的路。是一种不可宽恕的大错。

实在这一种过失的历史，太悠久了，从前我们庸愚的祖宗，都跟定了天才走，忘却了自己的大路，天才便以庸众的领袖自居，庸众也好象没有天才的领袖便寸步难行的样子。这种错误在于庸众不走自己的路而走天才的路之故。庸众忘却了他有自己的路，跟了天才去打江山，夺天下，拥护出一个霸王天子，牺牲了百万的生灵头颅。成功的是天才，牺牲的是庸众，就可知庸众不曾做了自己所该做的事。反是种田的农人，造屋的匠人，固然未曾建什么大功业，却给我们以食粮，给我们以屋宇，我们实受了惠赐。

第一先认清我们庸众的需要是什么？我们要的不是什么长什么委员的头衔，也不是什么惊人的功业和功绩，更不是什么奖状和褒文，我们所要的不外乎一种和平的生活，足够的食和衣和住。我们不希望十分享受，也不愿有衣不蔽体食不果腹的同胞。豪富不能人人是，我们便不希望是，我们是平庸的人，我们能有大家同一样的生活便满足了。象天才者的希望踞坐万众之上的念头，我们要排除。我们绝对不希望能胜过别人，高出别人，我们庸众的纲领，在于一律平等。

倘使有人说我们没有上进之心，是的，那便是我们庸众的生活的精髓。没有竞争，不想做人上人，不想丢掉自己的天职，是我们庸众的金科玉律。我们走平坦的路，不走上天梯，不想求荣誉，也免受屈辱。总之，我们平常人，只好做平常的事，不能跟了人家做平常以上的事。

天才和我们庸众不同，他们有向上心，他们要往天上爬，他们要带了一群人马建功立业，他们要人跟了他轰轰烈烈一番，但他们不肯独自去干，他们常要引诱庸众去附和拥护，他们要责骂庸众的不抬举他，不崇奉他，他们要享受庸众的牺牲，他们要吮吸庸众的膏血，他们要做庸众的领袖，但他们不予庸众分毫恩惠。总之，天才是我们庸众的仇敌，我们是庸众，我们要排天才，不论他是杀人的天才，搜刮的天才，骗诱的天才，夸口的天才，乃至吃饭拉矢的天才，我们都要排摈的。

（原载一九三二年十二月二十八日）

# 长寿运动

陈望道

近来长寿运动已经盛极一时，所谓百十叟百二十叟的宣传亦已闹热到和替要人宣传不相上下，大约使人入海求神仙及不死药的千古伟业，不久也就要出现了。

说到入海求神仙，有些神经过敏的或者就会联想起焚书坑儒来。但这是现在绝对不会有的事。因为我们在报上绝对不曾看见记载过。

现在中国是一个大光明的时代。对于文化是可说爱护无所不至。试看：河南等处，现在正以国家的力量从事发掘。再看：每次会议差不多总有要人也者提出出版言论集会结社的自由的议案来，每次又都毫无困难地通过了。这与“偶语弃市”的时代不同，单看号章便可明白的。

生在这样一个大光明的时代，自然该来一个长寿运动。不管怎样可以存活，只要能够存活便好！

据红十字会医院几个外国医生说：中国人的抵抗力非常的强，往往他们断定要死，在外国人是不会不死的，而中国人竟还是医得活。而且活得很长久。因此他们往往挨人骂，说他们诊断得不准确。据此，中国人的长寿运动也可以说是有科学上的根据。大约无论怎样受人榨绞压迫，都会活得下去的。能够活得下去，则无论其为行尸走肉，为一切榨绞压迫的对象，总之就是长寿运动的成功。

（原载一九三二年十二月二十九日）

# 说食色与欲

郁达夫

食色性也，这是千真万确的事情。“朱门酒肉朽，野有饿死骨”，所以要有阶级斗争。一边是“后宫佳丽三千人”，“尽日君王看不足”，一边是“石壕村里夫妻别”，“夫戍萧关妾在吴”，所以要革命。然而食色两欲，因为是基本的欲望，满足满足是非常容易的。任你是一个怎样的大食家，只教有斗酒只鸡，三碗白饭，一个大饼，总也可以打得倒了。吃饱之后，就是何曾请客，再也吃不下去的。至于色字，我想无论怎样的精力家，最多十个女人也就可以对付了罢，经历过十个女人之后，就是西施太真，再也挑不起性欲来了。所以原始的基本欲望，是容易发付的；最难对付的，却是超出乎必要之外，有长无已，终而至于非变成病态不可的那一个抽象的“欲”字。哲学家或名之曰“欲念”，中国的旧套文章里所说的“欲壑”，就是这个东西。

照西洋哲学家说来，这一个欲字，是进化的主动力，因为有欲，大家才去做工，发明，贮蓄……；然后才有社会，进化，文明……。这原也不错，从欲念的好的方面说来，当然是如此的。可是在中国，这好的方面的欲念，反不见发达，而在作长足的进步的，却偏是这欲念所催生的坏的一方面的事实。中国人因为有欲，所以要去刮地皮，卖官爵，争地盘，×××，弄到后来，变得目的意识也完全忘了，甚而至于倒认手段就是目的。《儒林外史》里的一位吝啬者，到死时不肯断气，只在顾惜油灯里的两根灯草，决不是想象，却是中国社会里常有的事情。正唯其是如此，所以老子要劝人知足，佛家要苦说涅槃，叔本华要绝灭意欲，而罗素在说所有欲的务宜抑制，创造欲的必使增加，才是消灭战争的根本大法。哲人之教，诚然不错，但中国可惜是进化得太早了。

当欧洲产业革命未起来之先，中国在数千年前，就饱满了这些知足无为的大训，所以正应该激励欲念的生长，催发物质的进步的时代，中国倒落得个逍遥自在。及到十九世纪以后，西洋物质文明的绚烂华富，流入了中国，中国人之久苦于无为知足的干枯寂寞者，就一跃而从这极端跳到了那极端。于是江河日下，洪水滔天，我们中国人就成了一个创造由他们（西洋人）去创造，享乐且由我们来享乐的民族。斯般格拉正在愁虑到西洋文化没落的年头，中国要人恰好是穿四十两银子一双白丝袜，开五十两银子一瓶的香槟酒的日子。霹雳一声，日本和其他各帝国主义的军队，堂堂开入了中国，穷苦老百姓，非但食色都无，连一条性命都保持不了了，忧国之士，才议论纷纭，思想起何以彼之能强，我之能弱来。于是守旧者，就说物质文明害了中国，急进者就说先知先觉、先圣先贤，便是造成现代中国积弱的罪魁。两方都说得有理，可是两方似乎都还没有说得全对。

总之第一是“时机”的问题：中国正因进化得太早，便成了落后得太迟，应当提倡物质文明的时代，只提倡了些幽灵似的精神文明。第二是“取舍”的问题：西洋物质文明，同时候侵蚀到了东方，而日本却取了它的好的一方面，中国只取了它的坏的一方面，譬如是一个胡桃，日本人取了它的肉，而中国人却只取了它的壳。

物质文明有什么罪呢？欲念又有什么罪呢？

（原载一九三二年十二月三十日）

# 忘记一九三二

杜衡

今天是一九三二年最后的一日，这是说，明天就是新年。

然而近来，我们中国人是不过新年的。这也并不尽然是近来民生疲敝，百事摧毁，连一顿“年夜饭”都没有一家人吃得起的原故，肯花三块钱去看梅博士演剧的人还着实不少呢。我们中国人是放着新年不过，过旧年。假如你尝试着革新，在今天买起猪头，准备请起菩萨来，那么，“难道你们过阳历年的?”看见的人一定会诧异得对你这样问。

问这句话的人一定不会觉得他是犯下了蔑视政府法令的重罪：旁的不说，就是“阳历”两个字就根本用错了，他应当说“国历”。

这国历，原是我们的革命政府用断然的革命手段提倡出来的，当时花费的劲道的确很不小，至少比今年对付日本帝国主义的武力侵略所用的劲道大得多，说到近几年来的设施和革新，这一点实在有权利列入天字第一号。然而不幸得很，这国历，大概是为了究竟不是道地的国货之故，在我们四万万同胞中恐怕至少有三万万还用不惯，即如就过年来说，也恐怕至少有三万万人在过着旧年；至于新年，那是恐怕连想也想不起来。

即如我，虽然未必落伍到连想也想不起，但要不是今天拿着笔找题目做文章的话，那便恐怕也会把这个新的年三十忘记了。

说起忘记，一九三二年倒的确是中国人表现得最健忘的一个年头。从我们的衮衮诸公起，一直到贱夫走卒止，差不多谁都忘记了一九三二是在炮火中诞生的：比到这，前面所说起的过年不过年的事情，真不知要小到多少。真的，我们又何必把这些事情苦苦地记在心里呢。炮火是远了，科学纵然发达，然而声音可以传到三千里那么远的大炮却始终没有发明出来，我们没有顺风耳，自然落得清静；纵然有代替顺风耳用的无线电，然而无线电里是只听到梨园歌管声，在耳根依然是一片升平景象，我们还是落得清静，清静而且忘记。

好，我们把一九三二年连同她的一切都忘记吧，让它悄悄地过去，而等待着当然又是国泰民安的一九三三年的来到。

（原载一九三二年十二月三十一日）

# 动荡时代的信仰

傅东华

动荡时代信仰多;动荡时代无信仰,信仰多等于无信仰。

若有人问我有没有信仰,我说有,有,有:

我相信地球是圆的。

我相信全体大于部分,部分小于全体。

我相信七乘七等于四十九,七加七等于一十四。

我相信凡人都有死。

我相信没有性交不会生儿子。

我相信经咒不能救国。

我相信信不过自己无宁死。

……………………………………

信仰和迷信原是姊妹行,因此有许多人误认迷信作信仰。

信何至于迷呢?

我有个从美国研究“领袖术”(Art of Leadership)回来的朋友告诉我,“倘若××政府每月给我五百元,我就会迷信××主义”。这真是至理名言,一语破的!

从知所谓美国的“领袖术”也者,即以五百元、五十元,乃至五元,五角,五分之符篆而使人迷信之术也。领袖而无信徒,斯不成其为领袖矣。领袖各率其值得五百,五十,五元,五分之各等信徒而与其他领袖战，而于是乎天下乱。

动荡时代无信仰，有之唯领袖的信仰，而领袖的信仰乃乱因也。

人各自信真理，而不信领袖，则天下太平矣。

然而这五百，五十，乃至五元，五角，五分也者，是如此必要而舍不得，然则乱乃人类之定命欤！曰是在教育。

（附注：鄙见与岂凡先生的《排天才》大致一样，唯对岂凡先生的“尊愚论”不能赞同。因为天才的主要因素之一就是别人之愚。）

（原载一九三二年十二月三十一日）

《申报·自由谈》杂文选（1932—1935）

# 一九三三年

# 新年停止办公三天

叶圣陶

新年停止办公三天，既经通过，又说“通令全国一致办理”，一切服务诸君有三天“白相”是一定的了。

前一些时曾见报上登过，新年庆贺等举动一概免除，理由是如今仍在国难期中。好象也有过新年照常办公的主张。若问为什么，小学生也能回答，无非“国难方殷”“工作紧张”之类而已。这与逢到国耻纪念日吃一天素的办法是一贯的，统而言之，就是“卧薪尝胆”。

吃了苦头，彼此愁颜相对，原是人情之常。但愁颜要与坚决的实行力和切实的希望心同时并存才有意义。如果愁颜而外，别无其他，那只有一辈子愁下去。便是愁死了，谁来理睬你呢？

讲到工作，通常总说进行好，停顿不好。譬如一位木工，他停了一天工作，就少制成两把椅子，如果不停，就多制成两把椅子：工作停顿，效率就减低，所以不好。然而未可一概而论。有些工作是几乎无所谓效率的。它永久在那里进行，并没有什么好，它即使停顿一辈子，也没有什么不好。试举一例，“等因奉此”的所谓“办公”便是。

近来读王印川所著的《苏联五年计划奋斗成功史》。书中记着一个中年妇人对著者说的话：“从前我们的生活虽然舒服，可是仅止我们的少数，那多数的人比我们的现在还不如的多多，现在我们的少数虽然不如从前，可是多数人比从前好了，这也是公道应该这样的。……又况政府人员他们把我们的节省物料都卖到外国，换来现金，买成机器，建筑这些许多的工场铁路房屋等等，我们是亲眼看得见的。我们现在的生活虽是不大美满，虽是拮据。可是我们是有希望的不大美满，有富裕的拮据。并且全国通同一样的不美满与拮据。"

说这一段话的时候，那个妇人也露着愁颜吧。试想，和她的愁颜同时并存的是怎样的力和心？五年计画四年完成了，这是效率的总表现。在这样巨大的工作中，当然谁也偷懒不得。如果愁颜而外，别无其他，还不如追欢寻笑的好。这究竟有益于卫生。反正进行与停顿犹如二五与一十，停顿一下又有什么要紧。所以通令全国新年停止办公三天的办法是值得我们赞许的。

（原载一九三三年一月一日）

# 致烈文信

老舍

烈文先生：

您向我要小品文；老实不客气讲，咱不会。请您往这边来，有句私话：我对大品中品文字都有拿手——底下那句似乎不必说。不信请问马大婶去，我是不是大品文字的文豪？不过，你一定非别扭我不可，我自有主意。您看，我只须由大品往下一溜，溜成中品；再由中品往下一溜，溜为小品，其庶几乎？但是，从中国文学史上看，大品文字真是麟毛凤角（出角的凤是种两栖动物，据说），在咱们的“国书”中——这应与国术国耻国学等并列，不是驻英或驻法公使拿着的那纸文书——还没见过一部或一篇大品诗或文。您也许相信这个？有此原因，我对小品文到底有些冷淡；您看，我是要给国书中添上几本大玩艺。我得取法乎上上，以得其上；得跑到无极的上边，以便生太极。太极拳是国术，太极文正好是国书。等我的杰作出世的时候，连萧伯纳带莎士比亚就都得入中国籍，学咱们的国学。因此，我还是不能往下溜，“鲤鱼打挺”是我的态度。大品文的大法，您可晓得？上帝造人，您可看过？我晓得，看见过。上帝说，叫世界有光，刷的一下，金光万道，十五个太阳，带着几万万大小不等，一齐发笑的明星。叫世界有人，拍的一声，人山人海，人心人肺，人情人理，人命关天。您看，我的大品文的大法至无能也要与这个相似。您叫我写小品文，设若我少着一分幽默，非急了不可！

假如您以为这全不对，那么，您说到底什么是小品文！

祝

吉！

弟 老舍鞠躬

十二月二十八日，济南

（原载一九三三年一月一日）

# 论文艺的重要

孙福熙

蔡孑民先生初长北京大学的时候，在全体教授会议中，一位姓何的工科学长，大发议论，主张注重工业。其时鲁迅先生也说，工科是很重要的。说完以后，何先生又说了："你们听听！工业之重要，不但是我学工业的人来主张，就是学文学的也是这样说，其重要可知了。"

鲁迅老先生又起来了，他说："这话是很对的；不过，学文学的人知道工业也是重要，学工业的人却只知道工业的重要了。"

说完坐下，于是鸦雀无声者久之。何学长不再站起来发言了。

提倡工业确是万分重要，然而并不需要停了文艺的工夫。

一个国家一个民族之能兴盛长久，必须有两个条件：其一是能够追随他国他民族的长处，其二是能够创造他国他民族所没有的长处。我们看到他人能以手造机器，须竭力的追随，却不能先把两脚斩掉，至于斩掉思想文艺的头脑，那更是不成话了。

美国是赢得经济的国家，他们尽力的培养工业人才，希望有多量的产出，至于高等的艺术教育却不肯多化钱，他们的意思，培植高深的艺术家，太消费了，还不如到法国去请来的价钱便宜。然而，美国并不是不要艺术教育，却是请了法国艺术家来教授而已。至于文学呢，他们还是设科研究，设学校培植高深的人才，决不因为利禄熏心而废止文艺。

试考察各殖民地，教育多系灌注生产的智识与技能，人民欲求增加文艺思想的功课而不可得。我国现在至少在形式上还不肯自承为殖民地，还要号称为一个独立自由的国家，然而现在却大有人在主张废止文艺，这不仅有点滑稽，而且有点令人痛心！

（原载一九三三年一月七日）

# 吹牛的妙用

庐隐女士

吹牛是一种夸大狂，在道德家看来，也许认为是缺点，可是在处世接物上却是一种刮刮叫的妙用。假使你这一生缺少了吹牛的本领，别说好饭碗找不到，便连黄包车夫也不放你在眼里的。

西洋人究竟近乎白痴，什么事都只讲究脚踏实地去作，这样费力气的勾当，我们聪明的中国人，简直连牙齿都要笑掉了。西洋人什么事都讲究按部就班的慢慢来，从来没有平地登天的捷径，而我们中国人专门走捷径，而走捷径的第一个法门，就是善吹牛。

吹牛是一件不可看轻的艺术，就如修辞学上不可缺少"张喻"一类东西一样，象李太白什么"黄河之水天上来"又是什么"白发三千丈"这在修辞学上就叫作"张喻"，而在不懂修辞学的人看来，就觉得李太白在吹牛了。

而且实际上说来，吹牛对于一个人的确有极大的妙用，人类这个东西，就有这么奇怪，无论什么事，你若老老实实的把实话告诉他，不但不能激起他共鸣的情绪，而且还要轻蔑你冷笑你，假使你见了那摸不清你根底的人，你不管你家里早饭的米是当了被褥换来的，你只要大言不惭地说"某部长是我父亲的好朋友，某政客是我拜把子的叔公，我认得某某巨商，我的太太同某军阀的第五位太太是干姊妹”吹起这一套法螺来，那摸不清你的人，便帖帖服服的向你合十顶礼，说不定碰得巧还恭而且敬的请你大吃一顿燕菜席呢！

吹牛有了如许的好处，于是无论哪一类的人，都各尽其力的大吹其牛了。但是且慢！吹牛也要认清对手的。不然的话必难打动他或她的心弦，那么就失掉吹牛的功效了。比如说你见了一个仰慕文人的无名作家或学生时，而你自己要自充老前辈时，你不用说别的，只要说胡适是我极熟的朋友，郁达夫是我最好的知己，最妙你再转弯抹角的去探听一些关于胡适、郁达夫琐碎的遗事，比如说胡适最喜听什么，郁达夫最讨厌什么，于是便可以亲亲切切的叫着“适之怎样怎样，达夫怎样怎样”，这样一来，你便也就成了胡适郁达夫同等的人物，而被人所尊敬了。

如果你遇见一个好虚荣的女子呢，你就可以说你周游过列国，到过土耳其南非洲——并且还是自费去的，这样一来就可以证明你不但学识阅历丰富，并且还是个资产阶级。于是乎你的恋爱便立刻成功了。

他如遇见商贾，官僚，政客，军阀，都不妨察言观色，投其所好，大吹而特吹之，总而言之，好色者以色吹之，好利者以利吹之，好名者以名吹之，好权势者以权势吹之，此所谓以毒攻毒之法，无往而不利。

或曰吹牛妙用虽大，但也要善吹，否则揭穿西洋镜，便没有戏可唱了。

这当然是实话，并且吹牛也要有相当的训练，第一要不红脸，你虽从来没有著过一本半本的书，但不妨咬紧牙根说“我的著作等身，只可恨被一把野火烧掉了！”你家里因为要请几个漂亮的客人吃饭，现买了一副碗碟，你便可以说“这些东西十年前就有了”，以表示你并不因为请客受窘。假如你荷包里只剩下一块大洋，朋友要邀你坐下来八圈，你就可以说：“我的钱都放在银行里，今天竟匀不出工夫去取！”假如那天你的太太感觉你没多大出息时，你就可以说张家大小姐说我的诗作的好，王家少奶奶说我的脸子漂亮而有丈夫气，这样一来太太便立刻加倍的爱你了。

这一些吹牛经，说不胜说，但神而明之，存乎其人！

（原载一九三三年一月七日）

# “不忍池”与“莫愁湖”

杨幸之

日本东京有一个池，叫做“不忍池”；在我们南京则有一个湖，叫做“莫愁湖”。我们每一想到这不忍池与莫愁湖，便很容易联想到中日两国民族性的差异点。

因为“不忍”，所以他们时时在奋斗，时时在抗争，时时在以自力争夺前途的胜利。一八五三年美国几条黑船闯开了他们底紧闭着的门户，并威逼他们订立了不平等条约，他们便奋起维新，不六十年，终于挤上了帝国主义的宝座，而成为今日雄踞东亚虎视全球的恶霸。一九二三年大地震，繁荣的东京，被震得几于完全成为一片瓦砾，他们便奋起与大自然抗争，从瓦砾的堆中重新建造出一个繁荣的东京，到现在，东京是比一九二三年时更为繁荣了。

这便是日本底“不忍”的民族性，也就是不忍民族性所收获的美满的果实。

因为“莫愁”，所以我们便是长年是迁延苟安，得一天过一天，满不在乎地生活着。小之明天没有饭吃也可以不管，大之明天会亡国也可以不问，一切听从环境支配，人家要沈阳，我便退到锦州，人家要锦州，我便退到山海关，近百年来，我们便长是这样满不在乎地在人家的鞭子下过着，而且还要跳舞、还要娱乐，……“商女不知亡国恨，隔江犹唱后庭花”，便是“莫愁”民族性的最切实的礼赞。到了今日，终于造成了所谓国难。这恶果的收获，自然也正是由于“莫愁”民族性种下的恶因。

有人说“不忍”是褊急，狭隘，要“莫愁”才算是泱泱大国的风度。但我们现在已经临到再不能不愁的境地了，也应该振作起精神来奋斗一次罢！

（原载一九三三年一月十三日）

# “文化城”有感

祝秀侠

我“中华”毕竟是文物之邦，文风鼎盛，于是“幽雅”“雍容”之风，也就上孚下效。什么“无为而治”“弹琴而治”“卧治”甚至“半部《论语》而治”之类，那都是自古已然的事。而现在，用一句老调，就是“国家多难”之秋，一般古称“士大夫”而现称“要人”“名流”者，便也忙着发表拯时高见。提倡佛法救国者有之，提倡太极拳救国者有之，提倡娱乐救国者有之，他如“长期抵抗”“不抵抗”及“请列强予以道德上的帮助”等等，都不失为一种“纶巾羽扇”的“雍容”“幽雅”态度。而更使人心折者，则不久以前，有些“博士”“学者”之流，提出以北平为“文化城”的主张！这主张不仅是十二分的聪明，尤其充分地显示了维持文化，超然世外的学者“幽雅”本色！

有许多人坚决主张“中国不会亡论”。起初，我很怀疑，但随即明白，这一定是我国“博士”“学者”之流不少，一脉斯文，必不丧尽，所以尽管“野蛮”的帝国主义者野蛮，尽管第二次世界大战爆发，但我还是可以主张“读书救国”“少理闲事”，因为不这样，便将使文化古国丢脸，比亡国还不如。

“读书救国”与提倡“北平为文化城”，在本质上自然是分不开的两件事。这就是说，这些主张的根源，都是由“幽雅”“雍容”

而来的，但是我以为，称北平为“文化城”，还不十分彻底，根本中国就是“文化国”，不如在中国的四境竖起文化国的大牌楼，那末，“姜太公在此，百无禁忌”，看文化的面子，列强自会顾虑到“文化”前途，而对中国客气一些。

最近山海关再陷，“武化”的日军，似乎很有进窥华北之势，我想博士学者之流，迟早一定会在北平城头上高树起“幽雅”的大纛写着“文化城在此”，这样，日军的枪炮，也许只敢向天放发。

“文化城头退武人”，遥祝我们的古都藉“文化”而清吉太平。

（原载一九三三年一月十五日）

# 学校与市场

俞　宣

在资本主义社会里，一切都商品化了，自然，教育也不能例外。

Barter 的时代，早已过去，货物必经市场而后始能互相交易；Sophist 的精神，今亦已不复存在，教育也必须有学校方可彼此授受。

不顾消费界的需要，只计利润的累积，这是现代市场的本质；不，课程的功效，仅知按期收费，也正是目前所谓学校的特色。

店前遍贴着"环球货品，一应俱全"的招帘，但是"无钱"便"莫想"；报上满登着"设备完善，教课认真"的学校招生广告，然而"未缴费者不得入校"。这确是一个恰好的对照。

现在，金钱掌握了无上权威，侵据了一切人类活动的核心，有钱便"万事顺遂"，无钱就"一日难过"。因此，市场固为争利之地，学校遂亦成为生财之处，学生纳费以猎取资格，教师拿钱以糊口养家，教者固不必谆谆，听者尤照例藐藐，上下交相混，师生交互骗，交易而退，各得其所，市场而已矣！学校云乎哉？

自然，在资本主义社会里的小百姓，原本只有跑腿和饿肚的自由。然而跑腿犹可，饿肚则有点难受。若何而后可以不饿肚？

其惟“找钱”乎。找钱之法多端，自卖淫以至做官，皆是也。有甚么货，开甚么店，当然也是生财之大道，于是而学校林立矣，再于是而教育发达矣！这样，学校之成为市场，固亦势所必至，理所当然，又乌足怪？

这里，我并不是说教育是清高神圣的事业，应超越时空而独立，而是证明教育只是某一经济基础所构成的上层建筑，它是随着经济基础的变迁而变迁的。科举与学校，不过是两个不同时代的意识之反映的产物。故现今学校之市场化，亦自为资本主义社会里所必然发生的现象。

根本的改革，不在于所谓教育的方案和学校的体制，而在于现社会整个经济组织之变革。

真正的完善的学校，只有在合理的社会制度下方能成立！

（原载一九三三年一月十九日）

# “不准动”与“偏要动”

杨幸之

前年十二月七日，戴季陶先生曾发表一封《给全国教育家及学生家长的一封公开信》。信中最警辟的几句是：“树苗自由，不能成长；青年自由，不能成人。”最近江苏省教育厅长周佛海先生也发表了一封《告全苏学生家长书》。其中尤多令人击节三叹的警句！如：“抗师干纪，以捣乱为革命精神，狂肆放恣，以横决为个性发展……于是在校则有驱长择师之潮，在家则高唱非孝革命之说。”戴周两函，主张完全相同，而文章之泼剌刻毒，周文实在比戴文还要做得好，还要动听。我想“老年人”读了，一定会为之浮几大白，而“青年人”读了，则一定会为之伸舌头。

从戴文到周文，我们可以很明显地看出当前政府对于人民的要求，此一要求之真实意义即为“安内”，而“整饬学风”与“□□”，实即为一刃之两面。

本来，自从前年“九一八”事变以来，不仅是青年，差不多大多数的人都在“动”，在“转变”，整个社会都在颠簸不宁的波涛里动荡。然而这种动荡的局势不是偶然的，它是外患与内乱交相煎逼的结果，也就是时代转捩的动向。

“静止”！“安定”！“不准自由”！“自由者”！这是戴周两先生的呼声，也就是政府的呼声。然而从几千年来的中外历史上观察，人民决不肯放弃自由，而时代也从来不曾接受过“向后转”的命令。你不准动，其如时代偏要动何？

（原载一九三三年一月二十一日）

# 从法治转向武治的日本

郁达夫

日本的政治舞台，本来就是武人角逐的斗兽场。明治维新以前，在专政的所谓幕府将军，所谓摄政关白，哪一个不是凶暴的军阀？二千五百年来，除了神功皇后，圣德太子等几个杰出的人才，利用了皇位，稍有建白以外，日本人每在举以夸世的万世一系的皇族，在政治上何尝有过一点威力？一世纪前，黑船骤至，红毛碧眼儿的铁炮，惊破了矮人们的迷梦，于是乎尊皇攘夷、大政奉还的统一局面，方始成功了。

维新以后，愚昧的军阀，胁于全国的潮流，迫于世界的趋势，又受了坚忍的文治派的启发，不敢再为戎首，来破坏这个曾经过不少的流血和牺牲，惨淡经营，艰难造就的宪政。七十年间，这蕞尔的岛国，所以能够称霸于东洋，逞凶于世界者，都是法治精神之所赐也。

到了现在，议会政治也疲弊了，由贫富的悬绝而来的不安也扩大了，又加以世界新潮流的激刺，与政治中枢人物的无能，藏牙隐风、久思蠢动的武人们，自然要乘此良机，起来篡夺政治了啦。暗杀的横行，国本社的活动，共产党的检举，南满洲的出兵，哪一件不是武人篡夺政治的证据？日本是在十字路上了，是在将从法治转向武治去的前夜了。这不但我们旁观者看得很清，就是日本本国的老政治家尾崎行雄，也在伦敦声明过武人的将行专政，日本国运的将次告终。

我虽不是预言家，但我相信日本在五年之内一定会起绝大的变动。先是军阀的横行，法律秩序的全灭，后来就是被压迫的大众的奋起，日本国体政体的改造。我们且等着罢！血样的红光，定会从这日出之国里照射到全世界来！

（原载一九三三年一月二十四日）

# “逃”的合理化 *

何家干（鲁　迅）

古时候，做女人大晦气，一举一动，都是错的，这个也骂，那个也骂。现在这晦气落在学生头上了，进也挨骂，退也挨骂。

我们还记得，自前年冬天以来，学生是怎么闹的，有的要南来，有的要北上，南来北上，都不给开车。待到到得首都，顿首请愿，却不料“为反动派所利用”，许多头都恰巧“碰”在刺刀和枪柄上，有的竟“自行失足落水”而死。

谁提一句抗议呢？有些人还笑骂他们。

还要开除，还要告诉家长，还要劝进研究室。一年已来，好了，总算安静了。但不料山海关失了守，上海还远，北平却不行了，因为连研究室也有了危险。住在上海的人们想必记得的，去年此日的暨南大学，劳动大学，研究室里还坐得住么？

北平的大学生是知道的，并且有记性，这回不再用头来“碰”刺刀和枪柄了，也不再想“自行失足落水”，却发明了一种新方法，是：大家走散，各自回家。

这正是这几年来的教育显了成效。

然而又有人来骂了。童子军还在烈士们的挽对里，说他们

---

* 此文在收入作者的《伪自由书》时改题为《逃的辩护》。

"遗臭万年"。

但我们想一想:不是连语言历史研究所里的没有性命的古董都在搬家了么?不是学生都不能每人有一只飞机么?能用本国的刺刀和枪柄"碰"得瘟头瘟脑,躲进研究室里去的,倒能并不瘟头瘟脑,不被外国的飞机大炮,炸出研究室外去么?

阿弥陀佛!

(原载一九三三年一月三十日)

# 虾和鳝及其他

彭家煌

一切生物都有其生活方式和抵御外侮的本能。牛以角斗；虎豹以爪牙斗；骡马以蹄斗，没有武器的，便赖保护色避免敌人的侵袭。如菜虫，全身绿色，躲在菜叶里，使敌人难以发觉。如墨鱼，感到生命危险时，便射出墨汁，藏身墨汁中，使敌人难于辨认。其余能力薄弱的下等生物，便借伟大的繁殖力维持种族的延续，如蜉蝣，如臭虫虱子，虽朝生暮死，虽被人不断地捕捉，它们总有机会和人类共存共荣！

记得是去年的中秋节，女人买了虾和鳝。那时我在没有“国难”的宁波，心想宁波的虾和鳝也会没有“国难”的。本来，人是强者，动物之王，吃猪肉，吃牛肉，杀鸡烹羊，这是常事。我也是闲得无聊，才去注意这不久以后就会进自己的口的动物。虾在篮里跳，鳝在水桶里扭来扭去。我想，无论怎样会跳会扭，既被捕获且从鱼贩手中被买来，总是活不成的，而这跳扭的动作也显然无意义。不过，虽然是微小的免不了一死的东西，但它在危急存亡之秋，总知道跳，知道扭，使杀它的仇敌多费工夫，感到麻烦讨厌！

虾只会笨拙的跳，是比较容易对付的，于是我便只注意女人怎样去杀那鳝。她杀鳝是外行。她没有方法捉牢那滑头的鳝。

她想用开水把它们泡死再来破肚。我说这杀法太笨，吃在口里没有血的鲜味。她想把鳝头打扁，那末又有血，又有鲜味，但她打来打去，那鳝反而滑七滑八的象龙蛇一样飞舞。我告诉她："你用酒把鳝麻醉起来吧!"果然酒倾在桶里，鳝嘴动了几动便象死的一样。一会儿，这许多动物全给解决了。我笑女人："哈哈，你也是个三等帝国主义者啊!"

从前我在乡下也杀过鳝，那是蛮干的，就只捉牢它的头，用小剪刀从头头边一划，肚破了，扯出肠子，可是这动物没有内部也会挣扎。我也杀过蛙，断了头，剥了皮，割去四肢，破开肚，掏出肝肺，但把它掷在水盆里，还能跳跃游泳。不过先〔光〕有动作，没有痛苦的喊叫，也是怪事！总之，象这种动物，在无须挣扎之际还那末费劲的挣扎，真太笨太无意义!

到底是人类，尤其是华夏之邦的人类来得文雅而有智慧。在没有被捕获被剥皮之前，先就不跳不扭，而且领导起来，相率不跳不扭。"九一八"过了，"一·二八"过去了，早已过了周年了，在"自有办法"的"长期抵抗""心理抵抗"之中，敌人打进山海关了，猛烈的炸弹虽向善于跳善于扭的热血青年中掷去，毕竟还是不跳，不扭。因为，那有什么用呢？那有什么意义呢？迟早终归要象虾和鳝一样被剥皮的啊！何况十年前早就调查明白，华夏之邦的人类有四万万五千万。你尽管剥皮好了，凭着伟大的繁殖力，三五年内灭族总不会的。

（原载一九三三年一月三十日）

# 新年的新梦

阳　秋（茅　盾）

“新”的“一九三二年”过去了，“旧”的“中华民国二十一年”也过去了，过去的一年，自然谁都不满意，于是在这新年的开头，每一个人又都做着新的满意的幻梦。这，我们从商店门前所贴的“生意兴隆通四海，财源茂盛达三江”等等的春联，以及书房里所贴的“新年发笔，大吉大利”等等的吉利话中，便可以明白地看出。

不过“生意兴隆，财源茂盛”与“新年发笔，大吉大利”，究竟还只是以个人为中心的“升官发财”的梦。而且这样的“梦”，也似乎只是“但愿如此”，还没有明白地显示出“争斗”的意味。

时代毕竟敲碎以“个人”为中心的“升官发财”的幻梦了。你只看，虽说今年年头也还有人在幻梦着“生意兴隆”或“发笔吉利”，但聪明的人们则已被时代教乖了，他们已经了解了“群”的意义，更了解了“我们一群”与“他们一群”的意义，他们知道现在已经不能仅是“但愿如此”，而应该是“必要如此”，这就是说现在是“必须争斗”，不是“个对个”的争斗，而是“我们一群对他们一群”的争斗。所以在今年一开头，“国货年”与“××年”的呼声，便相继而起。

“国货年”与“××年”的意义是什么？这是说“个人的幻梦”

已经转变为“群和群的抗争”，聪明的人们是在急迫地希望着把一九三三年从“恐慌”和“动荡”的黑潮里拖出来。

这希望是不是会幻灭呢？一九三三年大概不会不答复我们罢。

（原载一九三三年二月一日）

# 萧伯纳与高尔斯华绥

郁达夫

我们正在预备着热烈欢迎那位长脸预言家的萧老的当中，却不幸又接到了去年诺贝尔奖金获得者高尔斯华绥的讣告。萧今年七十六岁。高尔斯华绥今年六十五岁了。

照理说来，六十五岁，也并不算是夭寿，但这位由法学家出身的英国上流社会的精密记录者，若是不死的话，以后说不定总还有几册巨著出来，来报告我们以英国上流社会的动摇与变迁。高尔斯华绥在文学上的功绩，不单是《福些以脱家的史传》，[①]与《银盒》《斗争》《正义》《群众》诸剧本，可垂不朽，就以他当一八九三年在南海旅行的途中，发见了海军作家康拉特的一事业来说，也该在英文学史上占一席地位了。虽然是比较上流出身，但他那始终为人道而立言，对社会下针砭的态度，就是在时代不同，潮流激转的现在，我们也不得不加以十二分的尊敬。

反过来说萧，他老先生对社会的态度就不同了。初听听似乎只在说玩而不当正经的死话，但闭目一想，或笑后心灵一转，则立刻就可以发见这位长脸老人的嬉笑怒骂，哪一句不是准对着社会症结的强心针？善哉，麦克开勃（Joseph McCabe）之言，

---

① 今译《福尔赛世家》。

他批评萧说:“他并不说警句奇语,但他本身却是一句警句。他是最有道德的不道德家,最不利己的为我主义的说教者,最洁己的十诫否定人,最严肃的幽默利世德。”(The gravest Humorist)这不是很适当萧的评语么?

有一次有一位以美貌驰名欧美的女优曾对他说:“萧先生,你若和我结了婚,生下一个小孩,相貌象我而头脑象你,那孩子岂不是世上最美的最有思想的人了么。”萧说:“万一相貌象了我,头脑象了你,那还了得!”

诸如此类的妙语,在萧的七十六年中间,不知发放了多少。曾记得他到俄国去参观的时候,史太林也不得不认作马克思主义的后生小子,因为他说,我研究马克思,是远在列宁之先。当时欧洲各资本主义的国家,正在宣传苏俄强制作工的违反人道,而萧却对俄国人说:“我愿意欧美都有这种非人道的现象发生,否则那些成千成万的失业工人,那里会有出路呢?”

在我们中国,幸喜还有一位鲁迅先生——可以和萧伯纳对对。片语杀人,人家都在骂他是绍兴师爷的故技,但萧伯纳总不至于是萧山人罢?

一九三三〔年二〕月一日

**(原载一九三三年二月二日)**

# “动物”与“动”

杨幸之

人，究竟是“动物”。因为是动物，所以有些人虽说除了吃饭排泄以外实在闲得无事可做，却也不愿意放弃“动物”的资格而安坐不“动”，于是有的便用嘴动，有的便用笔动。自然，无论动的方式是怎样，但谁也决不会自己骂自己，或自己刮自己的耳光，打自己的嘴巴，而一定要找一个“动”的对象，最好是自己的“动”能使他人受一点小影响，则自己便更加心满意足，发出胜利的微笑。

就一般情形来说，为了“闲极无聊”而“动”的方式，常是不外乎论长短，挑是非，造谣言，总之其目的无非是要用以表示自己能说，也能做，并不是“静物”，也并不是低能儿。虽说有时谣言终于被事实击破，被人家手指戳到额角上，直问得耳赤面红，开人家的顽笑恰成为开自己的顽笑，但这究竟无伤于“动”，更无伤于自己之为一“动物”。

举一个例来说，好久以前，章××先生为本刊写了一篇“排天才”，署名是“岂凡”，这本来是一件极寻常的事。但事过多日，却有一位金刀其“人”者，大概也正是闲得无聊而想动：忽然，福至心灵，便硬将“岂凡”改为“岂明”，再将“排天才”与鲁迅先生联系起来，更进而去某图书馆，而去借鲁迅著作的书，而且居然从

《坟》里找着了《文化偏至论》，又捉住了文中“尊个性”的主张，又发现了“排天才”与“尊个性”的“矛盾”，于是如获至宝的由用眼动用脚动而改为用笔动，毕竟“动”出了一篇《鲁迅言论的矛盾》的大文，又毕竟幸而在某报副刊上刊出，而且还要叫“读者诸君下一定评”。象这样的“动”，我的天，叫我能怎样“评”呢？

自然赋予人以五官四肢，自然是该“动”，该“做”。如果一个人除了吃饭排泄以外便老是闲着什么也不动，自然是绝对的“不该”，但假如你能找一件有意义的事动一动，做一做，不是更好一点吗？你有什么权力能把你的生命力浪费于“造谣言”“挑是非”呢？

编者按：此之谓“庸人自扰”。

（原载一九三三年二月三日）

# 航空救国三愿

何家干（鲁　迅）

现在各色人们大喊着各种的救国，好象大家突然爱国了似的。其实不然，本来就是这样，就在这样地救国的，不过现在喊了出来罢了。

所以银行家说贮蓄救国，卖稿子的说文学救国，画画儿的说艺术救国，爱跳舞的说寓救国于娱乐之中，还有，据烟草公司说，则就是吸吸马占山将军牌香烟，也未始非救国之一道云。

这各种救国，是象先前原已实行过来一样，将来也要实行下去的，决不至于五分钟。

只有航空救国较为别致，是应该刮目相看的，那将来也很难预测，原因是主张的人们自己大抵不是飞行家。

那么，我们不妨预先说出一点希望来。

看过去年上海报的人们恐怕记得，苏州不是有一队飞机来打仗的么？后来别的都"迷失"了，只剩下洋烈士的那一架，两拳不敌四手，终于给日本飞机打落，累得他母亲从美洲路远迢迢的跑来，痛哭一场，带了几个花圈而去。听说广州也有一队出发的，闺秀们还将诗词绣在小衫上，赠战士以壮行色，然而，可惜得很，好象至今还没有到。

所以我们应该在防空队尚未成立之前，陈明两种希望：

一、路要认清。

二、飞得快些。

还有更紧要的一层，是我们正由“不抵抗”以至“长期抵抗”，而入于“心理抵抗”的时候，实际上恐怕一时未必和外国打仗，那时战士技痒了，而又英雄无用武之地，不知道会不会炸弹倒落到手无寸铁的人民头上来的？所以还得战战兢兢的陈明一种希望，是——

三、莫杀人民！

（原载一九三三年二月五日）

# “惊人发展”

玄（茅　盾）

十一日报载日内瓦电讯，国联处理中日争端，将有“惊人发展”云云。哦！国联要主持“公道”了么？我们恪遵“长期抵抗”的宪训的人民逖听之下，当真是感激万分！

然而我们细考这将有的惊人发展的来由，却原来是为了日本要“独吞”满洲而国联则根据李顿报告的建议部分要“共管”满洲。在独吞的局面下，东北非我所有，但在共管的形式下，东北亦未必为我所实有。主人公的我们在日内瓦“惊人发展”以后依然是被掠夺而已！

李顿报告书发表以后，我们曾经听得一些“学者名流”赞扬之为“公平”。学者名流虽然是“中华民国”的人民，但他们在赞扬李顿报告书为“公平”这点上，确已成为“第三种人”。现在国联抖擞精神要采用李顿报告书的建议，并且准备“觅取实施的途径”，这在我们贵国的“第三种人”看来，当然是公平之上又加了公平，真所谓“国联有灵，不负苦心人”！

可是学者名流也许还不肯自承为“第三种人”，他们要申明他们的爱国之道。他们会有这样的高论：自家的力量总是不能从强盗手中取回失物的了，何如慷慨一下，让强邻共管，做一个顺水人情，况且我们还落得一个拥有“主权”的虚名？

这样聪明的逻辑，自然是学者名流拿手的好戏。只可惜李顿报告书的建议部分不但想共管东北，还暗示了共管全中国的"公正"提议：这一点，聪明的学者名流虽然装作不懂，而愚笨的小百姓却不肯忘记。

等着罢！日内瓦在眼前这"惊人发展"以后，还有一次更惊人的发展呢！那时候，李顿调查团功德圆满，全中国都成了共管下的太平世界；那时候，国难当真结束，而"长期抵抗"的意想不到的效力于是乎显著！

然而最讨厌的是不懂礼貌只晓得要饭吃的四万万中国老百姓却未必那样好说话！

（原载一九三三年二月十五日）

# 欢迎萧伯纳来听炮声

郑伯奇

萧伯纳到中国来了。① 这世界的大讽刺家到中国来了。我们应该怎样欢迎他呢？

开一个欢迎的宴会罢？读一篇冠冕堂皇的祝辞罢？再不然，叫盛妆的少女捧送给他一束美丽的鲜花罢？那自有“高等华人”去办，用不着我们再白费心。

我们应该用民众的热情和威力去欢迎他。让他感受到在苏联或者在印度所感受过的一样。在苏联，他感受到五年计划的伟大；在印度，他感受到独立运动的狂热；在我们这国度里，他将感受到些什么？

我们不能用夺回汉口九江英租界的那时代的那种热情来欢迎他，真是一件遗憾的事！不然，他也许可以象对印度独立运动一样，很爽快地给我们预约一个可喜的前途。

“长期抵抗”的呼声，“民族主义文学”的运动，怕不见得会合他的脾胃罢。

那么，我们应该用什么去欢迎这个和平的社会主义者呢？

---

① 萧伯纳于本文发表的当天到达上海。宋庆龄等亲往码头迎接，随即在宋寓与蔡元培、鲁迅、林语堂、杨铨、伊罗生、史沫特莱等会见并午餐。萧在沪仅停留一天。

我想，还是很本色地拿出我们的本地风光来罢。为远方来的珍客，这应该是很奇妙的东西。

瞧，我们这儿有的是流血，恐怖，饥饿，失业，战祸，水旱灾，而最新鲜最重要的，还有日本的大规模的侵略。这是世界大战的导火线，这是世界革命的前奏曲。

这已经够了。伴着这前奏曲，现在全国都燃起了烽火，遍地都鸣动了炮声，这是一幅伟大的时代画图，值得献给这理想家的。

东北抗日的民众义军，华北抗日的士兵和民众，全国反帝的先锋。在热河，在吉林，在南满沿线，在长江上游，和在中部地方，炮声都在不断地震响。这决不是偶然的现象，也是西欧所没有的现象，因之也就不是萧伯纳所容易看到的现象。

假使，他用他的锐利的头脑，把这些炮声分析得清清楚楚，和分析他的戏曲中人物的关系一样，他也许可以给世界的民众作一个很好的报告。

这里又是一个试金石，为这个老社会主义者。

好！就欢迎萧伯纳来听炮声罢。

（原载一九三三年二月十七日）

# 绅士阶级的蜜蜂

许　杰

萧伯纳是英国绅士社会的一只蜜蜂，他有刺，他也会酿蜜；不过，他所酿的蜜，却是甜中带酸的。

英国的绅士是不只一个的；因此，当这个蜜蜂无情的去叮这一个绅士时，另外的绅士们，以为这并没有叮到他们，于是乎，他们笑了；同时，被他人笑为被蜜蜂叮了的绅士，也发现那几位笑他的绅士被这讨厌的蜜蜂叮了一口了，于是他也笑了。

但英国的社会，除了一大批的绅士以外，还有许许多多的人们，是没有被列入绅士之林的资格的。在他们的眼中看来，这一批绅士们，好象都患有洁癖一样，礼服穿得笔挺的，领口，袖口，胸口，都是烫得笔挺的白色的硬领，白色的袖口，白色的衬衫。有一点肮脏的东西，他们连竖起两个指头去撮一撮都不高兴的。这是何等看不过去的事！现在，他们却亲眼看见，这一个蜜蜂，嗡嗡的钻入绅士们的领口，袖口，以及胸口里去放刺，使得这一批绅士们没有办法，使得他们演了许多引人发笑的怪剧；于是乎，这一批非绅士阶级的人们，也看得笑了。

这大概便是萧伯纳之所以为萧伯纳吧。

（原载一九三三年二月十八日）

# 中国人的手和脚

高　明

前读日本某杂志，见到一篇东西记一个法国学者关于中国人的手的研究。据说，那法国学者就世界各国人的手加以研究，结果发现中国人的手的指端最富于黏力，这也就是说，同样摸一个钱，手上粘到钱垢最多的便是中国人。在这段记载后面，还附着日本人对这件事的解释，大意说：中国人手里不能经过钱，一有钱经过他们手便要被他们中饱，大概就是这个缘故了。

对于中国人爱钱这件事都注意着生物学的说明，这一点，我们的确不能不五体投地的佩服日本人的伟大。

中国人的手既有这样的特征，那末他们的脚又是怎样呢？关于中国人的脚，我敢和你们打赌，不久一定会有人在同样加以精细研究之后而发现其有滑性的。中国人普通把西洋人唤做“直脚鬼”，无形之中当然也就在夸耀着自己有一双灵活的脚；这却不谈。而事实告诉我们的也是：中国人的脚是最最敏捷的。马路上本来哄着一群人，但是一听说外国三道头来了，即刻会以绝大速率逃散。一点也不夸张，其迅速是可惊的。这一次日本人打下了山海关，消息一传到平津，南下的列车即刻为逃难者挤满了。到后来听说非于一星期前预定，不能购得车票。真是热闹极了。这个，当然也不过是中国人两脚灵活的一个小小的例证而已。

动物学书上记鸵鸟的事，是很滑稽的。据说鸵鸟善走，为人追捕时，常逃到一个地方将脑袋掩藏起来，以为就此安全了。当然我在这里这样谈起，并不是说中国人就象鸵鸟。因为中国人是素来以狮自喻的。

（原载一九三三年二月二十日）

# 黄　河

曹聚仁

黄河为中国大患，历史上早就那么说。现在有一位德国工程师正在研究这个问题。他在巴伐里亚造了一道模型的黄河，加以种种的试验；如此试验告成，则黄河大患便有解决的希望了。欧洲人毕竟有些傻气，他以为试验告成，便可以替中国人做大事业了。殊不知靠黄河发财的人，正希望黄河大患永远不能解决：大水冲发一次，便是黄河道大发财一次；清朝的黄河道，算是最肥的缺，每年要孝敬西太后三五十万；黄河大患解决，岂不是连带最肥的缺也解决了吗？

三侠五义写智化扮乞丐进皇城，挖御河的工头王大带他去做工，“到了御河，大家按档儿做活。智爷拿了一把铁锹，撮的比人多，掷的比人远，而且又快，旁边作活的道：‘王第二的。’（智化的假名）智爷道：‘什么？’旁边人道：‘你这活计不是这么做的。’智爷道：‘怎么？挖的浅咧？做的慢咧？’旁边人道：‘这还浅！你一锹，我两锹也不能那样深。你瞧，我才挖了这一点儿。俗语说的，“皇上家的工，慢慢儿的蹭”。你要这么做，还能吃的长么？’智爷道：‘做的慢了，他们给饭吃吗？’旁边人道：‘都是一样慢了，他能不给谁吃呢？’”这真写尽了中国政治界人物，上自大院长，下至小科员的共同心理。德国工程师的试验告成，他的倒霉日子也就到了，除非中国真的亡了国。

美国的爱迪生，他高高兴兴发明了一架迅速投票的机器，送到国会去，国会议长立刻将原机退回。议长议员正希望投票手续来得慢，爱迪生自然要触一鼻子的灰了。中国政治家曰：

“天下乌鸦一般黑！”

（原载一九三三年二月二十一日）

# 九百九十九个

马国亮

上海随地都散着金子的，许多人以为。

于是许多人都跑到上海来：男的，女的，老的，少的。有的卖了田，卖了牛，有的甚至卖了儿女。

大家都到这里来碰碰运气。上海是随地散着金子的，他们想。

但是碰到运气的，一千个人中顶多只有一个。

其他的九百九十九个，哪里去了？没有人问，也没有人想及。

交了运的九百九十九个以外的一个——如果一千个中能有一个的话，他的生活舒服了，他，或她，穿了美丽的时装，进跳舞场，看电影，进酒吧，而且，而且去赌钱。他的行动为整个都会所注意，钦羡，人人把他或她当作理想生活的目标，人人看他做榜样。

他为人人所注意的中心。此外的九百九十九个怎样？哪里去了？无人根究，也无人会想一想的。

他们只看见那享福的一个。

于是大家便以为上海真是随地散着金子的。

于是另外的一大批人又跑到上海来：男的，女的，老的，少的；有的卖了田，卖了牛，有的甚至卖了儿女。

但是那每一千个中的九百九十九个哪里去了呢？

人们曾否留心过，那踯躅在街头的穷人？那缩瑟在墙角的叫化子？那住在南市一带污湿低湫的草屋里的贫民？那给工厂踢出来的饿僵了的劳动者？那站在路边等着顾客来贩卖自己肉身的妓女？

人们曾否想过，那唯一的享受者，多半是这九百九十九个的血和肉所供养成的？

这便是上海。

但是人们的眼睛生得很高，他们只望见天堂，看不见地狱；只想到天堂上的一个幸运儿，却忘记了地狱下面的九百九十九个难受者。

他们望得太高，结果便一千个人中有九百九十九个跌了下去。

但是跌下去的被遗忘了——下面好象是一个深不见底的潭，只有那交运的象星子一般在半空闪着得意的光彩。

人们依旧是潮水一般地拥到上海来，带着钦羡的眼睛……。

上海是随地散着金子的，他们想。

（原载一九三三年二月二十一日）

# 健康的礼赞

侍　桁（韩侍桁）

在一本关于苏俄的杂志的封面上，印着一个苏俄的少女的面影；那面孔上没有什么特色，只是显示着一种特殊的健康；但没有旁的东西更能比这少女的面影表示出苏俄的特色了。

充满着新的血液的健康，是现今苏俄的最大的特色。

人类是渐渐地老了，随着老必然地带来了衰弱和疾病：可怕的不是人类的肉体的病苦，可怕的是人类的心灵的残疾，因为世界的误谬的发展，环境造成人类生活的堕落，无法医治的病苦，每日地在蔓延，今日整个的世界，就好如一架活尸，好如一个只是在等待着死亡耗尽了精力的衰弱瘠瘦的老人。

在每一个国度的大城市里，你都可以看见一种同样不可医治的病症，在巴黎，在维也纳，在纽约，在柏林，在东京，在上海……生长在这些狞恶的巨兽之中的人类，寻不到健康的工作，更寻不到健康的娱乐。从诞生到死亡，不同的命运把人类分成了等级；有的命中注定应该享受酒、美人与歌舞，他们没有工作，他们无需工作；有的命中注定应以血汗来生存，他们必要工作，因此他们就不能不生存在剥削里。生存在被人剥削的生活之中的人们，是没有适当的娱乐好讲的，然而没有娱乐人类是不能生存，于是同类的而是更下等的一种酒，美人与歌舞，麻醉了他们，使他们暂时地忘掉了他们的生活，忘掉了他们的苦恼，使他们兴奋，使他们麻木。在任何一个大城市里，在那恶魔张开了眼的世界中，你时常可以看见一个被剥削的劳动者，因为饮着了酒，踉跄着脚步，哭着，喊着，骂詈着，同时回应着这哭喊，你可以听见那在附近的咖啡店中，跳舞场里，狂欢的管弦乐，狂欢的男女的叫嚷。再没有什么悲惨的光景，比这更动人的了！

现今的人类的生活，是肉欲，是醉酒，是极度兴奋之后的悲鸣。在任何恶魔的城市里，你寻不到一个健康面孔，所有的面孔都是焦黄的，瘦瘠的，张着两只狞恶怕人的闪着兽欲的光的眼，他们没有生命，没有前途，已经站在死亡线上了！

有什么方法挽救这不可避免的灭亡呢?！贯注新的血液，播种健康的种子呀，象那伟大的斯拉夫种族正在努力工作着的！

让我们礼赞健康吧！

（原载一九三三年二月二十二日）

# 一文一武的教训

郁达夫

中国在最近又接着了两位外国导师的教训，一位是文的，一位是武的。

文的，当然是那位油嘴老翁萧伯纳。他在北平对新闻记者说：中国人的一种奇异的特性，是他们对一切外国人的那种不可思议的客气和亲善，而在他们自己的中间，却老是那么不客气，老在打着仗的。他又说，长城是无异于平常的矮墙了。

武的，就是新近攻进热河来的日本帝国主义者的大炮和飞机。这些大炮和飞机，也在笑着对中国人说：你们中国人对外国人真客气，对自己的老百姓真太不客气。东三省一让几千几万里，现在这热河，等你们的战时公债弄到手，后援慰劳金收集起来之后，少不得又要退让的。长城一道，本来是筑以防外国的来侵的，现在却作了外国人的堡垒和界线，总算是中国人替外国人费力筑成的防御工事了。

一面想起在所谓国难期中的山东、四川、贵州的战争，真不得不令人佩服，佩服这两位外国导师的教训的确切。末了，我只好来抄两句改两句旧诗，以表彰我大中华民族的进步。

改《诗经》：兄弟阋於墙，外迎其侮。

抄人嘲李鸿章翁同和〔龢〕诗：宰相合肥天下瘦，军机常熟庶民荒。

改昔人咏长城诗：秦筑长城比铁牢，当时城此岂知劳，可怜一月初三夜，白送他人作战壕。

（原载一九三三年二月二十五日）

# 所谓“解释”

李冰

我不怕大人物随意杀人，我只怕大人物在杀了人以后再来一个“解释”！老虎吃羊，叫了就完了；偏是人吃了人以后，还要把自己说得仁至义尽，把被吃的人说得十恶不赦，永劫不复，这才可怕。

人类，不尽是中国人，都有点崇拜大人物的心理，弱小的说了十声百声，不能引人注意；大人物只要放一个屁，就会耸动听闻。譬如古时，皇帝若做错了一件事，错杀了一个人，如果皇帝自己不以为错，自然大家都无话可说；如果他说自己做错了，表示懊悔，则那些大臣学士们便立刻会歌颂主上圣明，捧个透屁，对于做错了的事和杀错了的人自然是错也应当，不在话下了，然而这还是只有天子做得到，若在其次的大人物，便必须“解释”了！

“解释”的方法不一：做好了手脚，埋下了证赃，直接宣布何以杀人的“真相”(?)以求得天下人的谅解一也，指鹿为马，颠倒黑白，使世人目迷五色，是非莫辨，二也；若遇形势险恶，譬如在德谟克拉西气味很浓重的现代，大人物的行动时常要为不识事务的年青小子所指摘的现代，大人物为躲避那些恶毒的视线起见，可以向比自己更大的大人物“解释”，再由“大大人物”出来向民众“解释”一下，三也。

日人侵占东北，已够使我们痛心了；但当我们听了日人在国际联盟会的那种“替支那人开发东北富源”“替支那人赶走军阀——消弭内战”的仁至义尽的“解释”以后，不叫我们更觉痛心吗？

×××××在枪杀了一个××××[1]以后，受到笔杆儿的声讨，据报载于×月×日已向××大大人物“解释”过了，我实在担心那位大大人物又不知怎样来替那主席先生在民众面前“解释”，想来是“官儿圣明，奴才咎由自取”吧？

唉，死者已矣，生者呢？“好头颈，谁当斫之”？望大家摸摸自己的脖子罢！

（原载一九三三年二月二十六日）

① 指国民党政府江苏省主席顾祝同枪杀无辜新闻记者刘煜生事件。

# “解放”与“保守”

钱歌川

“中华民国”给我们一件顶顶大的功德无量的事，就是解放了女人的小脚。解放的最后目的，并不在于放大已裹的脚，而在提倡自然发育的天足。放脚姑娘终不免成为过渡的人，解放后，美的标准，自然在天足的少女。这是无论那个新时代的人，都得承认的。

随着政体的转换而改革的，还有一件值得道及的事，便是新文学运动。这种运动的过渡期，是以旧文言写新思想。但我们所达到的最后目的，便是不受形式限制的，自然流露的白话。不意在这新运动二十年之后之今日，大家正待着一种有生命的新文学作品之出现，以完成我们的使命的时候，竟忽地有一重迷雾，蒙住了我们的新文坛。这就是现在一班新文人(?)的复古运动。除报纸外，读得最多的杂志，有许多都在用着之乎也者；即个人的专业，也有不少的旧词与旧诗。这时，在辈出的“词人”(?)当中，有曾某[①]其人者深觉一味复古之不当，因倡导所谓词的解放运动。我是一个常读旧文学而最爱读词的人，惟不满意它那种拘板的格调，现在曾某既来解放，自然是应以打破词牌及韵

① 指曾今可，他曾提倡“词的解放”。

脚为最后目的，但曾某独不出此，仍保留其古板的形式，仅将其中一些富有诗意的词藻，换上几句骂娘的村言野语。这样也称解放，未免太笑话了。

与解放的曾某齐名的，还有一位保守的"词人"(?)。那就是什么楼词的作者章某①。有余某其人者，曾在什么茶话第一卷第一期上发表一篇读书杂记，论到章某的什么楼词。余某说"中国词的正统是李后主，他直传到清代的纳兰性德便绝止了。中国一般谈词的人，都特别看重这正统派。××楼词自然是属于正统派的。他恰恰是正统派的重视"。这话我也承认。章某确是继纳兰性德而起的。若说纳兰是正统派，章某自然也是。读者要不信，试看下面两阕《浪淘沙》好了：

夜雨做成秋，恰上心头，教他珍重护风流。端的为谁添病也？更为谁羞？　　密意未曾休，密愿难酬。珠帘四卷月当楼。暗忆欢期真似梦，梦也须留。——纳兰性德作。

暮雨滴成愁，愁上心头。一生烦恼为风流，总是想思添病也，病也堪羞。　　人在短墙头，私愿难酬。夜深何事倚高楼？雪里偕行浑似梦，梦也难留。——章某作。

我们把以上二词对照一读，便知章某的的确确是属于正统派的。因为章某恐怕有失正统，所以不敢多更原词的韵脚，甚至字眼都不敢多改呢：

---

① 指章克标。

阳秋按曰①：曾某与章某原是“一丘之貉”，并无“解放”与“保守”之分，只一样以偷窃为能事，不信只看曾某将宋代万俟雅言的“何处是京华，暮云遮”改作“何处是吾家，白云遮”，而且自诩为得意佳句，便知。

（原载一九三三年三月四日）

① 阳秋即茅盾。此段系茅盾偶至编者黎烈文处，见此稿后即兴写下的。

# 王道诗话

干（鲁　迅）

“人权论”是从鹦鹉开头的。据说古时候有一只高飞远走的鹦哥儿，偶然又经过自己的山林，看见那里大火，它就用翅膀蘸着些水洒在这山上；人家说它那一点儿水怎么救得熄这样的大火，它说：“我总算在这里住过的，现在不得不尽点儿心。”（事出《栎园书影》，见胡适《人权论集》序所引）。鹦鹉会救火，人权可以粉饰一下反动的统治。这是不会没有报酬的。胡博士到长沙去讲演一次，何将军就送了五千元程仪。价钱不算小，这叫做“实验主义”。

但是，这火怎么救，在“人权论”时期（一九二九——三〇年），还不十分明白，五千元一次的零卖价格做出来之后，就不同了。最近（今年二月二十一）《字林西报》登载胡博士的谈话说：

> 任何一个政府都应当有保护自己而镇压那些危害自己的运动的权利，固然，政治犯也和其他罪犯一样，应当得着法律的保障和合法的审判……

这就清楚得多了！这不是在说“政府权”了吗？自然，博士的头脑并不简单，他不至于只说“一只手拿着宝剑，一只手拿着经典”——如什么主义之类。他是说还应当拿着法律。

中国的帮忙文人，总有这一套祖传秘诀，说什么王道，仁政。你不看孟夫子多么幽默，他教你离得杀猪的地方远远的，嘴里吃得着肉，心里还保持着不忍之心，又有了仁义道德的名目。不但骗人，还骗了自己，真所谓心安理得，实惠无穷。

诗曰：

文化班头博士衔，人权抛却说王权，朝廷自古多屠戮，此理今凭实验传。

人权王道两翻新，为感君恩奏圣明，虐政何妨援律例，杀人如草不闻声。

先生熟读圣贤书，君子由来道不孤，千古同心有孟子，也教肉食远庖厨。

能言鹦鹉毒于蛇，滴水微功漫自夸，好向侯门卖廉耻，五千一掷未为奢。

（原载一九三三年三月六日）

# 从讽刺到幽默

何家干（鲁　迅）

讽刺家，是危险的。

假使他所讽刺的是不识字者，被杀戮者，被囚禁者，被压迫者罢，那很好，正可给读他文章的所谓有教育的知识者嘻嘻一笑，更觉得自己的勇敢和高明。然而现今的讽刺家之所以为讽刺家，却正在讽刺这一流所谓有教育的知识者社会。

因为所讽刺的是这一流社会，其中的各分子便各各觉得好象刺着了自己，就一个个的暗暗的迎出来，又用了他们的讽刺，想来刺死这讽刺者。

最先是说他冷嘲，渐渐的又七嘴八舌的说他谩骂，俏皮话，刻毒，可恶，学匪，绍兴师爷，等等，等等。然而讽刺社会的讽刺，却往往仍然会“悠久得惊人”的，即使捧出了做过和尚的洋人或专办了小报来打击，也还是没有效，这怎不气死人也么哥呢！

枢纽是在这里：他所讽刺的是社会，社会不变，这讽刺就跟着存在，而你所刺的是他个人，他的讽刺倘存在，你的讽刺就落空了。

所以，要打倒这样的可恶的讽刺家，只好来改变这社会。

然而社会讽刺家究竟是危险的，尤其是在有些“文学家”明明暗暗的成了“王之爪牙”的时代。人们谁高兴做“文字狱”中的主角呢，但倘不死绝，肚子里总还有半口闷气，要借着笑的幌子，哈哈的吐他出来。笑笑既不至于得罪别人，现在的法律上也尚无国民必须哭丧着脸的规定，并非“非法”，盖可断言的。

我想：这便是去年以来，文字上流行了“幽默”的原因，但其中单是“为笑笑而笑笑”的自然也不少。

然而这情形恐怕是过不长久的，“幽默”既非国产，中国人也不是长于“幽默”的人民，而现在又实在是难以幽默的时候。于是虽幽默也就免不了改变样子了，非倾于对社会的讽刺，即堕入传统的“说笑话”和“讨便宜”。

（原载一九三三年三月七日）

# 从幽默到正经

何家干(鲁　迅)

“幽默”一倾于讽刺，失了它的本领且不说，最可怕的是有些人又要来“讽刺”，来陷害了；倘若堕于“说笑话”，则寿命是可以较为长远，流年也大致顺利的，但愈堕愈近于国货，终将成为洋式徐文长。当提倡国货声中，广告上已有中国的“自造舶来品”，便是一个证据。

而况我实在恐怕法律上不久也就要有规定国民必须哭丧着脸的明文了。笑笑，原也不能算“非法”的。但不幸东省沦陷，举国骚然，爱国之士竭力搜索失地的原因，结果发见了其一是在青年的爱玩乐，学跳舞。当北海上正在嘻嘻哈哈的溜冰的时候，一个大炸弹抛了下来，虽然没有伤人，冰却已经炸了一个大窟窿，不能溜之大吉了。

又不幸而榆关失守，热河吃紧了，有名的文人学士，也就更加吃紧起来，做挽歌的也有，做战歌的也有，讲文德的也有，骂人固然可恶，俏皮也不文明，要大家做正经文章，装正经面孔，以补“不抵抗主义”之不足。

但人类究竟不能这么沉静，当大敌压境之际，手无寸铁，杀不得敌人，而心里却总是愤怒的，于是他就不免寻求敌人的替代。这时候，笑嘻嘻的可就遭殃了，因为他这时便被叫作“陈叔宝全无心肝”。所以知机的人，必须也和大家一样哭丧着脸，以免于难。“聪明人不吃眼前亏”，亦古贤之遗教也，然而这时也就“幽默”归天，“正经”统一了剩下的全中国。

明白这一节，我们就知道先前为什么无论贞女与淫女，见人时都得不笑不言；现在为什么送葬的女人，无论悲哀与否，在路上定要放声大叫。

这就是“正经”。说出来么，那就是“刻毒”。

（原载一九三三年三月八日）

# 读报心得

施蛰存

时局紧张，读报也格外起劲，格外用心。兹将三日来报上所见几句警句，为之诠释，亦“四书味根”之意也。

㊀三月五日下午三时，立法院长孙科在上海哥伦比亚路私邸，对各报记者说：“热河天险，守军达十余万，中央虽明知结果必败，然无论如何，以为至少当能支持二三个月，闻张汉卿对人言，亦以二月为期，在此时期中，足予我国驻日内瓦代表以努力机会，俾国际对于制裁日本，得更有力量之发展，不料战未及十日……”（见六日《申报》）

注曰：“这是说中央虽明知热河是天险，守军达十余万不可谓不是重兵，但这天险与重兵是只可守二三个月的。二三个月之后，中央是预算着会失败的。这不仅中央的意见如此，就是张汉卿的长期抵抗，也是以二月为期的，那么，为什么中央与张汉卿要预备抵抗日本至二个月之久呢？这是因为要日内瓦的我国代表团有一个努力活动的机会。这边一支持，那边一努力，于是国际对于日本的制裁，便有更有力量的发展了。于是，那时候，我们也就不妨吃败仗了。而不料……”

㊁张继在徐州说：“暴日炮火不足畏，十年内，日本必有大革命。”（见七日《大晚报》）

注曰:“这是很可以使我们安心的。因为十年内,日本必有大革命,那时日本帝国主义自然而然的会消灭的。目下虽然吃他们一点炮火,旡啥希奇,顶多忍耐十年,他们的炮火也不能向我们施放了。此义推而广之,对于一切侵华的帝国主义者,都可以不足畏之了。因为在十年内,全世界的帝国主义者都必然会得崩溃的。何必我们去反抗与打倒呢?”

又注曰:“张继先生此语,可有两解。张先生之意若曰:‘日本炮火不足畏,十年内,日本必有大革命,斯可畏也。’阿弥陀佛,善哉善哉!”

㊂孙殿英电京办事处云:“……四日以来,风雪并厉,时而汗流浃背,时而遍体冻僵,无弹犹可肉搏,无食确为可悯。总之天存中国,必存热河,天存热河,必存我军……”(见七日《时报晨刊》)

注曰:“风雪并厉,以致遍体冻僵,不错。但时而汗流浃背,何故欤?文疑有衍。无弹犹可肉搏,横竖一样的是打。无食则奈何?曰可悯,可悯则无食犹有食矣。这且不管,咬文嚼字,大可不必,总之此次抗日,成败在天。天意若曰救中国,则中国也,热河也,‘我军’也,可以高枕而无忧,无弹无食,没有关系。否则‘我军’败北,不必援,因为热河也必然会失。热河失,也不必退守后防,预备反攻,因为整个的中国是亡定了。此抗日逻辑也。但是,现在事实是热河已经失了,由此观之,则中国已经亡了,而孙将军的‘我军’想必也早已不存在了。”

(原载一九三三年三月九日)

# 何必“解放”！

玄（茅　盾）

这这〔几〕天，《自由谈》上辩论着曾某的所谓《解放了的词》，十分热闹。我并没读过那册《词的解放运动专号》，只看见了《自由谈》上各位论文中所引的两首，——曾“词客”的“不朽之作”。世上尽有许多“出人意表之外”的妙事。例如前几年有一位先生“发见”了墨翟是印度人，象煞有介事做了许多“考证”。而现在又有曾“词客”的“词的解放运动”，那是更进步的卖野人头了。

曾某的“不朽之作”，已经有许多位先生批评过，这里按下不表。且来谈谈怎样是解放。

大凡文艺上的一种“解放运动”，不是凭空说起来的。首先，必然是因为社会上先有了新旧思想的冲突。新的思想要用文艺的方式来表现，就感到旧有的文艺体制不适用，于是就创造出新体来了。这样由新的内容产生了新的形式，才能算是文艺上的某种“解放”。

现在的白话诗，对旧体诗而言，就是一种解放；因为两者之间不单是形式不同，内涵的思想意识也完全两样。但这话也有例外。近来有许多白话诗在思想意识方面，实在还是封建思想的螟蛉子，——从那种穷愁牢骚的呻吟到才子佳人式的新恋爱描写，无一不是封建诗人的瘦影子；虽则俨然是白话诗了，但新店里卖旧货，此种白话诗和旧体诗的区别正好象旧体诗中古风与律绝之分。

曾某做的许多白话诗，实在就是那样的旧体诗螟蛉子式的东西。所以他现在完全依着旧词律来填“打打麻将”的新词，倒是比较老实的办法。去掉什么“解放”的野人头可矣！那不是省了一场口舌？而且君不见又一新词人章某并没戴上野人头的“解放”，却早已上接纳兰性德的衣钵而“不朽”了么？

（原载一九三三年三月十日）

# 法郎士与古物

沈起予

人们常说法郎士与萧伯纳可称为欧洲文坛的双璧，因为两个都善于“幽默”。其中，萧伯纳的寿运真好，到了七十七岁，还能“老而不死”，还能到中国来幽默一下，更还能对“古物南迁”幽默一下。

可是，萧伯纳对于古物南迁的幽默，也不外说了些“似古物较数百万北平人民之生命为更重要”（见《申报》所载他的谈话）一类的话。而这样的话，早就有中国人说过，所以从幽默家的萧伯纳说来，似乎没有多大的幽默意思。

至于那一生在古书，古董，古……中间生活过来的法郎士，不幸自己也在前几年“作了古”，不能亲到中国来，因之我们也无从听他的对于古物南迁的意见。可是他曾经对于阿拉伯人写过如下的讽刺：

> 用帕尔米的寺院的大理石来自建一座小舍的阿拉伯人，比伦敦，巴黎，穆尼夕等的博物院的一切保管人都要更象哲人些。

这不已经是法郎士对于古物南迁的间接的讽刺了么！

帝国主义者常把中国人视为阿拉伯人；阿拉伯人既能利用古物来为自己建筑小屋，我们也何尝不能把古物利用起来呢！与其远在北平偷偷摸摸地干，何不把它搬进租界，爽爽快快利用一下呢？

这样，在大多数的反对声中，古物终于在前几天羞怩怩地走进了租界，而我们也就与阿拉伯人“逼肖逼真”了。

（原载一九三三年三月十日）

# 论亡国奴之类

王任叔

热河失守，一般士大夫之类，据说要预备做亡国奴了。我觉得这未免有些唐诘诃德底勇敢。

唐诘诃德于和风车大决战以前，是曾经把旅店当作了王城，把旅店主人当作了帝王，受过骑士的册封的。现在，居然有一批士大夫，要把这秋叶般的版图，当作自己的国家，来受日本木屐儿“亡国奴”底册封。那真是无独有偶的唐诘诃德了。

去年“一·二八”战事起来，在汉口时，曾经听到过一个高级军官说过：咱们目前的大患，并不是日本人。咱们情愿把汉口让日本人占去，但决不愿让××军占领。这话，在我想来，确是至理名言。固然那位高级军官，自有他的立场。明白地说，便是汉口给日本人占领了，他还可以做他的军官，张海鹏可不是前例吗？然而给××军占领了，这是怎么一回事呢。很显然，他是有头脑搬家的危险。他底阶级意识是很正确的。

但从另一方面想，中国已无所谓国家那样的东西，至少也得把中国放在括弧里。但自从鸦片战争以来，帝国主义早已局部的把中国收作了自己的殖民地。东三省并不是亡自“九一八”，而是早已亡在“九一八”以前了。中国之亡，也不是将从今日始，而是早已亡在各个帝国主义者手里了。一切统治者之成其为统治者，都是受过各帝国主义册封的。谁能说明热河之战，是咱们民众不甘做亡国奴的表示呢？谁能指出这不是各个受册封的唐诘诃德之混战呢？那么因热河失守而一般士大夫之类，想受亡国奴底册封，那实在未免落后了一步。而且实际上，已经戴上了"曾祖父传下来，丢在屋角好久了的，上了锈的一顶铠帽"的士大夫之类，没有再向木屐儿请领第二次册封的必要。

为今之计，士大夫们还不如仍旧跟那些象汤玉麟之类的人物，实行搬家，搬到热河，甚至于辽宁去住为是。至于别有高见的大人先生们，想把自己房屋打扫干干净净，不使"小鼠"跳梁，欢迎矮子碧眼儿直脚鬼等类人物来痛饮一次"瓜分宴"。那不过徒然学了唐诘诃德的乖，把风车当作了巨人，而其结果是：

> 他以盾遮身，提抢带马，向第一个风车追驰而去，将手中的枪刺入车篷。风车以猛烈之势，卷枪而去。瞬息之间，枪杆纷纷折碎。骑士与马，随枪投掷于原野之上，团团颠转，而倒于地。

如斯而已。则那时候，士大夫之类，再搬回家来，向风车之类再受亡国奴底册封，实觉更为妥当了。

（原载一九三三年三月十一日）

# 小林多喜二之死

张天翼

在东京的一个“我的朋友”来信说，“小林多喜二活活地被警察打死了。”时候是一九三三年二月二十日。信上没说详细情形，那是因为怕那边检查之故。翻翻日本报纸，也没有看见记载。日本当局对于这事的“关防严密”，是可想见的。

这倒不怎么意外。原来小林多喜二向来有点“不安分”，近来更跟着许多人反对侵略中国，反对帝国主义。被日本警察打死是不足怪的。

但是日本是个“法治国”，因此总不免有点感想什么的。

又一个但是，则日本既然有个政府，那么日本政府当然“应当有保护自己而镇压那些危害自己的运动的权利”的呀。

不过他们仍然不彻底，对这“应当”有的“权利”的行使，还要那么脸嫩，还是要“关防严密”。

这是因为他们有所顾忌。

他们侵略中国，屠杀中国民众，说是为了他们的什么所谓生命线，他们是为他们全国人找出路的。然而他们国内时常闹别扭。这回就是小林多喜二之死。这就告诉了我们，不但中国民族被迫害，被残杀，他们国内也有人，为了反对侵略中国，为了反对帝国主义之故，被迫害，被残杀。然则所谓生命线也者，是谁的生命线呢？这不但骗不了别人，连同是大和民族的日本人都骗不住了。他们所顾忌的是这个。

然而已经骗不住了：

哪，这就是他的真面目。

（原载一九三三年三月十二日）

# 正面文章反看法

子　展（徐子展）

因为一场大病，从死神手里逃出来，惊魂甫定，神智转清，静卧几天，更多瞑想。不料思之思之，鬼神通之。读书二十年读不通，忽然灵机一动，豁然贯通了。啊呀，我才知道正面文章是要反看的。例如你初到上海，你总会感觉到公共毛坑的缺乏，尤其是在法租界。倘若你是头等阿木林，认真相信“禁止小便，如违送捕”的告白，你虽看见那里尿流满地，臭气熏天，你也只有发尿急的。再如电车头等车厢里，每有“禁止吸烟”的华洋文告白，我却看见许多碧眼高鼻的外国人，口含雪茄，烟气四散，令人气闷头痛。还有报纸上许多广告是骗人的，那不在说，便是时事记载，至少也有十分之七八，须用我的“正面文章反看法”读它，你才不会上当。比如说某地肃清，××告一段落，其实所谓某地肃清也者，只是把匪由甲地赶到乙地罢了。肃清云乎哉？××××。他如大家都喊“航空救国”，其实没有看见一只飞机敢还日本一个炸弹的。炸匪，炸沉自己的兵舰，却是真的。“长期抵抗”等于长期不抵抗，“收回失地”等于“不收回失地”，你都要看它反面的意义。总之我们读书做事做人，都不可认真一面，正面文章之外，须知有一个反面在。倘若你太认真一面了，小之则蒙不慧之名，大之则有杀头之祸。什么打倒帝国主义，什么打倒军阀，以及打倒贪官污吏，打倒土豪劣绅之类，许多青年过于相信这类的宣言标语，自以为革命，他们可宝贵的生命便轻轻送掉了的，倒还戴上反革命的罪名。有些聪明人仅仅把这些东西做幌子，小之则有事可做，不失温饱；大之则升官发财，安富尊荣。管什么革命不革命，不过面子上不能不做正面文章。不懂“正面文章反看法”的人，读书不通，做官不灵，发财不能，做人也不聪明。一法通，百法通，我愿把这个独得之秘贡献大家，自我发明，并不专利。

（原载一九三三年三月十三日）

# 春天里的冬天

周楞伽

这不是春天，这是春天里的冬天，春光还没有来到人间。

人间充满了的是料峭的春寒，气压低降，紧压着每个人的心。

报纸的揭示牌前，围着不少人在观看。大风，吹着报纸的一角噗噗地翻动。

报上标着特号铅字："热河失守，汤玉麟不战而走。"

"妈的！这家伙，我早知道他有这一天。"一个看报人叹息痛恨地说。

无线电播音台上在散播着战事失利的消息，听的人不住摇头。

金业交易所里，空气非常紧张，风潮汹涌。

市场中充满了谣言，充满了不安定的灵魂和不安定的心。

每个人，都对着一块牌子发呆，牌子上标着上星期六金市收盘的数目，"七百五十九两六钱"。

九点半，毛盘开出，一泻直下，冲进七百两大关。"六百九十八两"。

九点四十分，再跌三两，"六百九十五"。

九点四十一分，市场又起了谣言，美国将要废止金本位，暴跌三十五两,“六百六十”。

“哎哟!”人丛中晕倒了一个空头。

路上,人们象丧家之犬一般走着。

汽车“呜呜呜!”喇叭声中充满了凄凉的情味。

愁云惨雾密布在每个人的心上,每个人的心里都好象失了一件东西。

这便是一九三三年的春天,春天里的冬天。

（原载一九三三年三月十五日）

# 从正经到幽默

达　五（廖沫沙）

前几天大有人从“幽默”谈到“正经”。我看，也不尽然。

譬如电车上一人下车，空出一个座位，给两个好朋友看见了：

好友甲：请坐。

好友乙：不客气，你请坐。

旁边一人，大抵出于误会，一屁股坐下，实得其惠，两人只好红着脸，暗地叫苦。揖让谦逊，未尝不是一本正经，然而结局，却成了幽默的来源。

帝国主义在“国际合作”的美名下来瓜分中国，名正言顺，未尝不是一本正经，然而被瓜分的中国，居然有人打电报说：这是“公正严明”，歌颂之不足，还要拖出京市七十万民众来“敬致慰念之忱”，证实他们的“莫不敬佩”。可怜这七十万人，即使打一个对折，也有三十五万睡在鼓里，被别人顶着名姓在那里讨赏。

奴隶赞颂主人自然是一本正经，但拉着别人冒名顶替的磕头邀赏，真是幽默之至。

要家财万贯，姬妾盈庭的军阀们去守土御侮，本已不近情理，其不想抵抗也宜矣。然而也居然会发出一本正经的“虽至一枪一弹，亦不愿丧失寸土”的电报来，也居然会有人一本正经的相信，掏出腰包来慷慨捐输，捐输的结局，是敌兵尚远，早已卷起装满了的钱袋，为“战略关系，缩短防线”，逃之夭夭。决心抗日的电报是正经，慷慨捐输也是正经，不抵抗是正经，逃走也还是正经，只有电请撤职严办的通电、宣言、决议，才渐入佳境，走到幽默。然而要没有前年马占山变节，上海某某团体向他索还捐款，也还算“正经”。然而要没有创造不抵抗主义的大将电请严惩失土的部下，也还算正经。

拿情书向情人索款来买香粉丝袜，这是正经，不料广州的交际花，却用情书索款，扫数捐给义勇军；然而救济国难，也管不得许多，到底还算正经，只可怜那班“君子好逑”的摩登君子，平日看见救国捐款就要戚然寡欢，闷闷不乐的，如今满怀希望的求婚书，却被宝宝爱人先敲了一笔救国金，还不知道美人属我，还是属他，真要忧哉忧哉，辗转不得呢。然而求婚，乞爱，周公之礼，非不正经，求婚未遂，被敲救国，始称幽默。

所以凡事都是正经在前，而幽默在后，由正经而到幽默。

所以，抗日救国，一本正经的文章，如今也只剩下许多幽默的杂感。

自然，文字“一倾于正经”，就有春至祸临之危，也是原因的不小“者”之一。

（原载一九三三年三月十六日）

# 推测“新局面”

达　伍（廖沫沙）

虽然华租两界当局严重戒备，然而党国要人，名流学者们却一面仍在纪念马克思，据说马克思的党徒虽然应该反对，但马克思主义却不妨研究纪念。因为马克思到底是影响世界的大“名流”。

如果应用马克思的辩证法来解释，这是属于矛盾律一类：马克思既可纪念，又不可纪念。

讲到辩证法，因而使我记起其中的“突变”。（按：有人译作“奥伏赫变”者即是）突变云者，就是万事万物，日积月累，数量增加到相当程度，就要来一个质量的突然变化。譬如不抵抗主义的数量增加，突然变作通电下野，一走了事；日本进攻，满洲国的领土扩张不已，中国政府就要来“打开一新局面”之类，都算突变。至于由“不抵抗”，而“一面抵抗”，而“长期抵抗”，而“抵抗到底”，不过是其中的“过程”。

倘使辩证法也可以拿来解释中国的事，而无国情不同之弊的话，那么如今将要打开的新局面，正是所谓“突变”的时候。从旧局面突变为新局面。

这要打开的是一个怎样的新局面呢？愚民无知，恭逢“突变”，自然天机莫测。然而愚民正因为无知，所以也只好凭空推测。这推测，有时也“其应如响”的。譬如军长们通电请缨，我们就可以推测将要发行救国公债，赶快准备掏钱出来。总指挥通电决心抵抗，不失寸土，那就是预备弃城逃走，愚民们得自己先打定主意。

那么新局面的推测怎样呢？约分数种：

一、宣言“抵抗到底”，民众闻而大乐，多多出钱救国。

二、热河东三省既为满洲国[①]领土，大清帝国曾立都北京（按：即全国统一后的北平），所以北平也得让出。热河更不在话下。不久，满洲国统一告成。

三、冀鲁察哈尔一带危急，总指挥们通电抵抗到底。航空救国捐款，每人一元，捐到华币四万万元，买得飞机无数，无人驾驶，日本三岛几乎装不下。

四、要人会商结果，决议迁都喜马拉山巅，作“长期抵抗”，古物由租界西迁，寄存伦敦博物院，或东迁，存放纽约，或送到芝嘉哥博展会，列入中国出品。

五、××等省人民参加庆祝新国成立。中国政府派使致庆，“礼尚往来”也。

然而这都是推测，信不得的。譬如，推测收复失地，就不可靠。所以，马克思主义到底不适于中国，突变终不可捉摸。突变或者是不变，新局面也许还是旧局面，也说不定。

（原载一九三三年三月二十日）

① 应作“伪满洲国”。

# 文摊秘诀十条

孺　牛（鲁　迅）

一、须竭力巴结书坊老板，受得住气。

二、须多谈胡适之之流，但上面应加“我的朋友”四字，但仍须讥笑他几句。

三、须设法办一份小报或期刊，竭力将自己的作品登在第一篇，目录用二号字。

四、须设法将自己的照片登载杂志上，但片上须看见玻璃书箱一排，里面都是洋装书，而自己则作伏案看书，或默想之状。

五、须设法证明墨翟是一只黑野鸡，或杨朱是澳洲人，并且出一本“专号”。

六、须编《世界文学家辞典》一部，将自己和老婆儿子，悉数详细编入。

七、须取《史记》或《汉书》中文章一二篇，略改字句，用自己的名字出版，同时又编《世界史学家辞典》一部，办法同上。

八、须常常透露目空一切的口气。

九、须常常透露游欧或游美的消息。

十、倘有人作文攻击，可说明此人曾来投稿，不予登载，所以挟嫌报复。

（原载一九三三年三月二十日）

# 说文章的公式

郁达夫

中国的政治军事财政外交等国家大事，总不上轨道，乱跑野马，唯独文章一事，却每是规规矩矩，数千百年，如出一辙的。晋谢康乐评张华的文字说："张公虽复千篇，犹是一体耳。"这句话，到现在也还可以应用。小说作品中的三角五角恋爱，姑且不必去说起，就是军人的通电，第一总以"天祸中华，干戈迭起"为起讲，中间总以"庆父不诛，鲁难未已"为声讨，落后总以"人不犯我，我不犯人"为誓约，末了总以"旧时袍泽，海内高贤"为证人。而文字的变化尤其是最少的，却是报上社会记事的文章，这些文章日日有，张张有，可是作者也不会得生腻，读者似乎也不觉得讨厌。让我先来抄一个公式：

某地某氏，花信年华，小家碧玉——或年届破瓜，丰姿绰约，或徐娘半老，丰韵犹存——与某处某生，一见倾心，结不解缘。始则陈仓暗渡，继则栈道明修，——或一度春风——竟而珠胎暗结，大腹便便。近且鹣鹣鲽鲽，我我卿卿，双宿双飞，俨如夫妇。

这几句文章，在那一则社会新闻里，都缺少它们不得，仿佛是菜里的鸡汤，味之素。至于诗词里的抄袭前人，论文里的生吞活剥呢，只教炮制得巧妙，倒还可以原谅，但在仅仅几百字的社会记事里的这一套十番响鼓，老在那里翻来覆去，我可真懂不得作者读者两方面的所以会感到兴趣的心理。

（原载一九三三年三月二十一日）

# 雅　人

张天翼

据说人有雅俗之分，又凡物皆有新旧之别，所以有一种旧的雅人，也有一种叫做新的雅人。旧的雅人对风花雪月吟吟五个字七个字一句的东西，弹弹七弦琴，颀颀女人，玩玩骨董字画，或者还抽抽大烟，等等。新的雅人则对夜莺玫瑰之类做功夫，写写分行句子，画画油画，弹弹洋琵琶，躺在“爱人”的膝髁上溜一回嗓子，或者睡那么一觉，等等。花样繁多，不胜备载。

新旧雅人的花样虽然不同，但雅的条件是一样的。雅人必须是个读书人，比一般人懂得多些，你要是没钱缴学费和制服费（许多学校里，学生不缴制服费就得被除名的），你就莫想当雅人。第二，是要超世俗的。据说雅人都“不事生产”，也管不着世上熙熙攘攘那些麻烦劲儿，并讨厌热辣辣的政治。

然而真古怪：雅人做出来的俗事竟比俗人的要高明得多。我们古来的那些雅人，都和达官公卿混得很好。连那位雅得几乎没有人间烟火气的谪仙，也要捧捧阔老，还做宫廷里的“供奉”，给皇帝老子消遣。至于象那位不希罕五斗米而“归去来”的陶先生之流，总算是例外，但那是因为他有“田”可“归”之故。

这说的是旧的雅人。

至于新的雅人呢，除了几个新式“供奉”之外，其余都是“我生不辰”：没有“知己”。因为现在“新人物”太多了，没人赏识。那么“归去来”吧，可是乡下连年天灾人祸闹别扭，无“田”可“归”。而且更糟糕的是，帝国主义不断地对我们轰大炮，掷炸弹，大家正要和它拼命。这虽是俗事，然而性命交关，一个不留神，连雅命也难保。

然则怎么办呢？有这么几条路：

一、雅得新旧参半，以求“知己”。

二、只叹叹气，不作别事。

三、出一种新的救国论。因为呆在象牙之塔里，把艺术弄得高明些，也可为国增光呀。

除第二种略嫌消极之外，其余两种是既保持了雅人的身份，又切实用，是很合式的。

（原载一九三三年三月二十六日）

# 法的讲法

陈望道

胡适博士总算是与法特别有缘的，他一登台便讲法，而今也还在讲法。不过当初讲的法是文法，是不值五千元的，而今讲的法是法律，不久将不止值五千元了。然而这不止值五千元的，可又就是从讲那不值五千元的而来，这里隐伏有他的“尝试成功”的秘诀，值得我们细细的研究。最近将有热闹的胡适批判起来，大概便是为了想要究明他的这种秘诀的。

回忆他讲文法的时候，便有一种离“事实”而讲法的倾向。例如他的第一篇文章《寄陈独秀》，只列一条“五曰，须讲文法之结构”，未加说明，固然看不出什么来，他的第二篇《文学改良刍议》，便已将那倾向显得明明白白。他在这篇文章中对于文法有特别的强调。他说：“今之作文作诗者，每不讲求文法之结构。夫不讲文法，是谓‘不通’。此理至明，无待详论。”而其说明不合文法，却并不对照事实说话，只引了一句章太炎的话来挡。说是“指兄弟以孔怀，称在位以曾是”(章太炎语)是其例也。

胡适博士既然特别看重文法，对于不合文法的例自不会不留心搜罗，而他这里却只用一句章太炎的话来挡。这决不能当他是一时找不着例证，而另外有其重要的原因。这原因便是欢喜顶着大来头来钳制人，和懒得对照事实说话。

我以为这两件是胡适博士几年来一贯的著作精神，我们不能单单说他说得太简略，不曾细细分析何处可以把“兄弟”叫做“孔怀”，可以把“在位”说做“曾是”，何处不可以叫，不可以说，轻轻地看过了他。

现在他又用这方法在讲法律了。这我可真替所有的中国人耽心！

我不是无政府党党员，固然不忌讲法，但据我浅薄的知识，讲法律有两种讲法：一种可以叫做司法的讲法。把法律认为既成的，再来看某事应该适用那一条法律。如此则恶法也是法，明明是恶法也不能不送人去做恶法的牺牲。还有一种可以叫做立法的讲法。即从立法者的见地，看某条某条法该立不该立，立了又该怎样的适用，才能有利于社会，有益于人生。如此则恶法便可说不是法，因其无利于社会，无益于人生也。胡适博士到底想取哪一种讲法呢？

从他讲文法的方式看来，他是不会采取第二种讲法的。我们曾见他把赵元任博士以为有八九种用法的“了”字仿照外国文法硬立了一种通则，叫做“虚拟的口气”，把一切都箍了进去。现在讲法律，是不是仍想用这一种“哲学的”方法，“实验的”方法呢？假如仍然如此，那真不能不说他是一种“毒于蛇”的毒物了！

（原载一九三三年三月二十七日）

# 最艺术的国家

何家干（瞿秋白）

我们中国的最伟大最永久，而且最普遍的“艺术”是男人扮女人。这艺术的可贵，是在于两面光，或谓之“中庸”——男人看见“扮女人”，女人看见“男人扮”。表面上是中性，骨子里当然还是男的。然而如果不扮，还成艺术吗？

譬如说，中国的固有文化是科举制度，外加捐班之类。当初说这太不象民权，不合时代潮流，于是扮成了“中华民国”。然而这民国年久失修，连招牌都已经剥落殆尽，仿佛花旦脸上的脂粉。同时，老实的民众真个要起政权来了，竟想革掉科甲出身和捐班出身的参政权。这对于民族是不忠，对于祖宗是不孝，实属反动之至。现在早已回到恢复固有文化的“时代潮流”，那能放任这种不忠不孝。因此，更不能不重新扮过一次，草案如下：第一，谁有代表国民的资格，须由考试决定。第二，考出了举人之后，再来挑选一次，此之谓选（动词）举人；而被挑选的举人，自然是被选举人了。照文法而论，这样的国民大会的选举人，应称为“选举人者”，而被选举人，应称为“被选之举人”。但是，如果不扮，还成艺术吗？因此，他们得扮成宪政国家的选举的人和被选举的人，虽则实质上还是秀才和举人。这草案的深意就在这里：叫民众看见是民权，而民族祖宗看见是忠孝——忠于固有科举的民族，孝于制定科举的祖宗。此外，象上海已经实现的民权，是纳税的方有选举权和被选，使诸大上海只剩四千四百六十五个大市民。这虽是捐班——有钱的为主，然而他们一定会考中举人，甚至不补考也会赐同进士出身的，因为洋大人膝下的榜样，理应遵照，何况这也是一面并不违背固有文化，一面又扮得很象宪政民权呢？此其一。

其二，一面交涉，一面抵抗：从这一面看过去是抵抗，从那一面看过来其实是交涉。其三，一面做实业家，银行家，一面自称"小贫而已"。其四，一面日货销路复旺，一面对人说是"国货年"……诸如此类不胜枚举，而大都是扮演得十分巧妙，两面光滑的。

呵，中国真是个最艺术的国家，最中庸的民族。

然而小百姓还要不满意，呜呼，君子之中庸，小人之反中庸也！

（原载一九三三年四月二日）

# 推　背　图

何家干（鲁　迅）

我这里所用的“推背”的意思，是说：从反面来推测未来的情形。

上月的《自由谈》里，就有一篇《正面文章反看法》，这是令人毛骨悚然的文字。因为得到这一个结论的时候，先前一定经过许多苦楚的经验，见过许多可怜的牺牲。本草家提起笔来，写道：砒霜，大毒。字不过四个，但他却确切知道了这东西曾经毒死过若干性命的了。

里巷间有一个笑话：某甲将银子三十两埋在地里面，怕人知道，就在上面竖一块木板，写道“此地无银三十两”。隔壁的阿二因此却将这掘去了，也怕人发觉，就在木板的那一面添上一句道，“隔壁阿二勿曾偷”。这就是在教人“正面文章反看法”。

但我们日日所见的文章，却不能这么简单。有明说要做，其实不做的；有明说不做，其实要做的；有明说做这样，其实做那样的；有其实自己要这么做，倒说别人要这么做的；有一声不响，而其实倒做了的。然而也有说这样，竟这样的：难就在这地方。

例如近几天报章上记载着的要闻罢：

一、××军在××血战，杀敌××××人。

二、××谈话：决不与日本直接交涉，仍然不改初衷，抵抗到底。

三、芳泽来华，据云系私人事件。

四、×党联日，该×中央已派干部××赴日接洽。

五、××××……

倘使都当反面文章看，可就太骇人了。但报上也有“莫干山路草棚船百余只大火”，“××××廉价只有四天了”等大概无须“推背”的记载，于是乎我们就又胡涂起来。

听说，推背图本是灵验的，某朝某帝怕它淆惑人心，就添了些假造的在里面，因此弄得不能预知了，必待事实证明之后，人们这才恍然大悟。

我们也只好等着看事实，幸而大概是不很久的，总出不了今年。

（原载一九三三年四月六日）

# 现　代　史

何家干（鲁　迅）

从我有记忆的时候起，直到现在，凡我所曾经到过的地方，在空地上，常常看见有“变把戏”的，也叫作“变戏法”的。

这变戏法的，大概只有两种——

一种，是教一个猴子戴起假面，穿上衣服，耍一通刀枪；骑了羊跑几圈。还有一匹用稀粥养活，已经瘦得皮包骨头的狗熊玩一些把戏。末后是向大家要钱。

一种，是将一块石头放在空盒子里，用手巾左盖右盖，变出一只白鸽来；还有将纸塞在嘴巴里，点上火，从嘴角鼻孔里冒出烟焰。其次是向大家要钱。要了钱之后，一个人嫌少，装腔作势的不肯变了，一个人来劝他，对大家说再五个。果然有人抛钱了，于是再四个，三个……

抛足之后，戏法就又开了场。这回是将一个孩子装进小口的罐子里面去，只见一条小辫子，要他再出来，又要钱。收足之后，不知怎么一来，大人用尖刀将孩子刺死了，盖上被单，直挺挺躺着，要他活过来，又要钱。

“在家靠父母，出家靠朋友……Huaza！Huaza！”变戏法的装出撒钱的手势，严肃而悲哀的说。

别的孩子，如果走近去想仔细的看，他是要骂的；再不听，他就会打。

果然有许多人 Huaza 了。待到数目与预料的差不多，他们就捡起钱来，收拾家伙，死孩子也自己爬起来，一同走掉了。

看客们也就呆头呆脑的走散。

这空地上，暂时是沉寂了。过了些时，就又来这一套。俗语说，“戏法人人会变，各有巧妙不同。”其实是许多年间，总是这一套，也总有人看，总有人 Huaza，不过其间必须经过沉寂的几日。

我的话说完了，意思也浅得很，不过说：大家 Huaza Huaza 一通之后，又要静几天了，然后再来这一套。

到这里我才记得写错了题目，这真是成了“不死不活”的东西。

（原载一九三三年四月八日）

# 政权和民权

郁达夫

最近的报上，正在喧传着一位奔走南北的国民党老同志的谈话，说，政府已具绝大决心，准要把政权开放了。

政权开放，由我们这些绝对不曾尝过政权滋味的小百姓猜来，大约总不外乎是有饭大家吃，有官大家做的意思。以后天下太平，大家都有个前程，你也可以不必争，我也可以不必闹，雍雍穆穆，欢聚一堂。挂起国旗，套上皮带，诗人得预备去做个诗官，做小说的也少不得去做点稗官，听说北平的女子，且早已赶上了做女巡官，照这样子，大家做官，对外则共赴国难，对内则预备立宪——这四字在满清光绪年间也曾哄动过一时——蒸我髦士，縻尔好爵，天下英雄，入吾彀中，岂不盛哉，岂不快哉。

但仔细一想，我们有的是四万万同胞，任你把委员议员的数目，增加到无以复加，大约总也容不了四万万个鸟官。并且能者多劳，要人亲人，至少也得兼摄着十七八个显职，衙门是八字开的，宪法是纸上写的，叫化子扮作春官，一梦邯郸，后来的二百记大板，可真消受不了。所以寒酸惯了的我们这些穷骨头，还是趁早来巩固巩固我们的民权，倒来得实在些。

我想政权既要开放，何以民权却偏要那么的封闭。一本《马氏文通》，居然可以做危害民国的证据，一篇诉穷的小说，竟也构得成一个新闻记者的死罪。此外还有数不清的许多不吃羊肉，略带羊膻气的政治嫌疑犯，一次纪念先哲的集会，也得早去叩禀，必待核准，方好施行。诸如此类的事实，真很多很多，多得记不胜记，我想政权既要开放，民权又何必封闭得这么紧呢？

（原载一九三三年四月九日）

# 杀错了人

曹聚仁

前日某报载某君述长春归客的谈话，说：日人在伪国已经完成“专卖鸦片”和“统一币制”的两大政策。这两件事，从前在老张小张时代，大家认为无法整理，现在他们一举手之间，办得有头有绪。所以某君叹息道：“余尝与东北人士论币制紊乱之害，咸以积重难返，诿为难办；何以日人一刹那间，即毕乃事？‘是不为也，非不能也。’此为国人一大病根！”

岂独“病根”而已哉！中华民族的灭亡和“中华民国”的颠覆，也就在这肺痨病上。一个社会，一个民族，到了衰老期，什么都“积重难返”，所以非“革命”不可。革命是社会的突变过程；在过程中，好人，坏人，与不好不坏的人，总要杀了一些。杀了一些人，并不是没有代价的；于社会起了隔离作用，旧的社会和新的社会截然分成两段，恶的势力不会传染到新的组织中来。所以革命杀人应该有标准，应该多杀中年以上的人，多杀代表旧势力的人。法国大革命的成功，即在大恐慌时期的扫荡旧势力。

可是中国每一回的革命，总是反了常态。许多青年因为参加革命运动，受了牺牲；革命进程中，旧势力一时躲开去，一些也不曾铲除掉；革命成功以后，旧势力重复涌了出来，又把青年来做牺牲品，杀了一大批。孙中山先生辛辛苦苦做了十来年革命工作，辛亥革命成功了，袁世凯拿大权，天天杀党人，甚至连十五六岁的孩子都要杀；这样的革命，不但不起隔离作用，简直替旧势力作保镖；因此民国以来，只有暮气，没有朝气，任何事业，都不必谈改革，一谈改革，必“积重难返，诿为难办”。——其恶势力一直注到现在。

这种反常状态，我名之曰“杀错了人”。我常和朋友说：“不流血的革命是没有的。但‘流血’不可流错了人。”早杀溥仪，多杀郑孝胥之流，方是邦国之大幸。若乱杀二十五岁以下的青年，倒行逆施，斫丧社会元气，就可以得“亡国灭种”的“眼前报”。

（原载一九三三年四月十日）

# “杀错了人”异议

何家干(鲁　迅)

看了曹聚仁先生的一篇《杀错了人》，觉得很痛快，但往回一想，又觉得有些还不免是愤激之谈了，所以想提出几句异议——

袁世凯在辛亥革命之后，大杀党人，从袁世凯那方面看来，是一点没有杀错的，因为他正是一个假革命的反革命者。

错的是革命者受了骗，以为他真是一个筋斗，从北洋大臣变了革命家了，于是引为同调，流了大家的血，将他浮上总统的宝位去。到二次革命时，表面上好象他又是一个筋斗，从“国民公仆”变了吸血魔王似的，其实不然，他不过又显了本相。

于是杀，杀，杀。北京城里，连饭店客栈中，都满布了侦探；还有“军政执法处”，只见受了嫌疑而被捕的青年送进去，却从不见他们活着走出来；还有，《政府公报》上，是天天看见党人脱党的广告，说是先前为友人所拉，误入该党，现在自知迷谬，从此脱离，要洗心革面的做好人了。

不久就证明了袁世凯杀人的没有杀错，他要做皇帝了。

这事情，一转眼竟已经是二十年，现在二十来岁的青年，那时还在吸奶，时光是多么飞快呵。

但是，袁世凯自己要做皇帝，为什么留下他真正对头的旧皇帝呢？这无须多议论，只要看现在的军阀混战就知道。他们打得你死我活，好象不共戴天似的，但到后来，只要一个“下野”了，也就会客客气气的，然而对于革命者呢；即使没有打过仗，也决不肯放过一个。他们知道得很清楚。

所以我想，中国革命的闹成这模样，并不是因为他们“杀错了人”，倒是因为我们看错了人。

临末，对于“多杀中年以上的人”的主张，我也有一点异议，但因为自己早在“中年以上”了，为避免嫌疑起见，只将眼睛看着地面罢。

〔记得原稿在“客客气气的”之下，尚有“说不定在出洋的时候，还要大开欢送会”这类意思的句子，后被删去了。

四月十二日记〕[①]

**（原载一九三三年四月十二日）**

① 此段系鲁迅将本文收入《伪自由书》时所加。

# 国文讲话

林语堂

国文是中国人的文章之省，自中国人言之，不必说“中国”二字，大家已可了解。这样讲，“国文”二字所以与他国蟹行文字别，与“国医”，“国骂”，“国食”义重在“国”字同。所以怎样才象中国人的文章，便就是国文，反是便不是国文。比如冯玉祥从前通电，骂吴稚晖为“苍髯老贼，皓首匹夫”，我们便觉得这不是国文，因为太不象中国人的说话，不合中国通电体裁。张学良下野通电，谓“有生之日即报国之年”，我们读来，很象中国人的话，便是得体国文。

尝谓中文之所谓“通”，便是西文之所谓 Idiomatic，通非通，乃合语言习惯问题，而非文法问题。凡合中国语法，或语言习惯者皆谓之通。例如《春秋》“夏，享公”，虽无主词，然既合语言习惯，便可谓之通。又如魏国公太师秦桧割地通和时，作一篇《赦河南州军文》，末述大金功德，兀突认为国文不通，桧乃令程克俊为文曰：“上穹悔祸，副生灵愿治之心，大国行仁，遂子道事亲之孝，可谓非常之盛事，敢忘莫报之深恩……。”于是兀突认为这是很通的国文，因为曰仁曰孝，曰盛事，曰深恩，都很合中国语言习惯。

一国文字，为一国文化精英所寄托，所以各能表现其不同的民族精神。在中国，因为特别关系，读书成为特种阶级的专利，所以文章益趋巧妙，而所谓文章之含义，尤为特别。大概有黼黻文章之意，有条理，有文彩的，才称为文。故“文章”二字，惟中国有之，西文 Belles Lettres 去文章之义尚远。比如“不抵抗”便是白话，“长期抵抗”，便有文彩，是文章；“不攘外”，便是白话，“先安内”便有文彩，是文章。这种国文，都是蟹行文字所无。至于武人忽然想起打仗，亦必“师出有名”，或吊民，或伐罪，当其出师表做好时，如能文从字顺，辞达义安，文人便大家争相传诵道好。所不懂及受愚者，惟一些不知文章义法的平民而已。

兹举国文作法须知三点：

㈠ 曲达　孟子言“辞达而已”，自为文章正宗，千古不易。然此仅可为贤圣上智言之。因为达固妙，然吾辈既非贤圣，所欲达之言，也许平平而已，故仅达不能为文，必须加以文彩。于是荀子进一步，主张“曲得所谓”。《非相》篇说，“君子之于言无厌，鄙夫反是，好其实不恤其文，是以终身不免卑污庸俗”，如墨子之徒，所作之文，便是好其实不恤其文。不恤其文，所以是是非非明，是是非非明，便无曲得所谓之妙，所以终身为鄙夫。鄙夫是不能作“深文周纳”的文章的。

㈡ 吞吐　野蛮人打仗，擒一个，吃一个，向无所谓欲擒故纵，于是永远享不到七擒孟获的荣耀。在打仗之擒纵术，便是在文章上之吞吐术。上引冯玉祥含血喷人锋芒太露的话，论者以为欠涵养，冯氏至此吃其亏，乃不知吞吐所致。尽言招过，古有明训，故善行文者必不尽言，留个半截，为将来见面余地。故行文须多用“然而”，“则亦”，“假如”，“亦可”等字样。诗曰：“左之左之，君子宜之，右之右之，君子有之。”如此左宜右有，将来享用无穷，是为君子。

㈢ 轻松　行文忌急，忌露，忌冲口而出，上端已经言之。然欲勿急勿露，必先治心养性，读万卷书，胸怀豁达，是谓之涵养。言者心声而已，所以要做中国人文章，必先有中国人心地。故行文首须养生，饲鹅种菊，观云赏月，心地轻松，然后自我观之，世事如浮云，收回东北固好，奉送四省亦无妨。至此境地，然后轻舒皓腕，聊搦管城，于拇指与中指之间，不疾不迟，不重不轻，靠毛笔与白纸之接触，静悄悄的一字一字写出，如隔岸观火，评论是非，辩而不争，察而不激，不左不右，毋适，毋必，似战似和，亦晴亦雨，左派读之虽悲壮，右派读之亦温和，再引一两句王阳明“治心”做点缀，也就十分古雅。

三法：曲达又可称烘云托月法，吞吐又可称龙翻凤舞法，轻松又可称隔岸观火法。三法工夫炼到，便成中国文人。

（原载一九三三年四月十四日）

# 说木铎少年

郁达夫

直率痛快的骂人，原是要有特权的人才能骂的。从前有一种皇恩钦赐的木铎老人，穿起黄袍，拿着板子，日日在农村或市镇上闲行，只教遇见有不孝的乡党子弟，他就可以仗了皇帝的势力，任意打你骂你，或竟拖你上就近的衙门里去处你以死罪。现在朝代换了，一批新的皇恩钦赐的木铎少年，却应天运而生，揭笔杆而起，来演起这把戏来了。

木铎少年，自然要比木铎老人强得多。老人们穿的那件有“皇恩钦赐”四字写着的黄麻外套，少年们当然不屑穿了，说不定他们还会和叛逆子弟一样地穿上一套摩登的洋服。这么一来，第一他们就可以避去为主公做忠实走狗的嫌疑，而装作光明正大得同武都头一样的一条英雄好汉。他们可以在金銮殿上放屁，可以在众人头上撒尿。但乡党的叛逆子弟若见了他们而捏一捏鼻，则他们就会忘记了自身的恶臭，而大声的骂你是鬼鬼祟祟，十足下流，不敢掀开鼻子和他们较量。

他们还能站在第三者的地位，向主公讽示以如何来处置叛逆，说：“某某，某某，不是那么被做了的么？你为什么不步此后尘呢？”他们更会借了光明正大的招牌，公然的来通风报信，说：

“某某就是某某的化名，住在什么地方。”[1]

记得《左传》里有一段叫作《蹇叔哭师》。秦穆公不听蹇叔之谏而出师，蹇叔因自己的儿子也在一道，所以哭而送之曰：“晋人御师必于殽，殽有二陵焉，其南陵，夏后皇之墓也，其北陵，文王之所避风雨也，必死是间，吾收尔骨焉。”当时讲这一段书的塾师对我们说：“蹇叔这老头儿真厉害，他在哭声里，就告诉了他的儿子以地理和战略了，这文章真写得多么婉曲！”我觉得现代的那些木铎少年们，却都有蹇叔那么的本领。

（原载一九三三年四月十五日）

① 当时《社会新闻》等刊物曾报道：在《自由谈》发表文章的何家干就是鲁迅，又常报道进步人士行踪，为当局提供追捕线索。

# 内　　外

何家干（瞿秋白）

古人说内外有别，道理各各不同。丈夫叫“外子”，妻叫“贱内”。伤兵在医院之内，而慰劳品在医院之外，非经查明，不准接收。对外要安，对内就要攘，或者嚷。

何香凝先生叹气：“当年唯恐其不起者，今日唯恐其不死。”①然而死的道理也是内外不同的。

庄子曰，“哀莫大于心死，而身死次之。”次之者，两害取其轻也。所以，外面的身体要它死，而内心要它活；或者正因为要那心活，所以把身体治死。此之谓治心。②

治心的道理很玄妙：心固然要活，但不可过于活。

心死了，就明明白白地不抵抗，结果，反而弄得大家不镇静。心过于活了，就胡思乱想，当真要闹抵抗，这种人，“绝对不能言抗日”。③

---

① 此指蒋介石。

② 此讥刺当局对待革命者及批评政治者。

③ 所引为蒋介石语。

为要镇静大家，心死的应该出洋，留学是到外国去治心的方法。

而心过于活的，是有罪，应该严厉处置，这才是在国内治心的方法。

何香凝先生以为“谁为罪犯是很成问题的”，——这就因为她不懂得内外有别的道理。

（原载一九三三年四月十七日）

# 旧的文谱

朱雯

小时候读《古文观止》，读得每篇烂熟：老师说要读熟才好，因为古语道，“熟读唐诗三百首，不会做诗也会吟”；所以我们就“摇头摆耳”，读得烂熟。大家以为“熟读古文书一部，不会做文也会抄”；那时候老师说我们这几个孩子是“孺子可教”的。果然，文章读熟，文境自来；老师一有课题，我们总能够“象煞有介事”地，写那么一大篇；而且颇有些“古香古色”。《古文观止》里的每篇文章，又几乎成为一种文谱；我们做起文章来，就照谱填字；要不是仿《五柳先生传》，便是仿《醉翁亭记》。那时候老师又说我们“可与道古。”于是乎我们读文章的兴趣更好了。

其实，当时以《古文观止》作为文谱者，当亦不止我们几个“乳臭未干”的黄毛小子。还有许多文人，特地编了杂志来写那种文章。于是乎有仿《秋声赋》而做的《尿声赋》，有仿《阿房宫赋》而做的《澡堂赋》等等，一时争相传诵，据说是“纸贵洛阳。”直到今天，我还可以翻出几册杂志，仍然觉得这些文章的作者除了照例是“可与道古”外还多少有点幽默气度。例如××杂志第四期所登的一篇仿《桃李园序》的《专制国序》：

夫国家者，一人之私产；人民者，君主之奴隶。而民心难服，为时几何？古王创立专制，良有以也。况圣贤教我以妙策；牙爪假我以淫威。市爵赏之虚恩；赚愚臣之死力。焚书坑士，原为始皇；暴敛横征，独惭桀纣。压制未足，杀戮频施。兴三字之冤狱，快一党之私仇。不召内乱何能灭亡。欲哭不能，为之太息无数。

这不是用来讽刺无论什么时代都很恰当的文字吗？

（原载一九三三年四月十七日）

# 内外补遗

周木斋

何家干先生在《内外》篇里，阐发内外有别的道理及治心不同的方法，透彻极了，很可以当作宋儒的“语录”读。不过我觉得还有遗漏的地方，所以不揣简陋，敢来补充一点意见。好在现今正适逢提倡阳明之学的盛世，德泽所被，吾侪小人似乎也理应有一些应时的点缀。

分别内外，如果依照宋儒的话看来，尚不过是初步的工夫。真讲得精微时，更有所谓内外合一之道，有内无外，统外于内，因之这内即为“无外之内”；同时，即在内心里面，又有所谓“已发”和“未发”的分别。至少用意所在，无非是说：不要去管外面，但能顾着内面，便应用无穷了；而且，“已发”即着形迹，“未发”才是浑然一体，不可意想，不可告人。古人有云，“道心惟微，人心惟危”，即此之谓。

宋遭辽金之祸，据说“宋学”就是药救当时的人心的。现在中国正处于与宋代同样的情状下，不过辽金换了日本；同样的社会情状产生同样的意识情态，无怪“宋学”要复活了。外患的对象变了，不变的还是中国。

有人怀疑“宋学”的兴起，终挽回不了宋室的危亡。其实“宋学”原是宋室濒于危亡时的流产，屈于此者，必伸于彼，对外既然碰壁，自只有反而求诸内心了。

到底辽金未能亡宋，亡宋者乃是元！

（原载一九三三年四月二十一日）

# 时 髦 病

玄（茅 盾）

所谓“时髦病”是矛盾混乱的社会里常见的一种流行病。“时髦”二字，在这里并不作通常的“趋时”的解释，而有“硬要出语惊人”的意义。

“时髦病”有好几种，这里只说那最普通的一种。这一种的病象是——打倒一切。什么都是要不得了，但是谁也不配去执行那“打倒一切”的工作。

骂倒一切。觉得别人都是不彻底，都是错误的：但是他自己跳在云端里，永远不曾脚踏实地走一步，所以他就永远彻底，永远不会错了。

他不屑做平凡的事：看见人家做披荆斩棘探路的工作，他是要冷笑的；他说“只要跳过去就行了，谁耐烦这么枝枝节节地干！”可是他自己永远不会跳给人家看。

他过着小布尔乔亚的生活，但口口声声咒骂别人是小布尔乔亚；他在封建思想和封建势力的包围中，但他以为封建思想早就没落了，封建势力只存半口残喘。因而假使还有人在那里攻击封建思想，在他看来，就是时代的落伍者。

他是独往独来的英雄，他否定客观的现实！

他嘴里从不说“我”，但他的心里常有一个大字——“我”！

他天天嚷着：要光明，要自由！但是他望见了那由黑暗到光明之间的一段半明半暗的路程就害怕了，而且他用美妙的词令来掩饰了他的害怕。他要自由，可是他不肯爬上那到自由的梯子，因为他反对平凡的一步一步的爬，他的理想是“飞”！

他的喜悦是：常常有材料给他骂，他因此是一个最勇敢最彻底的“革命者”。但他的悲哀是：“革命”不了解他！

（原载一九三三年四月二十五日）

# “不动姿势”

李 修（曹 艺）

现在乡间雷厉风行，抽壮丁，练民团，奉命停止春耕，大家到操场上“立正”“稍息”，研究“不动姿势”。

据说县长也将亲自下乡，检阅谁的“不动姿势”做得顶好：好的自然有奖，不好的自然有罚。至若爱惜春光，擅自去耕田的，那还了得，贫民便打屁股，有几个钱的罚洋三十六元。这都不在话下。县长是好县长，讲得出，做得出，日前视察员出来视察一次，已抓的抓，牵的牵，捉着一大批去了，要是县长亲自出马，不用说，更有文章可看。

乡下人到底是“愚民”，愚蠢到不可教训，空白忧虑春不及耕，夏何以耘，秋将无收，冬拿什么来藏。殊不知“不动姿势”自有妙用。咱们的国度，原是“不动姿势”的国家：日本军阀打到辽宁，我们“镇静”，日本军阀占去了吉林黑龙江，我们“镇静”，日本军阀夺取了锦州山海关，我们还是“镇静”。由“不抵抗”而“长期抵抗”，由“静候国联制裁”而“先内后外”“二十年救国计划”，莫非“不动姿势”的各面相。国家还赖“不动姿势”撑面子，愚民又复何说。

跳舞可以救国，恢复旧道德便能怯敌。大刀到处，机关枪，坦克车，八十生的大炮都立化灰尘。那么“不动姿势”训练有素，当然也可一个“立正”下去。谷也有了，麦也有了，一切都有了。日本兵一眼看到这个“不动姿势”必定吓得屁滚尿流，一个个心惊胆战而死：也许扶桑三岛因“不动姿势”而陆沉，岂不是比“坐镇”还有效果吗？

大豆和油倒在码头上，能抗上陆的直脚洋鬼子，画符玩拳便可抵敌八国联军，神机莫测的攘外奇策是古已有之的，如今急急忙忙地来练“立正”，讲究“不动姿势”，不过是神而明之，集五千年来的大成罢了。

（原载一九三三年四月二十五日）

# “自许南阳葛人怀秦会之”

曹聚仁

北平近有人作谐诗：“自许南阳葛，人怀秦会之。”一语道破今日一些人的心中秘密！

“诸葛大名垂宇宙”，这岂不是天下第一等美事？无奈“大名”非同垃圾，可以随处掇拾。诸葛亮从卧龙岗下山，正当刘备走瘸运；以刘备与曹操的往日交情，诸葛亮大可送一送顺水人情，劝刘备归降曹操，图一个终身富贵。而诸葛计不出此，必亲自奉命求救于孙将军，与曹操决一死战。刘备虢亭败绩，白帝城“中道崩殂”；若依“必先安内而后可以攘外”的原则，诸葛亮先该和孙吴拼个你死我活，然后六出祁山。而诸葛受托孤之重寄，却先修好孙吴，认定“汉贼不两立”，非“六出祁山”不可。以诸葛亮的声望和地位，若和司马懿秘密修好，何患不“富贵逼人来”？而他“鞠躬尽瘁”直到五丈原断气，还是“汉贼不两立”，叫姜维继承他的遗志。这种垂宇宙的大名，得来未免过于辛苦。现在有此诸葛亮否？

岳飞墓前，挂着一副某女士的对联，下联是“白铁无辜铸佞臣”，这种身后问题，秦会之大概不理不问。当时，会之欲得相位，扬言道：“我有二策，可耸动天下。”他做了宰相，果然献出两策：“以河北人还金，中原人还刘豫。”他决定了和议大计，对高宗说:“臣僚畏首尾,多持两端,此不足以论大事。若陛下决欲讲和,乞专与臣议,勿许群臣预。”群臣反对和议,桧便大怒曰:“如桧但欲济国事耳!”这样直接爽快,要和便和,随你怎样笑骂,他都不理。他杀了岳飞,死后跪在岳飞墓前,任千人万人溺辱,他也是十分情愿。现在不知也有人学秦桧否?

诗云:“收拾乾坤一担担,上肩容易下肩难;劝君高着擎天手,多少旁人冷眼看!”我想把这首诗再赋一回呢!

(原载一九三三年五月三日)

# 五　　月

周木斋

五月到了，日本和中国总结账的时候到了。

是月也，在废历，相传是个毒月，而初五这天，又是毒月的毒日，定为端午节，贴纸符，插艾剑，悬钟馗像，饮雄黄酒，据说都是用来辟邪消灾的。

是月也，在现历，有“五三”“五四”“五五”(注)“五七”“五九”“五卅”等纪念日，这些零碎的纪念日组成了一篇五月的糊涂账。各个纪念日，照例都开纪念会，挂中山像，贴标语，喊口号，此外有时还休假一天。这些纪念日的债主，或完全，或部分，是无一不与日本有关系的，大概各纪念日的例行工作，是在打倒“东洋鬼子”或者“倭鬼”了。

用中国的老话来表明两者的不同：端午节的对象可说是“天灾”，目的可说是“保家”；各种纪念日的对象是“人祸”，目的是“救国”。

“天灾”是长期的，“长期抵抗”须有持久的力，所以首先还要“准备抵抗”——不，“准备抵抗”就是“长期抵抗”，刺激蓄藏的力而又蓄藏起来。这样，毒月就变成令节了。发挥性的雄黄酒与

(注)指一九三二年上海停战协定而言。——作者原注

凝炼性的糯米粽，在这里是异其功用，相辅而行的。他们虽不知道“保家不忘娱乐”，却也能说“和气致祥”一类的话。从这意义看来，长期抵抗不是现代人的发明，而是中国的传统艺术。

古质今文，现代人当然更要巧妙些。在纪念日休假，可说“读书不忘救国”，这是第一部曲。纪念日的本义在向死骨里注射些新生命，现在却想从死骨得到些刺激力了。救国先须救己，救己先须救心，于是游目骋怀，“娱乐救国”。这是第二部曲。刺激过了头，换来了麻醉。刺激的初现是紧张，是督促，紧张虽是瞬息的，被督促者却已够受用了；物有本末，归真返朴，自然又得还原：“救国不忘读书。”这是第三部曲。紧张过了头，结局就是“镇静”。

旧历五月在名义上是算废除了；现历五月的一篇糊涂账呢？

（原载一九三三年五月六日）

# 人造地震

适　夷（楼适夷）

萧伯纳在日本和荒木陆相会面时，荒木对他说："可惜你老先生没有在日本遇到地震，遇到过地震，才会懂得日本优越的国民性呢。"萧老头子的回答是："假使你是英国的内阁总理，一定会把炸弹埋在地下，制造人造地震的。"

荒木大将虽然没有到中国来当主席，但中国现在确有不少的人在加工赶制人造的地震。

不必说那些舶来的，"国货"的飞机，炸弹，坦克车，没一天不在"边疆"与"腹地"轰轰隆隆的制造地震，就是泛滥而来的外国商品，匪夷所思的奇捐怪税，又何尝不是摇撼着农村的人造的地震？甘陕的人民因为怕军队收房屋捐，不惜捣毁自己的住居，这地震已经是不待人造而自己来造了。军队因攻略而挖堤，土劣贪污克扣公款而置堤不修，形成环亘十六省的大洪水，这更是接连着人造地震的人造海啸了。

荒木以为地震养成日本国民〔的〕优越性，是对外发展。在中国，这人造地震的结果，确也养成了对外发展的优越性，例如内地的地主搬家到租界里作寓公，拿财产存到外国银行的保险库里去便是。不过有些无家可搬，无产可存的人，似乎就无法养成这种优越性，只好永远在人造地震里呻吟。

于是有人说：这是“注定了的苦命。”既然“苦命”是“注定了”的，就只好恭候山崩地裂，压榨得粉身碎骨为止吧！

（原载一九三三年五月十一日）

# 计　　划

适　夷（楼适夷）

自从苏联五年计划得到了成效，计划这个名词就很流行，如胡佛二十年计划，希特拉四年计划等等，调子都唱得很好听，不过前者既以胡佛丢了总统饭碗而未观厥成，希特拉刚刚开头，除了排斥犹太人，搜捕共产党以外，还未见有什么大的作为。在中国，世界上有的东西当然也不能不有，便有了某某部长的实业建设四年计划。至于这计划已否开始，在怎样的进行，恕我无从检查也无权检查，不敢遽下断语。我要说的是另一种计划。

这是最近报纸上的大标题告诉我的：

“滦东敌军，节节进迫，我军计划西退。”恕我加一点注释，这“计划”两字是作副词形容词用的，意即“有计划地”，并非动词的还在“计划”中。本来，好久以前，我们就知道了，“我军安然退出！”那样的消息。“退出”而能够“安然”，这当然早有计划了。

我没有读过孙武子兵法之类的书，近代军事学，更是十足的门外汉，只记得小时候看《三国志演义》，知道“实则虚之，虚则实之”是兵家常用的战略；而“以退为进，以守为攻”，“诱敌深入，聚而歼之”那样的军事常识，也曾经从战争新闻上偶知一二。所以以为有计划的退出，目的当然是在反攻，何况新闻纪事上还有“前线歼敌甚多”等字样，这退出之并非战败，更可相信。因此一向就很乐观，巴望总有一天会“收复失地”。

但是新看到了中委吴稚晖先生的谈话，我的乐观不禁大为动摇，吴先生说，“我们只希望三天可失的地，使它两月方失。”——这大概就是“整个计划”了。如果照这计划，该“失”到几时才能把全个中国“失”完，固然是不敢推算；就是想想那些在炮火底下肉搏血战的士兵，他们的血肉代价，只不过把“三天”换作“两月”，已经是不知道怎样说才好了。

不过，一想到这是为了要实现计划，就只得认为满意。

（原载一九三三年五月十四日）

# 蘧庐絮语（二十八）

## 安内乎？ 攘外乎？

子　展（陈子展）

晚清当局，颟顸阘茸。其于外交上不恤丧权辱国，而于内政上惟恐民权获伸。一面力拒立宪派恳切之请求，一面予革命党以残酷之镇压。盖若辈豫存“宁赠朋友，不与家奴”之私心，以为安内重于攘外。其卒也，因外之不能攘，而内愈无以安，清社遂屋矣。予以为明清之亡，如出一辙。晚明国政，败于官邪。党祸频兴，藉快私意；强寇不拒，议疑是图。当满洲兵之席卷华北，进逼江南也，南京小朝廷尚有安内攘外之争，相持不下。奸党马士英阮大铖辈，力主先事安内，讨伐左良玉异己之师旅，江南兵力不足，至撤江北御侮之兵以益之。时满洲兵日南下，大理少卿姚思孝，御史乔可聘，成友谦，请无撤江北兵，亟守维扬。士英厉声叱曰：“若辈东林，犹藉口江防，欲纵左逆入犯耶？北兵至，犹可议款；左逆至，则若辈高官，我君臣独死耳。”思孝等惧遭严厉之处置，不敢再议御侮。淮扬备御益弱，满洲兵乃长驱直入，屠扬州，破南京，而擒福王矣。虽谓有明之亡，亡于专事内战，不攘外寇，可也。安内乎？攘外乎？当局者迷，旁观者清。吾人生于明清之后，而论明清之所以亡，又何患伸纸濡笔，无以置词也哉？

（原载一九三三年五月十六日）

# 掘地窟与买飞机

适　夷（楼适夷）

翻开报纸，又是两行惊人的大标题：

> 敌军向平津取包围形势，
> 日机侦察北平。

但是细观下去，才知道这消息不但我们在南方看报的不用吃惊，连飞机飞到头上的北平，也是“官员亦殊镇静，并无惊扰之象。”足见近来日帝国主义的军队虽然在中国土地上节节进步，而中国人镇静功夫的进步，更是与日俱增。按照某中委盛称徐州学生镇静的条例，实应传令嘉许。

不幸美中不足的是北平市那些小学校长，却纷纷到社会局去请愿，要在各学校“掘地窟”，未免有失镇静；不过躲在地窟中以谋安全，当不致惊扰友邦，或可酌量照办。

每一个小学校掘一个大地窟，把课堂搬到地底下，不管头上的飞机炸弹，安心上课读书，静待学成救国，去“收回失地”，这真是比都德的《最后一课》还悲壮的奇景。

从北平小学生在地窟中上课，联想到上海小学生在街头募捐。硬拖住人家丢些钱到他们的竹筒里，说是拿去买飞机救国。

如果人家拿了飞机来，我们也拿飞机去对抗，这也不失为救国之一道。

但人家的飞机已经飞到北平城上，而我们的飞机，还在小学生的竹筒里，怎不叫人急得满头大汗！

有人说：你弄错了，买了飞机并不真跟日本飞机去对仗，而是等待全个中国的土地都失尽了，中国国家无处安放时，才象上古大洪水时期中的“诺拉船”一样，把“主权”“人民”等等都搬到飞机里，航行到空中去。所以叫做航空救国。如果真为这一着，我们确应该多捐几块钱，多买几只飞机，免得将来要掘地窟也无处可掘。

（原载一九三三年五月十七日）

# 形式逻辑 ABC

庶 谦(阿 英)

当此形式逻辑还在被认做“法宝”的时代，又住在应用形式逻辑有特别习惯的国度里，我们对于形式逻辑的 ABC，不可不知道一些。

现在且就形式逻辑上所谓“假言推理”来说罢。比方，我们说“糖味甜”。我们如果承认这一个命题是正确的，那末，“不甜的便不是糖”这一个命题便一定得承认。不过还有“甜的便是糖”和“不是糖便不甜”这两个命题，我们却不一定必须承认。因为宇宙之大，甜的东西，不见得一定便是糖；糖以外尽管还有味道很甜的东西存在。这便是“假言推理”上的规律。

但在我们的国度里，对于这一个规律，应用上却稍有一些习惯上的特别。

比如测字先生的写字台上总是大大的写着三个字，“诚则灵”。我们如依照逻辑上的规律去推测为“不灵则不诚”。这就是说，当测字不灵的时候，便是请求测字的不诚。这样推理还不够，我们还得依照我们国度里的特种习惯，推出：“不诚便不灵”和“灵了便是诚”这两个命题来。

再，当我们承认“多难兴邦”这一个命题的时候，我们一方面要照规律，推出：“邦不兴，则难还不多”这一个命题。同时，我们还要依照我们的习惯，推出："难不多，则邦不兴"和"邦兴则难多"这两个命题。

再，当有人说出"敌来我决抵抗"这一个命题的时候，我们自然也要依照规律，推出："我决不抵抗；那末，敌便不来"这一个命题。单是这样推理，那自然也还不够；我们还得依照习惯，推出："敌不来，我决不抵抗"和"我决抵抗，那末，敌来"这两个命题。

上面所说逻辑上的规律，大概知道的人很多；至于应用上的习惯，或许大家还不曾留意。故特为提出于此，以便事实上的应用。



（原载一九三三年五月二十三日）

# 杀鹅取蛋

静　子(覃晓晴)

故乡人来,说本省现又抽收救国捐,总数是五百万,每县各摊派数万至十数万不等,并限期缴纳。所谓摊派,即是按照田赋摊派到一般农民身上。然而现在本省每亩田赋,附加各种捐税已达到四十多元,这即是说附加税要超过正贡十数倍。想到"五百万元"这一巨大数字,我的心头便感到莫名的重压,我不知道在五百万这一数字下,该演出多少卖儿鬻女的悲剧。但,假如抽捐而真是为了"救国";卖儿鬻女又谁说不是应该的呢?

不过,湖南也许比四川还略胜一筹。据中国银行编印的《四川月报》载:二十军在本年三月间,开征四十九年粮税,限四十日收齐;二十四军在二十一年以前,一年四征,去秋从三十六年征至三十八年,又征收国防捐二十五元,九月到十一月又自三十九年征至四十一年,十二月又自四十二年征至四十四年,今年二月又征收四十五六两年;二十八军规定每两月征粮一次,即年征六年,本年三月起,又开征六十二三年粮税,并限期收齐,越限者加一征收,据说是"以儆疲玩"。每年六征粮税,现在还是民国二十三年,粮税竟已征至六十三年,我真佩服中国军人"杀鹅取金蛋"的精神。

听说陕甘诸省,以捐税之榨压,有土之农,甚至较一般佃农与雇农尤为艰苦。因为佃农与雇农捐税的榨压还比较少一点，而一般自耕农则背着“有土”的名，根本无力应付繁重的捐税，于是相率挈男携女，贴田地的契据于门上，甘心流离辗转，散之四方。古诗“二月卖新丝，五月粜新谷”，一般人已经认为是“医得眼前疮，剜却心头肉”，现在呢？现在是一片卖儿鬻女的呼声，与易子而食的惨剧，政猛如虎，人民怎得不穷，农村经济怎得不日益破产呢？

政府现在正在高喊救济农村，更有人主张中国应仿效美国救济农村的办法。我想，与其高谈救济，第一着还是不如先禁止“杀鹅取蛋”罢！

（原载一九三三年五月二十四日）

# 编　辑　室*

编　者（黎烈文）

这年头，说话难，摇笔杆尤难。这并不是说“祸福无门，惟人自召”，实在是“天下有道”，“庶人”相应“不议”。编者谨掬一瓣心香，吁请海内文豪，从兹多谈风月，少发牢骚，庶作者编者，两蒙其休。若必论长议短，妄谈大事，则塞之字簏既有所不忍，布之报端又有所不能，陷编者于两难之境，未免有失恕道。语云：识时务者为俊杰，编者敢以此为海内文豪告。区区苦衷，伏乞矜鉴！

（原载一九三三年五月二十五日）

* 此文发表的背景，据鲁迅《伪自由书·后记》：“到五月初，对于《自由谈》的压迫，逐日严紧起来了，我的投稿，后来就接连的不能发表。但我以为这并非因了《社会新闻》之类的告状，倒是因为这时正值禁谈时事，而我的短评却时有对于时局的愤言；也并非仅在压迫《自由谈》，这时的压迫，凡非官办的刊物，所受之度大概是一样的。但这时候，最适宜的文章是鸳鸯蝴蝶的游泳和飞舞，而《自由谈》可就难了，到五月廿五日，终于刊出了这样的启事。”

# 谈 风 月

岂 凡（章克标）

莫谈国事，且谈风月，然而从“风月”二字的形态上观察起来，风月亦未必便谈得。

看“風”字的头，俨然有泱泱大国的气度，而月字的头，也颇有具体而微的小朝廷之概，所不同的，不过是下面的开放与封锁耳。国字把四围边境守住，围成一个圈子，而风月是不管这些闲账的。上为天，下为地，天南地北，北地不守，风月就象征了这事，难道国难之来，是因风月而起的吗？

从头顶表面看去，俨然有泱泱大国气度的“風”字，而堂哉皇哉踞坐中央的，却是一个“虫”。纵使这个虫字上面还有象平天冠似的一撇，虫仍还不过是虫哩，要想弄得象样子，岂不是很困难。至于月字，在一个边境不守的小范围之内，却横亘了二划，大有两不相下之势，如何能够希望和衷共济，一致对外。独怪仓颉造字，何以把风月造成这个样子。

现在又把“风月”二字连到一起来了，从有泱泱大国气度的，接到具体而微的小朝廷，颇有北宋南宋递代之景象，大是不祥之兆。这样一想，“风月”二字，实在不能随便写下，何况是谈。所谓谈，当然是周详反复，不厌其多，从各方面来的观感的杂陈。

这样看来，国事固然不大好谈，风月也大有谈不得的道理，如要谈，只能于风月国事之外，另找题目，而顶可以作为模范的，又莫过于“今天天气哈哈哈”了。因为倘使你说天气沉闷不好，便有毁谤的嫌疑，而说太阳出得很好，又是维护日本国旗而被派为汉奸卖国贼了。只有在今天天气之下来一个不着边际的哈哈哈，是顶聪敏的办法。

关于“风月”二字，作了一次拆字式的考察，阐明了其中有不可谈的道理，但我们有口必须谈些什么，而安全又是人人所希望的，我们便不能不慎重考虑，对于谈些什么，才能确保安全而又可不负天生此口，希望海内同文，大家从长计议一番。

（原载一九三三年五月二十八日）

# 风

曹聚仁

盖闻牢骚迹近反动，理合不宜多发；风月有点腐化，此事也要当心。西晋初年，八王大动干戈，闹得天翻地覆；刘曜石勒一声呼啸，直入洛阳。把《晋书》翻开一查，看史家有什么褒贬？啊呀！朝廷原来并无过失，祸魁都在王（弼）何（宴）身上。王何提倡清谈，好谈风月，就咬定他们“遂令仁义幽沦，儒雅蒙尘，礼坏乐崩，中原倾覆。”将来史臣咬定热河失守，平津危急，都是《自由谈》编者多谈风月之故，要明正典刑以伸国法，看你如何办法！还有一个谈风月的名手——王夷甫，大家咬定西晋之亡，都是他的“口过”；石勒捉住他，申叙他的罪状：“乱天下者此人也！”将来王师南下，万民归顺，圣王要正两观之诛，《自由谈》记者且无所逃罪于天下，所以多谈风月，窃期期以为不可！

然则不谈“风月”，单独谈“风”可乎？翻开《诗经》一看，啊呀！更不得了！《诗·大序》云：“风，风也。……上以风化下，下以风刺上，主文而谲谏，言之者无罪，闻之者足以戒，故曰风。”辱在下民，只能以风刺上；只怕上头不高兴，心中的话，弯弯曲曲说了一些，拼命在“主文而谲谏”上做工夫；结果仍是言之者有罪，闻之者不戒。还惹得正统派思想家大大不高兴，说“以风刺上”，“主文谲谏”的这样那样不光明磊落，这样那样要不得，牙痒痒地想咬一口才痛快。所以单独谈“风”，余有戒心。

并且“风”之一字，还有别一含义。《费誓》：“马牛其风。”《左传》：“风马牛不相及。”服虔注：“牝牡相诱谓之风。”《广雅》及《释名》释：“风，放也。”《汉书·艺文志》注：“放，荡也。”说“牝牡相诱”，说“放”，说“荡，都有淫荡奔放之含义；方今廉耻之教，著于令册，风化攸关，决不容检荡逾闲；“风”之不可谈者又如此。

或曰：“南风之薰”，“仁风广被”，“风调雨顺”，吉祥之字甚多，何不颂尧舜之圣明，赞文武之仁政？奚以风刺为也？曹子曰：“唯唯，吾将颂之矣！”《诗》曰：“北风其喈，雨雪其霏；惠而好我，携手同归，其虚其邪，既亟只且！莫赤匪狐，莫黑匪乌，惠而好我，携手同车，其虚其邪，既亟只且！”（《诗·北风》）

（原载一九三三年六月一日）

# 骂与颂

周木斋

文章是文人批评的武器，用之得当，固是不朽的盛事，用之不当，却也往往召来武器的批评。用法可不是文法，“文章本天成，妙手偶得之”。中国历来的文人是瞧不起文法的，妙就妙在这“妙手”两个字。

文有“文心”，“妙手”首先要能“会心”。讽不如颂，贬不如褒，褒死者又不如颂活人，这些就是所谓“文心”。然而颂扬又自有颂扬的一番道理：譬如拍马屁如果拍在马脚上，结果便会吃力不讨好。韩非著《说难》篇，鬼谷先生也有纵横捭阖之术，可见古人对于颂扬一事的重视与审慎。

古时文人最拿手的是颂，鼎革以还，“文心”大变，于是现代的文人便相率以骂为能事。复古的骂世道日下，骛新的骂积重难返，稳健的骂过激的，急进的骂保守的，文内有骂，骂外无文。不过颂扬已经难了，骂更何尝容易？今日国事之所以难谈，就是由于大家要骂。

一样的骂，骂近不如骂远。一样的骂，骂中可以反衬出颂。能“会心”了，便是“妙手”了。举例说罢，譬如邻近中央的人，可以骂东南，骂西南，骂东北，骂西北；东南、西南、东北、西北的人，也可以把各该所在地除外了，和中央的人一样的向远处骂。这样避实就虚，骂的人快意了，被骂的人也听不到，听到了也没有办法，骂与不骂正相等。否则指着鼻子骂人，保不定要吃“眼前亏”，天下哪有如此笨伯？又如某种赋有“骂权”的人，可以时而骂甲，时而骂乙：但是要象《红楼梦》书中的焦大一般，宁荣二府的人都给骂遍了，然而却有那门前的一对石狮子是干净的。这样声东击西，骂就是颂了。露骨的颂扬人，天下又哪里有如此蠢汉？然则今之“文心”，不尤愈于古之“文心”乎？

（原载一九三三年六月二日）

# 我们需要一个柴霍甫*

侍 桁（韩侍桁）

在过去俄罗斯的文学作家中，我非常喜欢柴霍甫，因为从他的笔下，给我们留下了无数的当时俄国的知识阶级的姿影，——那些离心的，麻痹的，神经质的，虚无的，在各种场合发着妙论的知识阶级的形态！

在现今的中国是比柴霍甫时代的俄罗斯存在着更多的这样知识阶级的分子，然而我们没有象柴霍甫那样的作家。所以没有人给我们留下这些知识阶级的肖像。

现在让我来举一个例吧：前些天某跳舞场开了一个××救国兼庆祝电影皇后的大会，这自然要有许多名人来号召或捧场的，但所谓名人呢，不是官僚的知识阶级，便是资本家的知识阶级。于是有一个圆头圆脑的先生出来讲演了，其演讲的大意是："今天开这次盛大的××跳舞救国大会，一则为的是庆祝××女士的当选电影皇后，二则是宣传××救国的思想……"（其次是讲了一大套××救国的理论）

但跳舞怎能救国呢？——这位雄辩的先生便以身作则地继续讲起来：

---

* 今译契诃夫。

"诸君在各跳舞场里，时常可以看到我（笔者按：据有跳舞经验的人说，这位先生是每夜要轮流逛几个跳舞场的），殊不知我是另有一番苦心，近来一般青年，醉心欧化，喜穿洋服，但我就到跳舞场，也是穿中国货的长袍，所以我的跳舞不是为的娱乐，是想在这种最时髦的地方，宣传长袍主义的爱国思想……"

"诸君，"我想接着这位先生讲下去了："你们觉得这演辞滑稽么？可是类似这位先生的现今的中国的知识阶级，是有着无数的呢，他们到处都在发着妙论。他们的行为和言谈，不是值得记录下来留给我们的子孙看一看的么？所以，我们应当怎样期待着我们早日产生象柴霍甫那样的一个作家，给我们来作这种工作呢！"

（原载一九三三年六月三日）

# 第四种人

另　境（孔另境）

假定第一种人是左，第二种人是右，第三种人是不左也不右，（第三种人的意识，其实是含有某程度的“左倾”的，但他和“同路人”还隔有相当距离。）则还有第四种人，这第四种人是又左也又右，可左也可右。

若问现在文坛里究竟有没有这种又左又右的人存在呢？答曰有之，而且数量不少。

第四种人自然比第三种人高明得多。第三种人其实是傻子，第四种人却的的确确是聪明人。他们具有一副本领，见人说人话，见鬼说鬼话，有人戳穿他的时候，他可以说：“你不知道，这是策略，这是为某种必要。”因此就无从对证，两面都当他是自己人。

第四种人是时代之骄子，因为现在这时代就不允许你单站在一方面。能左能右，可左可右，又左又右，因之你也拉他，我也拉他，而他在其间从容建筑自己的地位，收获双倍的利益。

若把“骑墙派”的头衔赠给第三种人，则我们可把“阴阳面”的徽号送给第四种人。两者一比较，就可知道优胜劣败的必然，骑在墙上的人显然有使双方不讨好的危险，阴对阴阳对阳的人却可各投其所好，只要当心不把阴阳面缠夹。

据说第四种人永远是胜利的，我却还有一种大愿，希望他们来领袖中国，又白又赤，别国猜不透我们的奥妙，大家当做同道，中国自然万古永存了。

有人说这第四种人并不新奇，他们是拜官僚主义做老头子的，而[且]是真正老牌的目前主义者，确否待考。

（原载一九三三年六月三日）

# 敬谢开发

郑伯奇

自从东洋的亲善朋友,从东北方面轰来了巨炮以后,我们中国便有两个大发明:一个是“长期抵抗”,早已世界闻名,这且不去说它;还有一个便是“开发西北”,这却是连中国的大多数人都还未曾明了的。笔者因为故乡关系,比较多晓得一点,所以不能不向大家宣扬一番。

你瞧,自从“九一八”以后,我们不是添了两个都城吗?死去了几千年的长安,也变成了陪都。从此“开发西北”的呼声便叫得和东北方面的炮声同样响亮。

许多要人到西北去,实业调查团到西北去,新闻记者到西北去,从来把西北看作非洲大沙漠一般的上海滩上的公子哥儿们也闹着到西北去。古时,孔子西行不入秦,二十世纪的摩登人物,毕竟是大有进步了。

在这样积极提倡之下,若是西北依然闹着兵灾饥馑,那真是西北自甘落后了。果然,据最近由那边来的老乡讲,西北的情形的确和以前两样。市面上,黄金差不多是绝迹了,就连四乡发掘出来的秦砖汉瓦都大涨其价。中交钞票在那儿真有极大的“开发”作用。几百年来藏在地窖里的黄金到哪儿去了呢?现在大约到纽约银行的地下室中留学去了。至于秦砖汉瓦,目前虽不能就东去扶桑尝尝帝国博物馆的风味，至少也可以在上海滩上看看光亮的电灯和巍峨的洋楼。这在没有见过世面的它们，当然是值得欣幸的事。

况且，这里，还有着极其香艳的故事哩。

据说，某贵夫人有一次由西北某省她丈夫的任地乘飞机晋京，航空公司照例要量她的体重。大约这爿公司是“花旗”招牌，所以，就是贵夫人也不能发挥她的娇怒，只好俯首贴耳让人家去量。不料，不量犹可，一量之下，那位娇小玲珑，掌上可舞的夫人，居然有一百八十磅。也许你会疑心她肚里有了小宝宝，其实她的肚皮并没有大，不过腰肢粗了一些罢了。可怪的是，她回到南边以后，上海的金价都曾发生了变动。

所以，我的许多老乡对于“开发西北”这口号都有几分害怕，他们觉得不开发还好，一开发便黄金与瓦砾都有出洋的份儿，这实在是不敢领情的事情。

（原载一九三三年六月十三日）

# 关于古物

凤　吾(阿　英)

周作人居士《药庐尺牍》对教授将与古物一同南迁,深致遗憾,我看这是大可不必的。果真能象古物一样押送南来,不致被捺在北平城里看飞机,受惊恐,在无路可走的小百姓看来,已经是够羡慕的了。而犹曰"憾",岂非怪事?

当今之世,除掉古物,可说很少有价值的东西。君不见,几个月前上海报上载着某人骗了朋友的一尊小小的塑像,因为是唐吴道子塑的,就可以卖一百万元;而一个堂堂的有权威的博士,在交易所里的估价,不过五千元而已。前人诗云,"不信死人胜活人",现在是,活人死人都比不上古物。

古物是和人一样,也有倒霉的时期,但这时期究竟不长。比如几年前吴稚晖老要掷向毛厕里的线装书罢,现在不但旧书店居为奇货,高抬市价,而且在政治上也大大的时髦起来。前几天广东固已发出读经通令,而某方面也说教材务必注重礼义廉耻,孝弟忠信,……即此一端,可以想见古书如日月经天,江河行地,虽有时不免为浮云所掩,究竟是偶然的事。其它古物,又何独不然?

和康圣人同住在一个花园里的时候,常常看见他运书出去,原来他在三马路开了一个旧书铺,运到那边去卖。做牧师的友人某君，过去专喜收买古董，现在却是一爿古董店的老板了。我因此恍然大悟，古物不仅风雅，且有大利。这“利”当然包括着超经济的利益，观中央图书馆与商务订的“四库全书影印合同”，可以相信我的话不是无风生浪。

因为古物的可宝贵，所以无论贤愚不肖，对此都有爱好。岳飞固然写得一手好字，而且写了一部集子，就是和他对立，现在跪在他墓旁的秦桧，也是一个古物的爱好者。据明李日华《味水轩日记》所载，万历三十七年己酉十一月十三日，他就看到一幅字，上面“有‘桧’字一方印，又‘秦氏藏书’一印”。所以，爱古物的人，不一定是贤者，而贤者也不一定有古物。

想到了古物，不由得想起中国空虚的国库来。我觉得要把古物也征起捐来，不是可以收入一批很大的款项么？粪捐起风潮，传单征收手续费，商民们高喊“取消传单手续费，以恤商艰”（《申报》二十一日南京电），古物收捐，总该不致于有什么反响罢。敢以此议，献之有司。

（原载一九三三年六月二十七日）

# 说　骂

陶　晶孙

骂，无可异议地是一种艺术。

要是“言为心声”那句话是对的，那末骂可说是灵魂的影子：骂在哪里，灵魂也在哪里。

正如言有正反面一样，骂有意在内的与意在外的分别。

要是你骂“天气坏极了，又下雨！”这是意在内的骂，因为你的确讨厌下雨，在骂以外并不含有“哦，多美丽呀，女人的泪珠似的淅沥地滴着的雨！”的赞叹的意思。

可是意在内的骂并不是艺术，是艺术的是意在外的骂。

要是你喜欢睡，非到十二点或者一点不起身，同时又怕被人家发觉而遭物议的话，那末你可以骂“那天九点钟我去看某人，竟还没有起身，真腐化！”由此可证明，因为你九点钟已去到你一个朋友的家里，你是一个不腐化的早起者。这样骂了，就是有人在你未起身以前来看你，他会以为你的迟起是或者为了头痛，或者为了写文章写到天明；要是你自己那样说一说，那就更妥贴了，你是一个贪眠者的观念决不会再进入他的脑中去。要是你是一个想那么睡而在事实上不可能的人，你也可以这样骂，反正只有你自己知道，那骂的意思并不真要表示你早起的清高，而同时，这样表示着也并不是一桩要不得的事情，只是证明那迟起的可羡慕。

以自己的弱点，移在别人的，或者说与你有同样的弱点的人的身上，而把它用做被你骂的对象，这样你的弱点可一件一件地从你的身上卸下，而成为一个轻轻松松的人物。

骂，无可异议地是一种艺术。

（原载一九三三年六月二十八日）

# 堕　　民

唐　弢

浙东有一种被人轻视的民族，他们的声音笑貌，完全和当地居民一样；可是两者的中间，却深深地隔着一条鸿沟。

他们叫做堕民，据《堕民猥编》所载，说是宋将焦光瓒的部落，因背宋降金，为时人所不齿。明太祖定户籍的时候，匾其门曰丐户。七百余年来，他们就在悲苦和被人轻蔑的环境下过着日子。

逊清雍正的时候，诏许堕民自新，但似乎没有甚么效果。北伐成功，也有解放堕民运动，可是解放以后的生计问题却没有人计及；要享受自由就得挨饿，堕民对于这番盛意，还是不敢领情。

堕民和居民不通婚姻，除了职业的关系偶尔接触外，在平素，他们另有着自己的世界。

乡村的小市镇上，随处都有堕民所开设的理发店。当我居乡的时候，每三星期终得去光顾一次；他们理发的手术并不高妙，可是两只耳朵却扫得好，据说这是"支那"人的绝技，但上海理发匠决没有他们扫得轻快。

在婚丧宴会上服侍的人，叫做值筵，也是堕民副业的一种。他们手段灵敏，态度很是谦卑：丧事上祭的时候，每献一道祭菜就有一个姿势，动作非常纯熟。看惯上海酒菜馆里侍者的人们，也许会觉得浙东的值筵是有些殷勤小心得“岂有此理”吧！

此外抬轿和吹打，也各有其艺术。至于妇女职业在堕民的发达，更非都市里的“现代小姐”所能梦想；她们完全象男人一样，替妇孺们担任修面一类的工作，她们不用家伙，只是一条绵纱线，用手和嘴牵住，缓缓地，象削草机一般在面上擦过，又简单，又爽利，真够原始艺术的意味。她们的消息很是灵通，婚丧的事终瞒不过；进门照例是一大篇吉利话，领赏的时候更要作无厌的唠叨，后者是“绅士先生”们所最痛恶的，可是在她们的面前终不好意思板起面孔。

辱国者的子孙做堕民，卖国的汉奸如果有子孙的话，至少也将是一种堕民！堕民在中国恐将“世代绵绵”的传下去了。

（原载一九三三年六月二十九日）

# 说 模 仿

郁达夫

据希腊亚利士多德说来，艺术的起源，是在模仿。若推理的倒测，是真的话，那中华民族，倒是一个最艺术的民族，何以呢？因为中国人是最富于模仿性的。虽然是好的意义的模仿呢，还是坏的意义的模仿，我们却也不敢断言。

中国人的善于模仿的秘诀，第一，是在模仿表面，而不讲实际；比如，大家都知道了西洋文化的好处，中国人也非学他们不可了，于是乎阿猫阿狗，就都着起了西装，穿上了皮靴，捏起了手杖，以为这就是西洋文化的一切。虽然还有一种例外的吃大菜，倒是比较得实际一点。更如一说到科学的可珍，全国上下也就会有一批歌功颂德的放屁虫出来，空空然的大喊大叫着“科学科学，科学科学”，而实际上什么是科学，怎么的提倡科学，如何的应用科学，却一概可以置之不论。虽然在政治上应用了纵横反复之术，来争取一点地位，和收取几十万节敬炭敬之类，倒是比较得实际的唯物史观与科学方法。

模仿最易成功的第二个秘诀，是在模仿人家的坏处，顶明显的好例，只须听一听受着西洋人的教育的许多中国子弟之吃教者和吃洋行税关饭者的中国话，就马上可以看出来。他们别的事情，倒会置之不学，而独有那一口奇怪的外国人说的中国话，却个个都能够说得同外国人一样。名词动词的颠倒，抑扬顿挫的特异，你若闭上了眼睛，不看见在你面前说话的那一张黄色、斜眼、狮鼻的脸，那你会相信，是一位外国人在向你说教："耶稣是顶顶好的人！"个人既是如此，同样地，国家也是一样。从前向往着严寒的北国，现在却又有一部分人醉心于炎热的南欧的某一小邦了。

（原载一九三三年六月三十日）

# 由头痛说起

谢冰莹

自从看到《自由谈》编者的“多谈风月，少发牢骚”的启事以来，我便头痛到现在还没有停止。

医生告诉我头痛是神经衰弱的表现，要防止头痛，不要用思想，最好每天吃了饭便找朋友谈天或者出去玩，倦了就睡觉，醒来饿了就吃东西，吃过了再去玩或者谈天，总括一句话就是要过着“饱食终日，无所用心”的猪一般的生活。天！这样我怎能办得到呢？不但生活和工作不允许我不劳动，即使身体暂时得到了两天休息，可是要〖禁止〗我的脑筋在一小时内不思想，这是万万不可能的。

“除非砍掉我的脑袋，是没有方法制止我〖不〗思想的！”有一天我很严重地向医生抗议。

“试问你整天用脑有什么好处呢？”他也很严重地质问我。

“谁管它什么好处不好处，总之，她要想，有什么办法呢？”

“好的，那么你以后不要叫头痛失眠，也不要常来看病了。”

就这样，我现在有病连医生的面前都不敢说了。

我是比较爱说话爱发牢骚的，这也是大半由于环境的促成，可是现在我在过着极端沉默的生活，虽然朋友们常常来信鼓励我写点东西，我自己也觉得长此下去，将来连一封信都不会写的，很想借着有人督促的机会振作一下，可是写什么呢？国事不但不能参与，连谈一谈都不可能了，那么还有什么可写呢？风花雪月，自杀爱情一类的文字既不会写，也不愿写，那么，还有什么可写呢？

记得黎烈文先生刚刚接编《自由谈》的时候，我曾很起劲地写了几天东西，那时有人问我："近来你写的东西很不少！"我回答他："哪里哪里，不过因为是《自由谈》，所以我也乐得来自由谈一下。"

可是现在呢？《自由谈》上要加一个"不"字了，我们还能写什么呢？

某君来信说："现在中国文人的厄运到了，如果靠卖文为生活时，只好坐以待毙。"我回信给他说："如果他们不想法子打出一条生路的话，最好还是自己先掘好了坟墓，钻进土里去好些。"

从事文字劳动的朋友们啊，你们究竟预备怎样？

一九三三，六，十八于龙岩

（原载一九三三年七月一日）

# 我谈“堕民”

越 客（鲁 迅）

在六月二十九日的《自由谈》里，唐弢先生曾经讲到浙东的堕民，并且据《堕民猥谈》之说，以为是宋将焦光瓒的部属，因为降金，为时人所不齿，至明太祖，乃榜其门曰“丐户”，此后他们遂在悲苦和被人轻蔑的环境下过着日子。

我生于绍兴，堕民是幼小时候所常见的人，也从父老的口头，听到过同样的他们的所以成为堕民的缘起。但后来我怀疑了。因为我想，明太祖对于元朝，尚且不肯放肆，他是决不会来管隔一朝的降金的宋将的；况且看他们的职业，分明还有“教坊”或“乐户”的余痕，所以他们的祖先，倒是明初的反抗洪武和永乐皇帝的忠臣义士也说不定。还有一层，是好人的子孙会吃苦，卖国者的子孙却未必变成堕民的，举出最近便的例子来，则岳飞的后裔还在杭州看守岳王坟，可是过着很穷苦悲惨的生活，然而秦桧、严嵩……的后人呢？……

不过我现在并不想翻这样的陈年账。我只要说，在绍兴的堕民，是一种已经解放了的奴才，这解放就在雍正年间罢，也说不定。所以他们是已经都有别的职业的了，自然是贱业。男人们是收旧货，卖鸡毛，捉青蛙，做戏；女的则每逢过年过节，到她所认为主人的家里去道喜，有庆吊事情就帮忙，在这里还留着奴才的皮毛，但事毕便走，而且有颇多的犒赏，就可见是曾经解放过的了。

每一家堕民所走的主人家是有一定的，不能随便走；婆婆死了，就使儿媳妇去，传给后代，恰如遗产的一般；必须非常贫穷，将走动的权利卖给了别人，这才和旧主人断绝了关系。假使你无端叫她不要来了，那就是等于给与她重大的侮辱。我还记得民国革命之后，我的母亲曾对一个堕民的女人说，“以后我们都一样了，你们可以不要来了。”不料她却勃然变色，愤愤的回答道：“你说的是什么话？……我们是千年万代，要走下去的！”

纪念《申报》创刊150周年

就是为了一点点犒赏，不但安于做奴才，而且还要做更广泛的奴才，还得出钱去买做奴才的权利，这是堕民以外的自由人所万想不到的罢。

（原载一九三三年七月六日）

# 苟全性命法

徐懋庸

近来文人容易失踪，而且一失踪便成“大团圆”，[①]这样的世界，实在有讲究苟全性命之法之必要。

偶翻线装书，得陈眉公法，亟为公之于世，曰：“上士闭心，中士闭口，下士闭门。”

闭门之计拙，显而易见，盖杜门不出，易召嫌疑，或以为在秘密开会，或以为在制造炸弹。况俗语云，“闭门家里坐，祸从天上来”，早已道破闭门之靠不住了。

孔子入后稷之庙，三缄金人之口，俗语亦云，“是非只为多开口”，闭口之要紧可知。阮嗣宗“口不臧否人物”，又尝一醉二月，拒司马氏之提婚，深得闭口之道，故能不蹈嵇康的覆辙，可以为法矣，但仍有未妥处。

那是他的八十二首咏怀诗。这些诗，虽云“百代以下，难以情测”，但陈沆作笺，说其中多以“妾妇”讥司马，“膏火”比小人。幸而陈沆不与嗣宗同时，否则，这些话传到司马氏及其部下的耳中，阮籍还能“善终”么？

---

① 1933年1月记者刘煜生被国民党江苏省政府主席顾祝同枪杀；3月，艾芜被捕；5月，丁玲、潘梓年被捕，应修人拒捕死；同月，福建龙溪民教馆馆长林惠元被捕杀；6月，中国民权保障同盟总干事杨铨被暗杀。

人而要做咏怀诗，盖由于心的多感，纵然“言至玄远”，但要提防“索隐”家。故上士在能闭心。

闭心的实例，何如先生曾经举出，即后汉任永，见妻淫于前，匿情无言，见子入井，忍而不救。

但你能做到否？

（原载一九三三年七月九日）

# 为“风月”解嘲

伦(李俊民)

为了北方容易讨饭吃，和上海隔绝了三四年，再回来的时候，毕竟上海是进步多了。就以小报和小期刊而论，那已是“更工难数”；更何况这些刊物的选稿者，已换了一批崭新的人物呢？

偶然翻开了几份期刊，对于《自由谈》的“改谈风月”，都颇有“微词”。因为他或她们对风月的嘲笑太自由了，却激起了我这局外的风月闲人的一些感触；但可惜我不是一个位尊囊实的巨公，不能多请一些高贵的文人，多办几种刊物来替风月辩诬。

古人论批评诗歌的方法，讲究要“挟天子以令诸侯”，不过那还是比喻，是异常抽象的一句话。而现在做小文章的人，却是具体的如是。比如你是背叛了王，自然是国法具在，可以“六师及之”；不过你如果是“勤王”呢，那也是不遵王化，是“罪不容诛”的。所以“挟天子”的奥妙更是使你两头俱绝，正如俗谚所说，“乡下人挑粪担，前后是屎(死的谐音)。”

不谈风月而谈正经事，那当然更不行。东汉的书呆子们愤于汉运衰微而论列是非，结果只落得一场禁锢捕戮，便是龟鉴。至于“风月亦不易谈”，早有明哲的先生们详论过，小子才薄，不敢多赘。不过由实际的情形推论，象孔融、嵇康那些风月清谈，你不必扑灭它，他们的结果也还不过是花生白酒请请客，吞吞丸药打打铁而已，绝对不会有什么野心的。纵使他们潜伏着一种最大的希望吧，至多也不过想造福于阿斗，如果你是诸葛亮，倒正可以虚怀若谷，不必那样地“鞠躬尽瘁”的。

然而孔融、嵇康等终于碰壁了，这是不是应该归咎于风月呢？

我觉得，风月是无辜的。曹孟德的“对酒当歌”，终须有“月明星稀”；魏晋的高雅的当权者，谁不是风月的健谈者？由此可见风月是平等的，奇异的是侈谈风月的人，偏不许别人多谈风月。这只能说风月是脆弱的，她们很易于被奸污，被独占而已。

不过能够“挟天子”的人是不多的，苦命的做不通文章的文人，至多是充当“鼻孔”；假使一旦狡兔绝迹，“鼻孔”的恶运便到了。同时，“挟人者人恒挟之”，另一方面也须注意，如桐城派文章中所刻画的“义犬”，是不会出现在这“人心不古”的年头儿的。

学步何家干先生，谨赋“不解放诗”四绝为证：

看去江山容易改　谈来风月总无边　乔装高雅成何用　第一功名须爱钱

盛朝自古说周秦　小子何须妄问津　叔夜弹琴顾影日　应伤未许作全人

挥毫挥麈总无聊　枭杰从来起幕僚　名至利归官九族　边疆自有霍骠姚

献帝仓皇辞庙日　曹芳皋兀谢朝时　朝秦暮楚分中事　一样风流虢国姨

（原载一九三三年七月十日）

# 谈　　狗

另　境（孔另境）

中国的狗种没有外国的复杂，据我所知，自古以来无论南北真正道地的国产狗，仅只一种，这就是平日在街头巷尾所习见的，俗名叫“草狗”。（按“草狗”一名疑出近代，似对“金狗”而言，“金狗”即所谓叭儿狗，大约由外洋传来。征之古来狗无专名可信。）

这草狗的蕃殖非常普遍，凡有人住的地方总有它的踪迹。自然狗相也各有不同，乡镇里的狗总带些土气，在大都会的却也有一表堂堂的，不过狗性总只有一个：服从豢养它的主人，听凭主人的颐使。

国产狗并不供人把玩，养狗者完全为实用起见，所谓“看家狗”。“看家”就是看守主人的财产，代主伸冤等等大约只是传说，并不可信。它对陌生人的形相最凶狠不过，但对于豢养它的人就会摇尾乞怜。不过你说一定如何尽忠于主人也不尽然，它的嘴最馋，正要咬你的狗如果给它一块肉骨头，它就会向你摇尾了。自然“狗眼看人低”这句老话，也是的的确确的。

家狗之外还有野狗，这是没有人家豢养的，整日飘流在街道野地上，以人粪和野食充饥，犹之乎上海的小瘪三之流，但它也一样会噬人，狗与狗之间彷佛也有有机的连络的。

据说狗是最不识羞耻的动物，这征之于常喜当街性交一点，亦颇可信。

狗的同类之间也常常打架，起因不是争风吃醋，就是分食不均，而且打得极凶。

观于国产狗不会猎，也不能供把玩，实在是专替养它的主人对付存心觊觎它主人的财产的人用的。

北平形容富家的阔气有俗谚云：“阴棚鱼缸石榴树，先生黑狗胖丫头。”读书人看了这两句话总要愤愤，觉得清高自矜的读书人如何可与黑狗并列为富人的财产之一部，这种人他实在没有明白狗市的行情。

（原载一九三三年七月十三日）

# 文坛登龙术要

林翼之（楼适夷）

最近书铺子里出版一本《文坛登龙术》，[①]只因想把一块钱派作别的用处，至今尚无拜读的幸运。好在登龙的文人倒瞧过不少，从他们那些行径中，大可学点登龙方术，随手记下几条，借题目做文章，作文坛登龙术要；也许有些登龙有心，购术无钱的人，倒不妨看看。

一个无名作家要成名，得去和名家打交道。名家如理你，你就在自己文章中写上“我的朋友”之类；如果不理，你就骂他，好在骂人用不到多大理由，例如籍贯，年龄，甚至是亲戚关系，也一样可成骂的资料，反正人家见你敢骂某人，就会注意。

写作品得瞧别人欢喜，见人爱读性史，你就专写三角四角下体膨胀的恋爱小说，一定要把女人写得十分猴急，会挑拨男子，这样你的书包好销，读者不会表示倦意。

你还可以自己开书店办杂志，任便怎样写得狗屁不通肉麻当有趣，一样可以堂皇出版。你还可请人代你译成外国文，然后大吹大擂说自己作品是国际的了，有时机会凑巧，你也可以来一下转变，做些暴动小说之类，不过要时时留心，如果略有风声，就

① 指章克标著《文坛登龙术》。

得赶紧写供状，作悔过书，表示已经无关。那时你就举起什么什么的自造的旗子，表示立场坚定，小也者，你可以专做包打探，说某某即某某化名，某某住在哪儿，这样，你也会出山。不单打探别人消息，也可以发表自己消息，和名人排在一起，甚至多登些照片。

凡此种种，不过其最主要者，得一于此，也便登龙有术，古人十载寒窗，为的是飞黄腾达，今人削尖头皮，都不过争口饭吃。从前文人卖大字，今日文人卖小字，一样都是卖，顾什么面皮。只有那些傻子，才会去做文，他的贡献，坚执人生，穷探现实，结果只落得死无下落，千万不可师法！

（原载一九三三年七月十四日）

# “西崽哲学”

古　飞（胡　风）

友人K君，寄居在某白俄弄堂内的一家亭子间里。那家的西崽（即直译的仆欧），是一位了不起的国粹主义者，比如说，他虽然会说大英语，但他告诉K君，“依然照乡间的老规矩，一天两顿饭”。一天两顿饭并不为奇，但他却根据的是“老规矩”，这种不忘国粹的做人的态度，当今之世，却非大大地奖励不可的。

最近，因了乡间的大水和骚动，这西崽底尖脚老婆带着一个六七岁的男孩子跑到上海来了。上海的繁华虽然使孩子招架不来，但孩子毕竟是孩子，不久就和邻居的小伴侣们混在一块了。然而，绿眼睛黄头发的小伴侣们，在玩的时候固然非常高兴，但他们的娘老子教给他们的“上等种”和“上等人”的骄傲，一有机会就会马上爆发出来，使这个小辫子，破裆裤，脸黑得和南洋土人一样的生客狠狠地吃一顿被“惩罚”的苦。在这样的时候，我们的西崽就为难了；他不能不尊敬他的芳邻，但他也爱他的小儿子……。

但他毕竟有他的办法：不准那孩子出去。如果他发觉了在他不注意的时候，那孩子溜了出去的话，一定马上去拖回来，一面骂，“你去！你去！看他们不把你打死才好呢！”于是，他把那孩子关在小院子里。有时那些洋娃儿们冲到小院子里来玩的时候，他就把他捉进房子里去。但如果那些洋娃儿们有一天冲到房里来了呢？我想，他总有他的办法的罢。

对于这位西崽的行动，友人 K 君取了一个名字，叫做：不抵抗主义的哲学。

但又有人说，不抵抗主义中国是“古已有之”的，当然可以列入第一等国粹里去，但中国国粹的不抵抗主义并不是千年不变的，到现在已到了一个“大成”的时代。照一九三三年式的不抵抗主义办，这位西崽仅仅把那孩子拖回来关起来是不够的，他应当把小孩子的耳朵闭起来，使他“非礼勿闻”，把他的眼睛蒙起来，使他“非礼勿视”，而最重要的是塞住他的嘴……。如果这样做了他还要溜出去的话，那显然是一个捣乱胚子，那样的儿子是“有不如无”的，应当治以“不孝罪”（用白话翻译一下，就是：违犯父命罪），坐黑房子，打茨条子，活埋，剥皮……。

（原载一九三三年七月二十日）

# 答友问鬼

许钦文

许多人都把四川看作奇异的地方，先先后后写信问我，四川究竟有没有鬼，却不指明是什么鬼，有些人把古话文称作鬼画符，如今这里鬼画符依然盛行，连学生也在大大的写作，其目的，做官当秘书以外，中学生说是为着将来考大学，大学生说是为着将来毕业以后教中学生，如果所问就是画这种古话文的符的鬼，那末，可以说是有着很多的。

通常所谓鬼鬼祟祟，是指做事不大方，你欺我骗，任意说谎，说话吞吞吐吐，往往前后矛盾；或者假公济私，或者卖友求荣；常于黑夜奔走权门，对人挤眉弄眼表示意见的，这种鬼自然也有，而且不少。

又有所谓捣鬼的，就是捏造谣言，或者故意把些许小事化作大事，藉以使人惊惑；明明并无其事，却弄得象煞有介事。比如有个青年在同自己的亲嫂子谈话，无聊的新闻记者见了，不分皂白，就说是女学生怎样怎样，大做其文章，广为宣传的，这种鬼也着实有几个。

下半天有鬼到街上买东西一事，这种话我八九岁时也曾听人讲过，说是四川成都府，一到下午，每个店铺里都得备一个盛水的铜盆，如果顾客所付的钱丢在那铜盆里是浮在水面上的，那是纸灰，就是见鬼的标记了。我在成都，也常常于下半天到街上去买东西，从来不曾见到把我所付的钱丢到水盆里去过，也不曾在店铺里见到那样盛水的铜盆。只是四川人有着一句很通行的骂人的话，叫作“鬼儿子”。照理，有鬼的儿子，当然有大鬼，好象他们承认有鬼同住着。不过也不能够就此断定四川一定有着特殊的鬼，因为骂人的话还有更通行的一句，就是“狗×的”，意思是由狗生出来的。狗只会生狗，人当然是人生的，但四川人常以狗×的骂人。我曾经亲自听到一个船夫拿这话骂他自己的儿子。可见无非表示愤恨轻视的意思。然而从鬼儿子这句骂人的话，我们可以知道，四川人是看不起鬼的。

固然，照着孔老夫子的话，谈鬼的事不如谈人的事要紧。目前的四川，发生问题的是兵，并不是鬼。上面所说的几种鬼，并不是四川的特产，恐怕各处都一样，至少也差不多。至于骂人的话，江苏不是也有一句“小鬼”么？

（原载一九三三年七月二十八日）

# 遗　　忘

岂　凡(章克标)

我们有一种美德,叫做遗忘。

遗忘是各个人各国人都不缺少的,但我们中国人特别擅长,遗忘的快而且遗忘的干干净净。凡有什么不如意的事情,当其时虽则也并不置身事外,看作过眼烟云,事后却总能淡然置之,若无其事一般的。即使不是此种令人觉得讨厌的失意事情,也能过了些时候而不知不觉遗忘了,比方做官的人常常会忘了在野时代的誓言,少壮者多半忘却青年时代的抱负,做了教师就忘了他自己做学生时的一切。

一种苦痛,倘使常常挂在心上,终朝愁眉不展,戚戚然如丧考妣,岂不是令人生趣全无,而且忧能伤人,万一真个造成疾病,岂非自伤天年,所以遗忘是不可少了。能遗忘,就能乐天,乐天知命必能安心立命,于是身修家齐国治天下太平可立而待也。中国之所以还不能十分太平,大约因为遗忘还不能彻底之故。并且据心理学家言,人常常把苦痛的,不欢喜的遗忘,愈不喜的忘得愈快,那么大约中国的一切还不会糟到极点,而今人民得迅速忘却,以致不能达到至治之境。于是致国家社会于太平之道,这里也有些暗示,我相信目下的措置设施是合于这大道的。

遗忘之为美德,另外还有一种意思,因为把旧的忘却了然后可以接受新思想。倘使我们头脑子里全装满了古旧陈腐的不快意的东西，我们何能容纳接受一切新式的快意的呢？一方面新的事件进来，也能促成旧事件的遗忘，如有“五三”济南案，我们便得忘却五卅的南京路案，而有了“九一八”“一·二八”，我们非得忘却“五三”事件不可，来了热河的失陷以及华北的停战协定，我们更得忘却东北原是中国的领土。一方面有了建设奖券五十万元的希望，闸北炮火下的损失便得置诸脑后，而培养国力的字眼也要把长期抵抗逐出记忆的。我相信，一定还有更新式更快意的事件出来，使我们兴奋一下而把旧的全忘了，连我们是中国人也忘了。

遗忘也有个对头冤家，是事件的反复与提醒，比方“五三”是日本人，“九一八”和“一·二八”又是日本人，于是日本人之为中国人之仇敌非经长时的努力，不能使人遗忘了。又如内战，三月一战，隔不了二月又战，于是内战被人民深恶而痛疾之了，象四川的百姓，现在一定还不会遗忘内战的。中国人是喜欢太平的，喜欢遗忘的，但有些人偏偏要反复那行为而不使人遗忘，那是中国人之大仇敌，能够推陈出新逐一度下去的，才是治国的大材。

报载巴比塞调查团将来华，想“九一八”事件，我们全都忘了，李顿报告书也[成]废纸了，而他老先生不远万里而来，来提醒我们这不快意之事，一定会遭受我们全国人民反对的，正象睡梦中的人，不喜欢给人叫醒一样，我想这总有一事件表现出来，我们的确有遗忘之美德，而且酷爱这个美德，一定在那时可以充分显露的。

（原载一九三三年八月七日）

# 让娘儿们干一下吧！

林语堂

上星期见《大陆报》登一条新闻。有美国某妇人，是什么女权大同盟的主席，名字似是 Mrs. Inez Hayne，已记不清了。她得着神感似地说：男子统治的世界，已弄成一团糟了。以后应让女子来试一试统治世界，才有办法。

以"统治世界"的男子之一的身份而言，我是完全赞成此议的。我原并不想要治天下，治了半世，也有点倦意了，我愿意把天下禅让出来，交给任何有勇气接收这种责任的傻瓜。我要请假一下。我是道地失败者。我想凡诚实的男子，都与我同意。就使达斯马尼亚的土人愿意出来肩此重任，我也愿让天下给他们。只怕他们有许由的聪明，不肯出来。

我要挂冠而去了。我觉得，而所有的男子大概可同我觉得，"有子万事足，无官一身轻"是可以欣羡的。据说，男子是自己运命的主人翁及世界的主人翁，而且是掌自己魂灵的主宰及掌一切人事的主宰；据说，世上最好的差事，如做文官、武将、市长、导演、主笔，都被男子包办了。老实说，谁在高兴这些？事实是非常简单。哥伦比亚大学某心理学教授说过，真正男女的分工，是男子赚钱，女人花钱。我很赞成调换一下。我很愿意看见女子在船坞、会议室、编辑室、公事房出汗，而我们穿淡素旗袍在花园中，等我们所爱的人由公事房出来，带我们去看电影。黑恩夫人，有此妙想，真是可人。

这些自私的话且按下不提。老实说，我们看看自己的治绩，也应该害臊。世事无论是中国是外国，是再不会比现在男子统治下的情形更坏了。所以姑娘们来向我们要求“让我们娘儿们试一试吧”，我只好老实承认我们汉子的失败，把世界的政权交给娘儿们去。

娘儿们专会生养儿女，而我们汉子偏要开战，把最好的儿女杀死。这真叫做短命。但是也没法可想。我们生性如此。汉子总是好战。女人最多互相揪发抓脸而已。假如伤口不入毒，实际上并没有什么害处。女人最多拿扫柄相打，男子却非用机关枪对打不可。Hcywood Brown说过，毛病就在我们喜欢听锣鼓或是现代的军乐，我们一天喜欢听锣鼓，战争一天不会消灭。此可断言。我们抵抗不过锣鼓的声音。假使女子统治世界，而将要宣战，那时我们可以说：“姑娘们，现在的世界是你们的了。假使你们非打仗不可，你们自己去打吧。”这样就没人用机关枪对打，而天下真正太平了。

我们实在太不害臊了。军缩会议失败了。经济会议也失败了。人，男人，失败了。谁也知道，现在的世界，应该大家禁用毒气，和平贸易。但是我们怎么做法？我们不把当今的贤者如罗素、爱斯坦、罗兰之流请出来，却把这些事交给“专家”！我们要裁减军备，促进和平，却去请出一班海陆军事专家——专长屠杀技术的嗜杀人的汉子——来开会，而愕然诧异为什么军缩会议失败了。后来便是大家觉得战债必须取消，关税必须废除，世界的不景气才会终止。我们怎么办呢？我们请出一些大学教授、统计学家，眼光如豆，只懂得算百分之几的关税“专家”，出来开会。于是又愕然诧异为什么经济会议也失败了。你想关税取消，这些关税专家，还有饭吃吗？这等于请一些训诂专家，来开会打倒汉字。

现在我什么都不管了。外交家在挂白羊皮手套拉手谈天，战云却弥漫天际了，而我们正在自作聪明。如果不赶紧将世界治权由戴白手套的外交家及戴厚眼镜的专家手里夺回来，不久必有大战，而一切就完了。所以也不必怎样鳃鳃过虑。因此娘儿们要来自告奋勇，我只好说“来吧，姑娘们！上帝保佑你们！横竖你们治来的成绩不会比我们现在更不象样的。”

老实说，治天下并不很难，至少并不象“专家”们告诉我们那样难的。假使你要禁止毒瓦斯，就禁止毒瓦斯。事情是做得到的，假使你有真心，而假使你不请“专家”来开会。把所有的专家枪毙，而请萧伯纳、爱斯坦、蘧利夫人出来统治世界，第二次大战是可以而且一定会避免的。

假使猴狲会知道我们人类在日内瓦所做的勾当，必定笑断牙齿了。

至少我自己是预备下野，而把政权交与陶老三、富春楼老六、郑毓秀、张默君之同性。假定我能积一点钱，我要跑到太平洋之南的岛上，或是钻入非洲山林中。假使富春楼老六之辈，仍然不能消此浩劫，而欧洲文明全部焚灭了，那时我居在非洲深林的树上，可以拍胸说：“上帝啊！至少我是诚实[的]。”

（原载一九三三年八月十八日）

# 娘儿们也不行

虞　明（鲁　迅）

林语堂先生只佩服《论语》，不崇拜孟子，所以他要让娘儿们来干一下。其实，孟夫子说过的："养生者不足以当大事，唯送死可以当大事。"娘儿们只会"养生"，不会"送死"，如何可以叫她们来治天下！

"养生"得太多了，就有人满之患，于是你抢我夺，天下大乱。非得有人来实行送死政策，叫大家一批批去送死，只剩下他们自己不可。这只有男子汉干得出来。所以文官武将都由男子包办，是并非无功受禄的。自然不是男子全体，例如林语堂先生举出的罗曼·罗兰等等就不在内。

懂得这层道理，才明白军缩会议、世界经济会议、废止内战同盟等等，都只是一些男子汉骗骗娘儿们的玩意儿；他们自己心里是雪亮的：只有"送死"可以治国而平天下——送死者，送别人去为着自己死之谓也。

就说大多数"别人"不愿意去死，因而请慈母性的娘儿们来治理罢，那也是不行的。林黛玉说，"不是东风压倒西风，就是西风压倒东风"，这就是女界的"内战"也是永远不息的意思。虽说娘儿们打起仗来不用机关枪，然而动不动就抓破脸皮也就不得了。何况"东风"和"西风"之间，还有另一种女人，她们专门在挑拨，教唆，搬弄是非。总之，争吵和打架也是女治主义国家的国粹，而且还要剧烈些。所以假定娘儿们来统治了，天下固然仍旧不得太平，而且我们的耳根更是一刻儿不得安静了。

人们以为天下的乱是由于男子爱打仗，其实不然的。这原因还在于打仗打得不彻底，和打仗没有认清真正的冤家。如果认清了冤家，又不象娘儿们似的空嚷嚷，而能够扎实的打硬仗，那也许真把爱打仗的男女们的种都给灭了。而娘儿们都大半是第三种：东风吹来往西倒，西风吹来往东倒，弄得循环报复，没有个结账的日子。同时，每一次打仗因为他们倒得快，就总不会彻底，又因为他们大都特别认不清冤家，就永久只有纠缠，没有清账。统治着的男子汉，其实要感谢她们的。

所以现在世界的糟，不在于统治者是男子，而在这男子在女人的地统治。以妾妇之道治天下，天下那得不糟！

举半个例罢：明朝的魏忠贤是太监——半个女人，他治天下的时候，弄得民不聊生，到处"养生"了许多干儿孙，把人的血肉廉耻当馒头似的吞噬，而他的狐群狗党还拥戴他配享孔庙，继承道统。半个女人的统治尚且如此可怕，何况还是整个的女人呢！

（原载一九三三年八月二十一日）

# “满意”和“写不出”

孙 周

对于一切都满意的人，写不出文章来，是当然的。所以，创作正是苦闷的象征。

不过在现在的中国，对于这样的生活，在所谓“文人”的口里，居然能够说出“是满意极了”的话，倒是可以奇怪的事情。

然而无知无识的公子哥儿却在小报上说道：“我是一个对于生活极满意的人，我觉得人到世界上来的确是来享福而不是来受罪的……”自然啦，仰仗祖宗的遗产和老婆的妆奁而享福着的公子哥儿还有什么不满呢？然而他可会想到：在中国，最大多数的人却的确是来受罪而不是来享福的？有些青年虽也可以自夸是“真正漂亮”的小白脸，但上海滩上没有许多宰相家的女儿拿着几十万的嫁妆在等着人家去勾引，那也是很明白的事情啊！

公子哥儿又说道：“我觉得吃苦也是一种特权，也是一种天意。为什么我吃得到的苦，你吃不到呢？……要我吃苦我便吃，我并不想表示什么不满。”这其实是不值得“写出来”的，因为第一，使我记起了一张讽刺画：一个资本家对几个工人演说，他的演说辞是：“上帝说，人类到世界上来，并不只为了面包。”（大意）。第二，我又想着了不必破坏，无须改造，以现状为最最好的，惰性的戆弟德主义。

我再看他所以满意的原因。据他自己说,他既不是“经济尚宽裕”,又不是“根本没有吃过苦”,却是因了“对得起自己”和“忠实于自己”,换一句大众的话,就叫做“自私自利”。“自私自利”,当然写不出“预言家”的诗。而且在现在的中国,对于这样的生活,稍具人心,也便不能只顾自己的。

然而,公子哥儿的口号是:

> 生活之满意,我写不出;
> 享福的世界,我写不出;
> 人生之一乐,我写不出;
> 有许多文章,我写不出。

写不出,那就不必来献丑罢,还是去干那老行当,去调脂弄粉,做些似通非通,吟风弄风[月]的歪诗,窃取“诗人”的名号自娱罢!

（原载一九三三年八月二十七日）

# 论 凑 趣

徐懋庸

就是传说要来华而至今还没有来的法国文豪巴塞尔(Henri Barbusse)。[①] 他在一本小书上,当使用"知识阶级"这一句话的时候,特地声明道:

"知识阶级——我是以此称思想的人们不是以此称知趣者,吹牛者,拍马者,精神利用者。"

"知趣者"即善于凑趣的人的意思。凑趣,吹牛,拍马,精神利用:这四种都是所谓"二丑艺术"。但在技术上,一四两种要难得多,运用得好,成功较易,运用得不好,碰壁也较易。而且这两种艺术家的身分,也比吹牛家,拍马家要高得多,因为吹牛、拍马,不过分明是一个势利的奴才的工夫。但凑趣家和精神利用家,却颇象一个绅士,在主子门下,是称为"宾客"的。

我现在只来说一说凑趣。

要从凑趣家中,举出一个典型来,我以为最好是举杨修,即连弥衡都看得起的"小儿杨德祖"。《文士传》说他"少有才学思干",《世说新语》盛称他的"捷悟",但实际上,他的才学思干,他的捷悟,不过做了曹操的下酒物,他一生的致力,就在凑趣上。

① 今译巴比塞。

曹操在自己的“相国门”上，题了一个“活”字，他马上就叫人把门拆去重造。唯他知道“王正嫌门大”。曹操在一盒食物上写了一个“合”字，他马上就吃，唯他知道“公教人噉一口也”。此外还有“绝妙好辞”的故事，“竹椑楯”的故事，都是杨修一生中最出色的行状。那时候连曹操也有“我才不及卿”之叹。别人当然要“服其辩悟”了，因为不及他那样的善于凑趣。

然而，最后一次的凑趣，他却大大地碰了壁，连性命都碰掉了。“鸡肋”事件，许多人为杨修呼冤，其实曹操的主意是不错的，因为凑趣只宜于平时，倘在军国大事上也乱凑起来，是免不了贻误的，在这方面，曹操所亲信的乃是典韦、许褚之流。但曹操竟把杨修杀掉，则其霸辣，诚然是个大花面。

时至今日，凑趣的情形，大有变动了。第一，现在是于凑个人的趣之外，还要凑集体的趣。第二是因物质上的便利，凑趣者可以不必当着主子的面，只要在报章杂志上发表一些文字，也有被赏识的希望。

然而，无论何代为主子的，他们固然高兴有人凑趣，但在实际地干的时候，他们信用的还是另一种人。

追究到古代去，食客三千人的孟尝君，后来不是觉悟了“鸡鸣狗盗之徒”更合于实用么？

这样看来凑趣家的运气，似乎是向来就不很发旺的。

据我想来，这不发旺的原因，第一，就是他们只会凑趣；第二，是他们太要给自己留身分，不及拍马家吹牛家那么痛快，因而使主子也觉得他们的臭架子的不可耐。

《世说新语》中还有这样一个故事：

“范玄平为人好用智数，而有时以多数失。会尝失官居，东阳桓大司马在南州，故往投之。桓时方欲招起屈滞，以倾朝廷，且玄平在京素亦有誉，桓谓远来投己，喜跃非常……范虽实投桓，而恐以趋时损名，乃曰：'虽怀朝宗，会有亡儿瘗在此，故来省视。桓怅然失望，向之虚伫，一时都尽。'"

这种作态，实在是二丑艺术的精髓。可惜桓温也是个大花面（虽然我不曾在戏台上见过他，想当然耳。），所以竟不屑意，使范先生扑了一个空。

原来，二丑艺术，是只为驱驱扮公子哥儿的小丑的。

（原载一九三三年九月四日）

# 帮闲法发隐

桃　椎(鲁　迅)

吉开迦尔(S. Kierkegaard 1813—1855)是丹麦的忧郁的人，他的作品，总是带着悲愤。不过其中也有很有趣味的，我看见了这样的几句——

“戏场里失了火。丑角站在戏台前，来通知了看客。大家以为这是丑角的笑话，喝采了。丑角又通知说是火灾。但大家越加哄笑，喝采了。我想，人世是要完结在当作笑话的开心的人们的大家欢迎之中的罢。”

不过我的所以觉得有趣的，并不专在本文，是在由此想到了帮闲们的伎俩。帮闲，在忙的时候就是帮忙，①

譬如罢，有一件事，是要紧的，大家原也觉得要紧，他就以丑角身份而出现了，将这件事化为滑稽，或者特别张扬了不关紧要之点，将人们的注意拉开去，这就是所谓“打诨”。如果是杀人，他就来讲当场的情形，侦探的努力；死的是女人呢，就更好了，名之曰“艳尸”，或绍介她的日记。如果是暗杀，他就来讲死者的生

---

① 此处发表时被删去四十字，作者将本文收入《准风月谈》时加着重号补入，现录于此：“倘若主子忙于行凶作恶，那自然也就是帮凶。但他的帮法，是在血案中而没有血迹，也没有血腥气的。”为了留存一个证据，编者黎烈文特地保留了这个逗号。

前的故事，恋爱呀，遗闻呀……人们的热情原不是永不弛缓的，但加上些冷水，或者美其名曰清茶，自然就冷得更加迅速了，而这位打诨的脚色，却变成了文学者。

假如有一个人，认真的在告警，于凶手当然是有害的，只要大家还没有僵死。但这时他就又以丑角身份而出现了，仍用打诨，从旁装着鬼脸，使告警者在大家的眼里也化为丑角，使他的警告在大家的耳边都化为笑话。耸肩装穷，以表现对方之阔，卑躬叹气，以暗示对方之傲：使大家想：这告警者原来都是虚伪的。幸而帮闲们还大抵是男人，否则，它简直会说告警者曾经怎样调戏它，当众罗列淫辞，然后作自杀以明耻之状也说不定。周围捣着鬼，无论如何严肃的说法也要减少力量的，而不利于凶手的事情却就在这疑心和笑声中完结了。它呢？这回它倒是道德家。

当没有这样的事件时，那就七日一报，十日一谈，收罗废料，装进读者的脑里去，看过一年半载，就满脑子都是某阔人如何摸牌，某明星如何打嚏的典故。开心是自然也开心的。但是，人世却也要完结在这些欢迎开心的人们之中的罢。

（原载一九三三年九月五日）

# 希特拉与雍正帝

徐懋庸

大家都说希特拉是个摧残文化的暴君，但据他自己说来，却又是个风雅的人物。在某次宴会上，他对艺术界及电影界的名士脱尼·瓦耐克说：

“在或种意味上，我是艺术家，倘若我不涉足政界，那么一定会成就一个纯粹的艺术家。”

这话有几分是不骗人的。读他的传记，知道他的幼年，实曾充满了做一个画家的热望，直到他在维也纳的美术学校的入学试验中落第以后，这才把心力用到别方面去了。

然而，这回的提起这样的话，是有别的用意的，再看后文就可明白：

“我主张用电影和无线电来宣传主义，使全国国民及各国人民充分了解国社党的精神。可是我不赞成把政治宣传藏在艺术的外衣下的那种办法。政治是政治，艺术是艺术，应该各自生长发展的。然而，真正的艺术家是一定会奔赴到我们的旗帜下面来的，为什么呢？因为我们是建设的，而真正的艺术家，也完全是建设的。所以纯粹的艺术家，唯在我们所抱的思想中，能够发见真正的力量。”

引为同志，曲曲折折委委婉婉地说来，到底只是一句话：“你们投降我罢。”但多么为艺术留地步，为艺术家留身分，真有礼贤下士之风。单是这样地看看，希特拉是并不怎样横暴的。

其实这是希特拉一班人的传统的手段之一：“硬功”以外的“软功”。不过希特拉是暴君中之彻底者，他曾宣言“微温主义”是他的不共戴天之敌，我们总以为他是一味硬做的，可是这回也使用起微温主义的软功来了，足见软功确乎是少不得的。

清朝的雍正帝，也不是一位仁君，在上海滩上流行着的剑侠小说里，他的性格表现得尤其阴险残酷，单是那件“维民所止”的文字狱，就足以证明他的不讲道理了。然而，他曾做过比希特拉更其仁明的事情，就是对于曾静事件的处置。曾静受吕晚村的学说的影响，发为恢复汉族的运动，怂恿岳钟麒谋反，不成，被捕。雍正帝知吕晚村一派的学说盛行，甚为惊骇，因急加辩疏，冀以杀反清思想之势力。于是将自己之辩疏与曾静供词，合而为一，名曰《大义觉迷录》，根据中国圣人的学说，解释唯有德者可享帝位，初无华夷之别。对于吕晚村的学说，亦命儒臣详细加以批评，而不予焚毁。他说：“朕今若焚毁彼等之书，使将来不见此书，转滋疑惑误会，以为得圣贤之真传，此固非朕之本意也。”曾静，则不加诛戮，只是下令放逐了事。

对于一个落第书生的供词和一个已死的遗民的著作，也加以辩疏和批评，比起杀和烧来，实在麻烦得多了。然而倘非必要，雍正帝是一定不肯用这种麻烦的软功的罢。

（原载一九三三年九月十四日）

# 励友人书

老舍

××仁兄：

在咱们的社会里没有“大”事体。东北四省丢去谁曾落一个泪来？赤俄的五年计划还不是说说而已？你可能告诉我一件“大”事？高明而憧憬的你——不能：本来没大事，从那里说起呢？自然，包了一把三翻是天大的事，可是和旁家打起来而终于没包，那么，说它作甚？昨天咱的肚子疼了一阵，恐怕是要生小孩：怎奈咱不是女性。是故天下原无大事，为人何不马马虎虎？天地者万物之逆旅：欠下旅馆费，虽秦二爷亦舍不得卖黄骠马也。大事化小，小事化无，是为上策。夫中华亦大国呀，失了四省，则较小矣，是谓大事化小，省去许多麻烦。全国亡了，不过小事化无而已，何足虑哉。生今之世，最宜不要脸：脸之全部有多大面积，就说和东三省比比吧？骑着脖子大便，任凭于他，到底是他的粪落在咱哥儿们的脖子上啊，大小总是个便宜。哀莫大于心死——胡说——心怎会死，设若身上各部活活泼泼？你若不抓弄俩钱，因而没有饭吃，没有女性一同就寝，身上怎能活活泼泼，眉眼怎能乱动？手足眉眼僵硬不动，心会活着？连这个都不懂，白活！狗本食肉之兽，不得已乃改而吃粪，意识不能决定生活状态，而生活状态实决定意识的形式〔成〕：虽马克司复生，不易吾言哟！我们的字典上没有“耻”字。耻是抽象的，面包与女子是具体的。不信，你要为国难发愁而七日不食，耻则耻矣，可是你那个“象”即被阎王抽去，这是玩的吗？反之，你舒舒服服吃点喝点恋点，身胖因而心广，人说你是亡国奴，你正自肥头大耳朵，哪个更近于生命的真实？在生命上，小事是一切；大事根本没有一件。记住了这个，高明的你。以脸说吧，它是为有人说你的大衫不漂亮而红的：难道日本人打了南京几炮也值得红脸？南京又不是你的私产——自然你若在那儿有处小房便另一个说法了。就是别着急，瞎混着比什么也强。今天就和你谈到这儿吧。祝吉！

舍　九月二日

（原载一九三三年九月十五日）

# 劝人读经

沈从文

《百喻经》说：

往日有夫妇两人，烘了三个大饼，作为晚餐。大饼烘就，夫妇二人各自吃尽名分下的一个饼后，还剩大饼一个，不便给谁独吃，于是互相约定，不许说话，谁若先想说话，就莫吃饼！两人既然互相约好，故各坐在家中，沉默不语。到了半夜，来了一个贼徒，到家偷窃东西，掠尽家中所有宝物，两人皆因有约在先，关怀大饼，不愿出声。到后贼人眼见这家中人痴呆如此，胡来乱为，皆不妨事，且觉得主妇静婉可人，便傍近妇人，作了些小小轻薄行为。那丈夫虽亲眼见到贼人胡闹，却仍因为不忘那个大饼，故不作声。到后妇人忍无可忍了，就叫唤她的丈夫："大伍，大伍，你真是个傻子，为一个饼，尽人把我如此侮辱调戏！"那丈夫快乐得拍手大笑，他说："咄，咄，愚蠢丫头，你已说话，你输定了！饼应归我，你已无分！"

这是两夫妇的问题，谁最愚蠢，别人似乎不能置喙，轻易加以判断。《百喻经》故事所注重的是人类的性格。千年前世界上既俨然曾经有个这种丈夫，这性格也似乎就有流传到如今的可能。我们如今已不容易遇到这种丈夫了，但却可从别种人物治国政策生活态度得知一二。譬如说：一片土地忽然丢了，或家中老婆跟人跑了，有些人不正是因为守着一点同大饼相类似的偏见，或信仰，不发一言，不作一事，沉默支持下去？若有人说了一句话，想提醒他，这些人不正是顷刻之间就会用着顶天真快乐的神气，向人喝着“咄，咄，蠢东西，大饼又归我了”那种话语吗？

读到这本充满了愚人故事的小书时，我总疑心作这本书的人，书虽在一千年以前作成，他的讽刺却预备留给一千年以后。不过如今争大饼的聪明人，大都忙忙碌碌，虽作了不少无折无扣的蠢事，却好象从不曾注意到这样一本小书上来，因此这讽刺，也等于无用了。若希望他有用，又似乎还必需从现在起始，再过一千余年，才能为作主人的明白的。

不过我总想介绍这本书给那些应读这本书的人。

（原载一九三三年十月五日）

# 古 事 记

小 雪(阿 英)

要说一九三三年是一个国货年,那么,凉秋九月,也是抵得一个"古物复兴月"的。古物,什么时候都在从灰土里"努力望上爬"(敬用适之博士诗句),何以独特的对这个月要冠上"复兴"二字呢?这原故,就是因为复古似乎已经形成运动,而近月来,连空气也颇有些古味也。

谓予不信,何妨一读凉秋九月的"古事记":

㈠ 曰:建孔庙,创经书学堂(新嘉坡,路透社电)。

㈡ 曰:限用毛笔,抵制外国文具(广州,路透社电)。

㈢ 曰:古墓源源发现(南昌,山东专电)。

㈣ 曰:金质婚书,特别放盘(天津,中央社电)。

"懿欤圣哉",一月成绩,竟然如此,这样努力下去,"汉代衣冠"既不会"成古邱",我"泱泱大国"也真要复兴有望了。闲来无事,想到这里,总是高兴。并非遐想,我认为那时的人,一定穿着戏台上的花衣服,在官道上摆来摆去,见人拱手,高叫"相公请了"。而遇有情杀事件时,一定是那英雄拖着雪亮的什么刀,大踏步走上"鸳鸯楼",再来几回"血溅",使×报记者更能写得有声有色,香艳肉感一点。

洋鬼子呢?那时是不会象现在这样"猖獗"的,这些夷狄之邦，一定会震于“汉国盛”，每年进贡来朝，以恢复往昔盛事。想到他们从午门一直膝行到金龙殿，伏地高呼万岁不敢抬头；连忆及现在他们对中国的压迫，他们的丑态，真是会叫我有飘飘然之感。虽说也担心那时再来一个金兀术或者安禄山。

根据历史的事实看去，复古终竟〔究〕是好的，中国除掉复古也“别无话说”。不过，一想到历代皇后的“金质婚书”终不免为“夷狄”买去，指定用毛笔而仍不能不主张自来水笔“写英文”，以至“圣庙”虽收到钱迄未兴造，“古尸见风即成灰烬”，却又不免有些“色变”了。呜呼！崇今固不可，复古多少又有些渺茫，写罢了《古事记》，只有把我自己搁在“动摇”的架上了，“追求”云乎哉！

（原载一九三三年十月七日）

# 《庄子》与《文选》

施蛰存

上个月《大晚报》的编辑寄了一张印着表格的邮片来，要我填注两项：㈠目下在读什么书，㈡要介绍给青年的书。

在第二项中，我写着：《庄子》，《文选》，并且附加了一句注脚："为青年文学修养之助。"

今天看见《自由谈》上丰之余先生的《感旧》一文，不觉有点神经过敏起来，以为丰先生这篇文章是为我而作的了。

但是现在我并不想对于丰先生有什么辩难，我只想趁此机会替自己作一个解释。

第一，我应当说明我为什么希望青年人读《庄子》和《文选》。近数年来，我的生活，从国文教师转到编杂志，与青年人的文章接触的机会实在太多了。我总感觉到这些青年人的文章太拙直，字汇太小，所以在《大晚报》编辑寄来的狭狭的行格里推荐了这两部书。我以为从这两部书中可以参悟一点做文章的方法，同时也可以扩大一点字汇（虽然其中有许多字是已死了的）。但是我当然并不希望青年人都去做《庄子》，《文选》一类的"古文"。

第二，我应当说明我只是希望有志于文学的青年能够读一读这两部书。我以为，每一个文学者必须要有所借助于他上代的文学，我不懂得"新文学"和"旧文学"这中间究竟是以何者为分界的。在文学上，我以为“旧瓶装新酒”与“新瓶装旧酒”这譬喻是不对的。倘若我们把一个人的文学修养比之为酒，那么我们可以这样说：酒瓶的新旧没有关系，但这酒必须是酿造出来的。

我劝文学青年读《庄子》与《文选》，目的在要他们“酿造”，倘若《大晚报》编辑寄来的表格再宽阔一点的话，我是想再多写几部书进去的。

这里，我们不妨举鲁迅先生来说，象鲁迅先生那样的新文学家，似乎可以算是十足的新瓶了。但是他的酒呢？纯粹的白兰地吗？我就不能相信。没有经过古文学的修养，鲁迅先生的新文章决不会写到现在那样好。所以，我敢说：在鲁迅先生那样的瓶子里，也免不了有许多五加皮或绍兴老酒的成分。

至于丰之余先生以为写篆字，填词，用自刻印板的信封，都是不出身于学校，或国学专家们的事情，我以为这也有点武断。这些其实只是个人的事情，如果写篆字的人，不以篆字写信，如果填词的人做了官不以词取士，如果用自刻印板信封的人不勉强别人也去刻一个专用信封，那也无须丰先生口诛笔伐地去认为“谬种”和“妖孽”了。

新文学家中，也有玩木刻，考究版本，收罗藏书票，以骈体文为白话书信作序，①甚至写字台上陈列了小摆设的，照丰先生的意见说来，难道他们是“要以‘今雅’立足于天地之间”吗？我想他们也未必有此企图。

临了，我希望丰先生那篇文章并不是为我而作的。

（原载一九三三年十月八日）

---

① 指鲁迅。 鲁迅曾以文言文为金淑姿的《信》作小引。

# “双十”闲话

止　水（茅　盾）

“双十”是“国庆纪念日”。在这一天，谁要是想照旧谈谈风月，一定得被骂为无聊。

然而想前想后，终于是没有话可说的。说说眼前的“牛鬼蛇神”罢，不行，立刻要遭凶。说说将来的希望罢，那也得看你是怎样一种说法：如果你老着面皮替粪窖上“装金”，这还没啥，不然，也是大逆不道。

比较妥当的，是说说旧话。元年，五年，十年，由你喜欢骂就骂上几声。再近一点儿，那又是“不行”，聪明人一定不说。

旧话中间，有些是追想“先烈”们如何艰难缔造的，这是最漂亮的旧话了：小心到廿四分的人也许怕这样的旧话也会出岔子，为的是犯到了反衬出“后烈”不如的嫌疑了。可是不要紧，有一位先生早就说过现在之糟都是袁皇帝之类的遗产，现在四五十岁的人是不负责任的，倒是现在二十多岁的人责任不可逃云云。

在下想来，要是我们这个国当真有“难”的话，这责任都在那些“先烈”们身上。谁叫他们干得那么不光鲜，留一个大木梢给后头人扛？再说，谁叫他们革命革命倒革出些官僚和军阀来，以至贻祸民国，闹了毛二十年的内乱，并且甚至于到现在还常常听说还有什么新官僚、新军阀？

所以若要提出旧话来，也不免要牵牵连连，叫人想野了，弄得不入正道。本来回忆之类是最不好的东西；一回忆就要想，一想就惹上了邪气。治国平天下的至理应该是不准想。

不过今天既然还是“双十”节，见了人说什么应时的话呢？哦，有了——

“哈哈，今天天气好，海京伯马戏班替咱们凑热闹来了！今天也是日夜三场！咱们中国人真有得福享！”

（原载一九三三年十月十日）

# “感旧”以后（上）

丰之余（鲁　迅）

又不小心，感了一下子旧，就引出了一篇施蛰存先生的《庄子与文选》来，以为我那些话，是为他而发的，但又希望并不是为他而发的。

我愿意有几句声明：那篇《感旧》，是并非为施先生而作的，然而可以有施先生在里面。

倘使专对个人而发的话，照现在的摩登文例，应该调查了对手的籍贯、出身、相貌，甚而至于他家乡有什么出产，他老子开过什么铺子，影射他几句才算合式。我的那一篇里可是毫没有这些的。内中所指，是一大队遗少群的风气，并不指定着谁和谁；但也因为所指的是一群，所以被触着的当然也不会少，即使不是整个，也是那里的一枝一节，即使并不永远属于那一队，但有时是属于那一队的。现在施先生自说了劝过青年去读《庄子》与《文选》，“为文学修养之助”，就自然和我所指摘的有点相关，但以为这文为他而作，却诚然是“神经过敏”，我实在并没有这意思。不过这是在施先生没有说明他的意见之前的话，现在连这“相关”也有些疏远了，因为我所指摘的，倒是比较顽固的遗少年，标准还要高一点。

现在看了施先生自己的解释，㊀才知道他当时的情形，是因为稿纸太小了，“倘再宽阔一点的话”，他“是想多写几部书进去的”。㊁才知道他先前的履历，是“从国文教员转到编杂志”，觉得“青年人的文章太拙直，字汇太小”了。所以推举了这两部古书，使他们去学文法，寻字汇，“虽然其中有许多字是已死了的”，然而也只好去寻觅。我想，假如庄子生在今日，则被劈棺之后，恐怕要劝一切有志于结婚的女子，都去看《烈女传》的罢。

还有一点另外的话——

㊀ 施先生说我用瓶和酒来比“文学修养”，是不对的，但我并未这么比方过，我是说有些新青年可以有旧思想，有些旧形式也可以藏新内容。我也以为“新文学”和“旧文学”这中间不能有截然的分界，然而有蜕变，有比较的偏向，而且正因为不能以“何者为分界”，所以也没有了“第三种人”的立场。

㊁ 施先生说写篆字等类，都是个人的事情，只要不去勉强别人也做一样的事情就好，这似乎是很对的。然而中学生和投稿者，是他们自己个人的文章太拙直，字汇太小，却并没有勉强别人都去做字汇少而文法拙直的文章，施先生为什么竟大有所感，因此来劝“有志于文学的青年”该看《庄子》与《文选》了呢？做了考官，以词取士，施先生是不以为然的，但一做教员和编辑，却以《庄子》与《文选》劝青年，我真不懂这中间有怎样的分界。

㊂ 施先生还举出一个“鲁迅先生”来，好象他承接了《庄子》的新道统，一切文章，都是读《庄子》与《文选》读出来的一般。“我以为这也有点武断的”，他的文章中，诚然有许多字为《庄子》与《文选》中所有，例如“之乎者也”之类，但这些字眼，想来别的书上也不见得没有罢。再说得露骨一点，则从

这样的书里去找活字汇，简直是糊涂虫，恐怕施先生自己也未必。

（原载一九三三年十月十五日）

# “感旧”以后（下）

丰之余（鲁　迅）

还要写一点。但得声明在先，这是由施蛰存先生的话所引起，却并非为他而作的。对于个人，我原稿上常是举出名字来，然而一到印出，却往往化为“某”字，或者是一切阔人姓名、危险字样、生殖机关的俗语的共同符号“××”了。我希望这一篇中的有几个字，没有这样变化，以免误解。

我现在要说的是：说话难，不说亦不易。弄笔的人们，总要写文章，一写文章，就难免惹灾祸，黄河的水向薄弱的堤上攻，于是露臂膊的女人和写错字的青年，就成了嘲笑的对象了，他们也真是无拳无勇，只好忍受，恰如乡下人到上海租界，除了拼出被称为“阿木林”之外，没有办法一样。

然而有些是冤枉的，随手举一个例，就有登在《论语》二十六期上的刘半农先生“自注自批”的《桐花芝豆堂诗集》这打油诗。北京大学招考，他是阅卷官，从国文卷子上发见一个可笑的错字，就做诗，那些人被挖苦得真是要钻地洞，那些刚毕业的中学生。自然，他是教授，凡所指摘，都不至于不对的，不过我以为有些却还可有磋商的余地。集中有一个“自注”道——

“有写‘倡明文化’者，余曰：倡即‘娼’字，凡文化发达之外，娼妓必多，谓文化由娼妓而明，亦言之成理也。”

娼妓的娼，我们现在是不写作“倡”的，但先前两字通用，大约刘先生引据的是古书。不过要引古书，我记得《诗经》里有一句“倡予和女”，好象还没有解作“自己也做了婊子来应和别人”的意思。所以那一个错字，错而已矣，可笑可鄙却不属于它的。还有一句是——

“幸‘萌科学思想之芽’”。

“萌”字和“芽”字旁边都加着一个夹圈，大约是指明着可笑之感在这里的罢，但我以为“萌芽”，“萌蘖”，固然是一个名词，“萌动”，“萌发”，就成了动词，“萌”字作动词用，似乎也并无错误。

“五四”运动时候，提倡（刘先生或者会解作“提起婊子”来的罢）白话的人们，写几个错字，用错几个古典，是不以为奇的，但因为有些反对者说提倡白话者都是不知古书，信口胡说的人，所以往往也做几句古文，以塞他们的嘴。但自然，因为从旧垒中来，积习太深，一时不能摆脱，因此带着古文气息的作者，也不能说是没有的。

当时的白话运动是胜利了，有些战士，还因此爬了上去，但也因为爬了上去，就不但不再为白话战斗，并且将它踏在脚下，拿出古字来嘲笑后进的青年了。因为还正在用古书古字来笑人，有些青年便又以看古书为必不可省的工夫，以常用文言的作者为应该模仿的格式，不再从新的道路上去企图发展，打出新的局面来。

现在有两个人在这里：一个是学生，文中写“留学生”为“流学生”，错了一个字；一个是大学教授，就得意洋洋的做了一首诗，曰，“先生犯了弥天罪，罚往西天把学流，应是九流加一等，面筋熬尽一锅油”。我们看罢，可笑是在哪一面呢？

（原载一九三三年十月十六日）

# 再论《文选》

陈子展

为了当时写信的习惯，下笔便须描写月令物色一番，萧统就制作了十二月启，以为这种文字的公式。为了当时公牍文字的能手不多，任昉、陆倕就算是这种文章之冠冕，萧统就撰集古今典诰文言，成为《正序》一部，以为公文程式。为了五言诗是当时一种最流行的诗体，萧统就选五言之善者，成为《文章英华》一书，其实，应该叫做《模范诗选》。倘若说《诗经》《尚书》都是经过孔子之手，选辑而成的话，那么，萧统算是孔子第二了。这位孔子第二，也正是圣之时者也，他选辑的几部书，都带有很浓厚的时代色彩，都算是他那一个时代的时髦东西。《正序》和《文章英华》的至今不传，想是时代淘洗的结果罢。只有《文选》存在至今，还有一位当代有名的作者施蛰存先生，要推荐给青年，作为文学修养之根基，这不能不算是这部书的好运道了。

谁也知道"文起八代之衰"的是韩愈，可是有一位享尽高寿大名的选学家，他想"文复八代之盛"。他"觉得五十年来事事新"，《文选》读腻了，也许太旧了罢，他就重新选一部《八代文粹》，又选一部《八代诗选》，去教他的门弟子，果然他的门弟子们就拿这两部书当宝典，这一批文学家，我们应该叫他们做"新选学派"。这派的开山祖师究竟是谁？便是死去还不算久远的吾乡先哲王湘绮先生。他老先生几乎一脚把“旧选学派”踢翻，让“新选学派”独霸文坛。不料他的愿力虽宏，恰和他的再传弟子，提倡“新孔学”的康有为一样，新的远没有站得住脚，倒连旧的给他踢翻了也爬不起来，这岂不是糟天下之大糕吗？

我想，这真是一桩奇怪的事，以施蛰存先生那样有名的现代小说作家，要推荐《文选》这部书给青年，作为“文学修养之根基”，这犹之林语堂先生劝人读《论语》，不过幽默而已，倒没有什么。倘若竟有为文“拙直”，为人也“拙直”的青年，相信施先生的话，想从《文选》“参悟一点做文章的作法”，“扩大一点字汇”，得勿贼夫人之子也夫！但在另一方面说，不仅旧选学派当有文章中兴，吾道不孤之感，就是新选学派也许雀跃三百，希望文复八代之盛，因为同属选学，无论新旧，其揆一也。

虽然，《文选》这部书能够存在到如今，自然也有它的不可磨灭的地方。萧统说：

> 自姬汉以来，渺焉悠邈，时更七代，数逾千祀。词人才子，则名溢于缥囊；飞文染翰，则卷盈乎缃帙。自非略其芜秽，集其清英，盖欲兼功，太半难矣。

可知《文选》是一部七代文之精选。其中诗也有，赋也有，其他各种文体也大半都有。骈文家把它当作宝典，固然不在说；就是看不起八代之文的唐宋古文家也未尝不要读它。等而下之，至于明清两代的八股文人，也得从《文选》参悟一点作文的方法，扩大一点字汇，所以有“文选烂，秀才半；四书熟，秀才足”的语诀。不幸时代大变了，文学也大变了，骈文古文同时倒霉，白话文学代之而起。“选学妖孽，桐城谬种”敌不过文学革命先驱者的法宝，久已销声匿迹，从此《文选》就不必列为青年必读书了罢？

（原载一九三三年十月二十三日）

# 中国文与中国人

余　铭(瞿秋白)

最近出版了一本很好的翻译:高本汉著的《中国语和中国文》。高本汉先生是个瑞典人,他的真姓是珂罗倔伦(Karlgren)。他为什么贵姓高?那无疑的是因为中国化了。他的确对于中国语文学有很大的贡献。

但是,他对于中国人似乎更有研究,因此,他很崇拜文言,崇拜中国字,以为对中国人是不可少的。

他说:“近来——按高氏这书是一九二三年在伦敦出版的——某几种报纸,曾经试用白话,可是并没有多大的成功;因此也许还要触怒多数定报人,以为这样,就是讽示着他们不能看懂文言报呢!”

“西洋各国里有许多伶人,在他们表演中,他们几乎随时可以插入许多‘打诨’,也有许多作者,滥引文书;但是大家都认这种是劣等的风味。这在中国恰好相反,正认为高妙的文雅而表示绝艺的地方。”

中国文的“含混的地方,中国人不但不因之感受了困难,反而愿意养成它。”

可是,高先生自己却因此受够了侮辱:“本书的著者和亲爱的中国人谈话,所说给他的,很能完全了解;但是,他们彼此谈话的时候，他几乎一句也不懂。”这自然是那些“亲爱的中国人”在“讽示”他不懂上流社会的话，因为“外国人到了中国来，只要注意一点，他就可以觉得：他自己虽然熟悉了普通人的语言，而对于上流社会的谈话，还是莫名其妙的。”

于是他就说：“中国文字好象一个美丽可爱的贵妇，西洋文字好象一个有用而不美的贱婢。”

美丽可爱而无用的贵妇的“绝艺”，就在于“插诨”的含混。这使得西洋第一等的学者，至多也不过抵得上中国的普通人，休想爬进上流社会里来。这样，我们“精神上胜利了”。为要保持这种胜利，必须有高妙文雅的字汇，而且要丰富！五四白话运动的“没有多大成功”，原因大抵就在上流社会怕人讽示他们不懂文言。

虽然，“此亦一是非，彼亦一是非”——我们还是含混些好了。否则，反而要感受困难的。

（原载一九三三年十月二十八日）

# 尽 信 书

唐 弢

咱们中国人最相信书，而咱们中国书最不足信。

譬如说豪侠，只讲心地爽直，喜欢抱不平，那是决不够的，一定要身子会向云端里钻，指头有一道白光，而且还会追着杀人；万一碰着了对手，给战败了，在千钧一发的当儿，死是死不得的，于是便有得道的和尚来救，谁给通风呢？曰："心血来潮。"

这似乎太荒诞，不能相信，然而并不；除了把两手象糖炒栗子一样，在烧熟的黄沙里炒着外，也竟然还有人，抛别家乡，身边不带分文，准备飞到武当山，跟道士和尚学剑仙去的。

咱们中国人就在这样思想下活着。

可是"贤明之士"又得反对。因为这些书毕竟不是正统，而这些人也大都脑子简单，"上等"和"高等"的中国人是不至于会这样的。但且慢，随手来几个例：

《庄子·逍遥篇》：北冥有鱼，其名为鲲。鲲之大不知几千里也。化而为鸟，其名为鹏。鹏之背不知其几千里也。怒而飞，其翼若垂天之云。

《史记》：高祖醉行泽中，前有大蛇当径，乃拔剑斩之。一老妪夜哭其处，曰："吾子白帝子也。今为赤帝子杀之。"

这二部书大概可算是正统了吧。但为甚么又有些象胡说呢？一条鱼大到几千里，而且还会变鸟；一个老妪的儿子是蛇，忽然又说是白帝子。这究竟怎么了呢？“贤明之士”却深信而不之疑。

大概又得说是古书不足以绳今人了。其实在今人里，尤其是在天才的今人里，不足信依旧是存在的。譬如有人说女人的舌尖是壁虎的尾巴，则壁虎的尾巴也便是女人的舌尖了；万一竟有人搂着壁虎的尾巴去亲嘴，那可糟糕呢！

不可信，不足信，但我怕还有人要相信的。

名句不该遗漏，索性再来一下：

“河水如呆立的棺。”

这样的宝贝究竟是怎样看法的呢？幸而是天才的青年诗人。但这回上当的人可多了。穷人活不下去，相率投河，认为安然棺殓，尸骨可免暴露。无奈不久便死猪一样浮起来了。

我并不想劝人少作名诗名文，却希望大家不要太相信了。书本子不是全靠得住的。

全靠得住的书本子，是不容易存在的！

（原载一九三三年十一月五日）

# 光荣的下场

孜 立（徐懋庸）

在这不景气的年头，小市民们追求刺激之道似乎也穷尽了，看报纸上当做了不得的新闻就可知道：江民声擦皮鞋呀，梁桐芳拉车呀，“抗日英雄如此下场”，这些事情也成了谈话的好题材了！然而我不解。

记得有人论易卜生名剧《傀儡家庭》的主人公娜拉的出走道：“一个娜拉的出走，或者也许不至于感到困难的，因为这人物很特别，举动也新鲜，能得到若干人们的同情，帮助着生活。生活在人们的同情之下，已经是不自由了，然而倘有一百个娜拉出走，便连同情也减少；有一千一万个出走，就得到厌恶了。”谁都知道，这是实情，并且有古语作证：“物以稀为贵。”

但江民声少将们的境遇，并不能与娜拉相提并论。第一，退伍将士而操贱业（?）的，原就不算“特别”，不算“新鲜”。第二，这样的人物，为数定不胜枚举，不象娜拉那样，当时实只有她一个。然则，上海的新闻记者先生们为什么把并不希罕的人事抬举起来呢？

也许，这里面寓着一种愤慨。同是抗日英雄，日暮途穷的如此，而飞黄腾达的如彼，特别提出来给对照一下罢？但这样的事情，也何足为奇！周穆王南征，一军尽化，君子为猿鹤，小人为虫沙，自古已然，而将官的借枯骨成名，阔人的靠凶器牟利，不是于今为烈么！在万事不平的社会中，这一种不平算得什么？小市民们的意见，难道以为所有的抗日英雄，都该升官发财么？

我并不主张“堂堂好男子，最好沙场死”。（黄遵宪《军歌》）但“英雄”而既愿“抗日”，则为国牺牲，当然是在预期中的。幸而抗日成功，得逃一死，则退伍而觅一职业，不管是擦皮鞋或拉车，正当地谋生，实在是光明磊落的“好男子”之所为。这算什么“日暮途穷”？干吗要别人的同情？倘若江民声、梁桐芳两君的擦皮鞋和拉车，实系甘愿，并非出于矫情，故作招摇，则一班小市民的惊奇，将被他们笑为“庸人自扰”了。

在今日，江民声梁桐芳两君，也许已经有“同情”的人在帮助生活了罢，但两君倘若甘心接受他们的帮助，那就上了当，而且会失了他们原有的价值。一个两个江民声，使人发生兴味，十个以上的江民声，就会使人讨厌的。小市民们何尝真有同情，他们不过是在看戏，找“特别”“新鲜”的刺激罢了。

（原载一九三三年十一月十日）

# 文学家成功的秘诀

仲　方（茅　盾）

曾见某笔记谓施耐庵《水浒》先以三十六主要人物的画像挂在书房里，朝朝暮暮对着看，后来“神而明之”，下笔若有“神助”，于是三十六人者乃活跃于纸上了。

这是我们中国祖传的文学家成功的一种“秘诀”。时至今日，《水浒》一书经过了几番考证，已经断定它并非姓施名耐庵者个人意匠之作，而是一群民间传说累积的果实；所谓三十六主要人物的性格，并非由施耐庵看熟了画像揣摹得来，而是许多无名的民间艺术家共同捏塑成功，不过由施耐庵加以最后的编定罢了，因此某笔记所传的“成功秘诀”也就不攻自破，成为无量数“穿凿附会”中间的一种了。

我们祖传的“成功秘诀”中还有一种，鼎鼎大名的司马迁就是此“秘诀”的创造者或实验成功者。这就是说司马迁文章之所以“不拙直”，乃因为他“周游名山大川”。在交通不便的中国古代，“周游名山大川”确不是多数人做得到的，然而司马迁居然“周游”了，文章居然不凡了，所以这“秘诀”是信而有征的。“名山大川”这些死东西，——不，应该说是“美丽的大自然”，或者能够使一个诗人多几首诗，或者竟能使一个诗人的作品更加“浑厚奇诡”，有如入蜀后的杜甫，但是散文家的司马迁的断烂朝报式的本纪列传中也曾得着“名山大川”的帮助，想起来真是难以索解。中国古来一些“批评家”讲到文章的“通”或“好”时，总说“神而明之”一类的话，“名山大川”云者，当亦是“神而明之”的一种，反正一部《史记》中包含了文章的各样法门是“久已论定”的。

金圣叹却就干脆的多。他判定《水浒》是学得了太史公笔法。他这“发见”，其实也是中国祖传的文学家“成功秘诀”第三种，即所谓“脱胎”。现代施蛰存先生用了“现代语”翻译出来，就是“每一个文学者必须要有所借助于他上代的文学”。

不用说，书房里挂了画像朝朝暮暮对着看，到底太烦磨，而且先须请人画了像，尤其烦磨；“名山大川”呢，虽则近来“水陆联运”，公路大辟，似乎比司马迁时代方便得多了，可是风尘仆仆，也够讨厌，还不如安坐在书房里“借助于上一代”，一部石印的《庄子》，石印的《文选》，至多不过化上四块钱，经济时间，两皆合算。这样一比较，就见得断断然劝青年们先求生活经验充实的人们，委实是傻不可及了。

（原载一九三三年十一月十二日）

# 新　脸　谱

唐　弢

说是受着潮流的影响，文舞台的戏儿一出出换了。脚色虽然依旧，而脸谱却是簇新的。

从前饰员外饰绅士的，如今是要画上愁苦的脸谱，扭着鼻子叫穷了；从前做泼旦，做三角戏里淫妇的，如今也就戴了正经的面孔，反串起正生来了；白脸的回到后台去涂上更白的粉，不久重又上场；青面獠牙的装出不自然的笑容，向着看客们做媚眼。这些这些，全是新的，簇新的。

旧戏虽也还有，然而是新装了。薛平贵西凉招亲，骆宏勋扬州打擂台，从前是武生戏，如今却由半阴性的小生串演了。但也还会使刀，使枪，放暗箭，怪声怪气地吆喝，忸忸怩怩地挑战。

于是看客们就喝采。

脸谱是愈出愈奇了。红的，白的，黑的，涂金的：互相竞赛，拉拉扯扯的鏖战，败了，去重画一个再来。最后的是洋脸谱，高鼻子，碧眼儿，走起路来直着腿，嘴里哼着洋《四书》，洋《礼记》。不信，请吃外国火腿；再不信，飞机，坦克，来福枪。

于是，看客们又喝采。

但脸谱是还有其他妙用的。前回萧到上海来，上海的文人们就送他一套新发明的脸谱小模型，而且还收在合子里。萧就很高兴的带着走了。可见脸谱还可以馈赠名人，请名人带到外国去播种，以垂永久的。

这自然只限于国货，而且要“新发明”。

（原载一九三三年十一月十九日）

# 论踢屁股

林语堂

中国社会只有两种阶级，踢人家屁股者，及预备屁股给人家踢者。读书上学就是预备将来踢人家屁股的门路。（参阅《文学》卷一期五《达生篇》）

同是一副屁股，给外人踢比给国人踢荣幸。同一只脚，踢国人比踢外人有劲。

被外人踢屁股者常要向被国人踢屁股者夸耀。被国人踢屁股者常要向被外人踢屁股者表示钦羡曰："胡为我后？"

奴才最善献屁股，一旦得志，亦最善踢人家屁股。

儒家"定位"之说，是叫踢屁股者放心踢，叫被踢屁股者安分被踢。但安分之说总有点未足，故必益以道家为天下溪之说，其中有消极与积极之别。"安分"只是安分而已，坐待可以不必安分之时，并非满意；为天下溪，常德不离，则以居下为得势，以屁股被踢为乐。故中国人得意时信儒教，以踢人屁股为代天行教，失意时信老庄，以屁股被踢为得天。故中国人得遇时深觉庙堂之美，不遇时深觉山林之美。

弄堂中两个小孩打架，拳头大的信儒教，拳头小的信道教。

踢屁股有天才，献屁股亦有本性。天才应踢人家屁股而忽遇屁股不愿被踢，则英雄无用武之地，必骂其人如何如何。本性要献屁股求人踢而觅不到主人者，必饮酒赋诗，自叹时运不济。

踢人屁股者大都亦愿人踢其屁股，只要他认为对方有踢人家屁股的身分与福气。衙役，卑隶，司阍，马弁，政客，官僚等皆同时进行踢屁股及献屁股。

在君君，臣臣，父父，子子的国家，天下有道，则皇帝踢皇后的屁股，皇后踢宦官的屁股，宦官踢大臣的屁股，大臣踢疆吏的屁股，疆吏踢太守的屁股，太守踢庶人的屁股。假定自天子以至于庶人皆守己安分，循道不逾，一面被踢，一面踢人家，则分定位安身修家齐而国治天下平。天下无道，则宦官被皇帝踢屁股而哭诉于皇后之前，皇后反而踢天子屁股，于是上行下效，庶人踢太守屁股，太守踢疆吏屁股……是谓人心不古，天下大乱，百姓造反，而有革命党出现。

少年人好打倒人家，反踢踢之者之屁股。老成人则反是，有涵养。因为经验，阅历，世故告诉他，反踢者逆天，常要头破血流，至少亦须常坐冷板凳，甘受踢者顺天，顺天则宦囊饱满，升官进爵，命中有软垫沙发可坐。

文人政客失意时，每代屁股被踢之小百姓抱不平，主张屁股不应被踢，以合民治精神；得意时，又主张凡屁股皆有应踢之义，以符治安之旨。

读书人踢百姓之屁股，而武人又从而踢读书人之屁股。文人政客上台后，主张凡屁股非自我踢之不可，为公为私，皆不得不牺牲个人，为国效劳。不久，武人将他踢下来，亦恭颂曰："这一脚踢得好啊！"然而不久，又主张，凡踢屁股是违反民治精神。

由被动的踢升为主动的踢，其中有一层工夫，叫做"摸"。然凡摸赵孟之屁股者，赵孟即有踢其屁股之权利。

同时好踢屁股，又以被踢时喊痛与不喊痛为分。被踢而不喊痛者谓之“有涵养”，好喊痛者谓之“不识抬举”。在中国屁股怕踢，或一踢便喊痛，还能算做屁股吗？

斯巴达儿童亦有打屁股不许喊痛之练习。但情形又与中国不同。斯巴达人是练习不喊痛，不是练习给敌人踢屁股，而且同时练习反踢。因为斯巴达人骁勇善战，亦善踢雅典人之屁股。

踢屁股哲学已深入吾国人心理，要把它革除，以一百年为限。

（原载一九三三年十一月二十六日）

# 著作生活与奴隶

唐 弢

从来靠著作来维持生活，总是很清苦的。所以当巴东(Bernard Barton)要脱离银行的职务，专事著作的时候，兰姆(Charles Lamb)便写信去阻止他，叫他安心坐在银行的办公室里。信里曾这么说：

> 如果仰承书贾的鼻息，绞取你的脑汁去换一壶麦酒，几块羊肉，使你自由的思想和流连的诗句变做买卖工作，那简直是奴隶生活，坏过于一切奴隶的生活。
>
> 保持着你的银行罢，那银行便会维持你，不要去理会世俗人；如果要讲究正人君子们所顾虑的身份之类，那你就难免要吊死，饿死，溺死你自己。

兰姆先说著作生活的苦处，并不象理想那么高尚安闲；而且想藉此来维持生活总觉得靠不住，所以大可不必舍了性命去追求世俗人所拘拘的身份之类。他虽说著作生活困苦得象奴隶，而实际还不是真的奴隶。

中国人挂卖文的招牌，在从前并不多见。可是靠文字吃饭，却是“由来已久”了。考状元，中举人，夺红蓝顶子，总要会写一篇“歌颂圣德”的妙文，看得皇上“龙颜大悦”；于是妙文传诵，好官到手，而生活问题也于〔得〕以解决。

这么著，一部中国文学史，正如郁达夫先生所说，成了一部十足的“奴隶史”了。

我怕这种奴隶倒是真的，但也没有什么大关系。因为奴隶在中国，并不象在外国那样可恶。中国似乎不大会有兰姆。传统的观念告诉我们，做有身份的奴隶是件光荣而且可以享乐的事；问题倒并不在于生活。所以你万一去阻止别人，是免不了要得罪的。

洎乎近世，卖文的招牌一块块竖起来了。生活是还得生活的，我们终不能劝每个作家都去做 Amateur，所以写文章拿稿费，业经明文规定，果真不必“追究”的。但问题自然是为了生活。如果是生活以外的享乐，光荣，发财，有身份的奴隶等等，那可不在此例了。

但古法毕竟是不该废除的。奴隶而有身份，“世人皆优为之”。

（原载一九三三年十一月二十九日）

# 打倒近视

老 舍

人类大概是退化了。尧舜禹汤俱不戴眼镜，而我则近视之中带着散光，不戴眼镜则宇宙模糊，曲线之美失其美！巴黎女子有将真眉剃去，另画一双者，是天然之眉生得不尽合人意。我非女性，尚不敢剃眉再画，画眉问题即不细加研究。可是一提到眼镜，总不免悲观！原始之人，钻木取火，未闻错钻了手指，而现代近视之流，往往锁门连同鼻子锁上。人类大概是退化了。

近视实非微小问题。其有关于经济者，如正在没钱之时，耳插或鼻架忽然破碎。用麻绳系上则大杀风景，到公司去配则现钱交易难以履行，终日双手捧镜，则别的都不能干，干脆不戴则天旋地转，如何是好？甚或引起自杀之念！

友人王君，觉有结婚的必要，乃去自相自看，有女如花，一见成功。娶到家中，原来面上麻子甚多。因恼生恨，王君遂坠楼而死。他也是近视哟！

友人李君，事阔钱多，鼻托玳瑁镜架，标准美男子也。结婚之夕，摘了眼镜，两眼如死鱼，大而无当，离里离光。次日，夫人提起离婚。李君乃入山为僧。友人张君，错吻了小姨，亦近视之害也。

诸如此类，难以尽述。总而言之，近视理当打倒，而眼镜乃现代文明之咒诅。为今之计，宜将害目之工作，如读书，如写小楷，如刻字，如刺绣，如看电影，一律禁止。庶几乎人无近视，而天下太平矣。

（原载一九三三年十一月三十日）

# “泽及牲畜”

徐懋庸

上月二十五日报载路透社柏林电：“今日当局发表命令，保护哑动物，规定凡虐待哑牲畜者，将处徒刑二年；其使之负载或转运非其力所能胜任之工作，亦在禁止之列，同时不得用猫或狐或其他动物训练狗类。至于解剖动物，在原则上禁止之。但公共机关为探讨所怀疑科学上之问题时，则准许解剖以释疑问；惟民人无护照而擅行解剖者，得处六个月以上之徒刑。”

吾友某君，读毕此电，喟然叹曰：“岂独乱离人不及太平犬而已哉！同一时代同一国家之内，人民也不是不及牲畜么？”他记得了希特拉迫害犹太人及诛锄异己的事，而路透社所传的“泽及牲畜”的德政，却也是希特拉之所为。所以我的朋友的结语是：

“人还是投胎作牲畜去罢！”

但我并不这样想。因为我知道人类要获得与牲畜平等的待遇，还不是绝对不可能之事，只要你能够改变做人的态度就是了，并不定要投胎作牲畜。然则，态度该怎样变法呢？这只要细看上面的电文便知：变“哑”。

吾乡有一句俗语，是：“哑子吃黄连，有苦说不出。”可见倘不是哑子，吃了苦是一定要说出来的。但这很不对，因为一说出便成为对于给你苦吃者的反抗，而这是不对的。至于牲畜，则生来就哑，它们被虐待时虽也觉得很苦，然而因为哑，所以说不出，说不出就是不说，不说就可受到保护。故生而为人，吃了苦，而能效哑子，或牲畜，能够不说，则也可以免祸。

但在希特拉的德政之下，德国人从此就不吃牛肉，不杀鸡鸭，不驱使狗马了么？不见得！我相信希特拉决不会看过丰子恺先生的《护生画集》而受了感化。我相信德国人此后依然要吃荤，依然要用兽力，不过，此后的牲畜将会特别肥胖，吃起来滋味更厚，用起来气力更大罢了。

（原载一九三三年十二月三日）

# 批评家辨

履霜（茅盾）

现在一说到“批评家”，人们的想象中就浮现出一副冷酷的面孔——皱紧的眉毛，“炯炯如电”的目光，不容情的嘴巴；而且，“大笔如椽”，这也不好，那也不正确，第三个又是不充分，总之是指斥多而赞许少。

这自然是“幻觉”。批评家并不是脑筋构造与别人不同，专爱从“豆腐里拣骨头”的，并不是一定要把好的都说成了坏；批评家不过是“天职所在”，不能委蛇从俗罢了。一个真正负责的批评家假使不得不指斥多于赞许的时候，他的心一定是苦的，因为他的愉快乃在得佳作而读之，而推荐之，决不是在骂倒了一切。

世上也有什么都看不入眼的“批评家”；他骂“小市民”，因为他们太俗，他也不满意于追求一个理想锲而不舍的人们，以为他们太空想。这样的批评家就是所谓“虚无主义”的批评家。西洋文艺史上就有不少这一类的批评家，但他们也不是真能“虚无”，批倒一切，他们对于虚无主义的作品也还是赞赏。

记得有一个故事，说戏台上在做曹操的戏，有樵夫者见曹操出场，怒不可遏，跳上戏台，以斧杀之。西洋中世纪也有个相仿的故事：杀人者是农民，而被杀者则扮演了那个出卖耶稣的犹大。曹操与犹大虽可杀，然而那位樵夫或农民实在杀错了人了。

批评家也有如此这般“杀错了人”的。这就是把作者笔下的人物认为作者现身的说法，把书中人物的思想认为都是作者的思想，于是“斧钺之诛”直欲加之作者身上了。

在纷乱的社会里，前一型的批评家常得最“彻底”的头衔，而后一型的批评家常得最“勇敢”的称号。“彻底”与“勇敢”者多，而批评家遂被一般人误会为冷酷可怕，专在吹毛求疵的“批病”家了，这不是偶然的呵！

（原载一九三三年十二月十三日）

# 儿　　时

子　明（瞿秋白）

狂胪文献耗中年，亦是今生后起缘；猛忆儿时心力异，一灯红接混茫前。

——定庵诗

生命没有寄托的人，青年时代和“儿时”对他格外宝贵。这种浪漫蒂克的回忆其实并不是发见了“儿时”的真正了不得，而是感觉到“中年”以后的衰退。本来，生命只有一次，对于谁都是宝贵的。但是，假使他的生命溶化在大众的里面，假使他天天在为这世界干些什么，那么，他总在生长，虽然衰老病死仍旧是逃避不了，然而他的事业——大众的事业是不死的。他会领略到“永久的青年”。而“浮生如梦”的人，从这世界里拿去的很多，而给这世界的却很少，——他总有一天会觉得疲乏的死亡：他连拿都没有力量了。衰老和无能的悲哀，象铅一样的沉重，压在他的心头。青春是多么短呵！

“儿时”的可爱是无知。那时候，件件都是“知”，你每天可以做大科学家和大哲学家，每天在发见什么新的现象，新的真理。现在呢？“什么”都已经知道了，熟悉了，每一个人的脸都已经看厌了。宇宙和社会是那么陈旧，无味，虽则它们其实比“儿时”新鲜得多了。我于是想念“儿时”，祷告“儿时”。

不能够前进的时候，就愿意退后几步，替自己恢复已经走过的前途。请求“无知”回来，给我求知的快乐。可怕呵，这生命的“停止”。

过去的始终过去了，未来的还是未来。究竟感慨些什么——我问自己。

（原载一九三三年十二月十五日）

# 读《孝经》

曹聚仁

前见报载，某将军令学生读《孝经》。近阜宁董某忤逆其父，写信索款，自称大太爷，直呼父名；阜宁县长将董拘押，令其诵读《孝经》。这一部伪书，（孔子“志在春秋，行在孝经”语，见《孝经·纬钩命决》，不足为信。或谓《孝经》出于曾子，亦不足信；孟子称曾子“养志”之孝，《孝经》中绝无此说。孟子答公都子问匡章不孝，主张“父子不责善”与《孝经》“故当不义则争之”的主张亦相反。此书盖汉初儒家所作，与孔孟曾子无关。疑《孝经》始于朱子，清姚际恒已有定论。）在今年居然这样交运，真是出乎“意表之外”。

我是自幼熟读《孝经》的，但我不相信这邪书对于世道人心会有什么裨益。日俄战争以后，日本的小学生常有在放学的路上，结群殴打的事；欧战进行中，日本小学儿童也常有彼此刃伤的事；这都是受国与国之间的敌忾心所暗示而反映到他们的心理上的。近年中国社会种种反伦常的现象，仔细加以考察，也都是另一种社会现象的反映。自从满清末年，奔竞之风大开，明里暗里，都在奖励失节卖身；投机之外无所谓操守，利害之外无所谓道义。这样一个大动荡，什么伦常关系都激起了变化；师生、朋友、兄弟、父子之间，自然变成打算盘的交易了。另一方面，由于都市所孕育的个人享乐观念，把对家庭的责任心减低了。多少老太爷老太太在儿媳的小家庭里，寄人篱下，仰承鼻息，比仆役还不如。若说逆子应该读《孝经》，则今日摩登小家庭之主人翁应读《孝经》者多矣，岂独董某应该拘押吗？

熊佛西先生曾写过一本洋状元的剧本，那位称呼“父亲老同胞”，“母亲老同胞”的洋状元，并非虚构之词。从外洋归来的洋状元，他觉得洋伦理样样都对，中伦理样样碍眼；宁可替“飞洋伞”做忠仆跑腿，决不肯替老太爷担责；宁可在电车上让不相识的密司坐位，决不肯让老太太休息一回。人有广送《太上感应篇》，而效果全无者，劝读《孝经》的结果大概也如此。

目前最切要的工作，不在广读《孝经》，而在砥砺操守，大家莫再奖励失节卖身，才是道理！

（原载一九三三年十二月十八日）

# 论大出丧

姚克

中国大出丧的仪仗，各地稍微有些不同，例如：南方有开路神，北方有雪柳；但都是好看热闹。

大出丧中最有趣的是三教合一的制度。魂轿中的神主是儒教的象征；夹在仪仗中的和尚道士，代表释道二教的权威。中国人到底聪明，把儒释道三教兼收并蓄；死人的灵魂不成圣则成佛，不成佛则成仙，好比打三十六门花会，总有一门着。

外国人可就傻了。同是信奉一个上帝，偏要分出天主教，耶稣教，回回教，犹太教等等的派别。各派的信徒都是乌眼鸡似的各不相容，不懂得调和、兼收、打三十六门的妙法。所以外国人的灵魂可就有孤注一掷的危险，假如扑一个空，就得堕入十八层阿鼻地狱，万劫不得超升。

大出丧中掮旗打伞的夫役也很耐人寻味。他们都是上海人所谓“瘪三”之流，在平时是蓬头垢面；身上的衣服非但是脏得“有玷国体”，而且破得“有伤风化”。但在大出丧时，他们却头戴红缨帽，身穿绣花袍，冠冕堂皇，气势十足——虽然袍襟底下还是一双泥腿。

大出丧中最重要的似乎是棺材中的死人。棺木之名贵，和殓物之丰奢，自不必说；单说龙头凤尾仙鹤顶，八八六十四杠的排场，也就够瞧的了。但棺材中的死人虽出足风头，其实只是一个幌子；功布中“祸延显考”的孝子们才是大出丧的主角。雄赳赳的保镖是只保孝子不保死人的，便是全副仪仗也不过是壮孝子的威风，何尝为死人的体面！

孝子们在讣闻上总说“苫次昏迷”，“泣血稽颡”，其实在大出丧时，神志并不错乱，也未必真有什么眼泪。欠“麻衣债”的孝子在功布中当然开心得合不拢嘴。便是不欠麻衣债的孝子，心里正惦惙着请律师打遗产官司的大事，哪里还把“显考”的遗嘱放在心上？即使遗产已经分派妥协，还须盘算盖新洋楼，娶姨太太……

孝子们享受遗产，果然最乐不可言；丧家的账房，保镖，家奴，甚至于一般执事，和尚，道士，鼓手，乐队，帮闲的，和掮旗打伞的“瘪三”们也都捞着些油水，皆大欢喜。

至于看出丧的人们，虽饱了眼福，却未免要吃些苦头。丢鞋落帽和扒去皮包，都还是小事；若不幸而发生踏伤孕妇或迷失小孩等惨剧，也只能“打落门牙向肚里咽”罢了。

有人说：最好没有看出丧的闲人，就不至于有惨剧。话虽不错，但既无人看，也就没有大出丧了。

（原载一九三三年十二月二十一日）

# 肉与皮鞭

马国亮

看海京伯马戏团表演的时候，我仿佛有点莫名其妙的感觉。最近无意中在电影上看到了他们训练野兽的情形，才恍然大悟。现在把它大略记出来。

幕开：写着“兽类在学校中”的字样，写着海京伯训练禽兽的方法的字样。

F，I，虎槛外站着海京伯，对观众说了一堆话。说的话，有的是听不清楚，有的是记不清楚。不过大意不外是说训练野兽要有很大的苦心，很大的忍耐等语。随后便起始把训练的方法映下去……

看戏不象听话（而且是外国话），所以看得很清楚。可是我的记忆力也是一样糟的，有许多处虽然看得清楚，也同样犯了记不清楚的毛病。不过有一点现在和将来都不会忘却的是：训兽者永不脱手的肉块与皮鞭！

白衣的女训练师把一块肉放在一个墩上，离这墩约一丈多的地方还有一个墩，上面站着一只虎。于是女技师在两墩之间拿了一个大圆环，一方面让老虎看见了肉块，一方面皮鞭在抖着，于是世人称为勇猛的老虎也便俯首贴耳，跳着穿过了圆环，蹲到对面的一个墩上，把肉块攫到嘴里。这是老虎穿环的训练法。

再来一套，把肉块用线缚着，象钓鱼般的向着狗的嘴。左手拿肉，右手拿皮鞭，于是狗便和人一般的站立起来，还能够跳舞。

再来一套猫上扶梯，熊踏自由车……自然，其中肉饵和皮鞭都是在一起的。虽然有些地方电影的画面上没有显现出来，然而从起始以至于训练成功，你会说他不用这两件法宝么?

肉块之后有皮鞭，皮鞭之后有肉块，还有轻轻的爱抚，于是老虎也叠起罗汉来了，猴子也会跳舞了，狐狸也会打拳了!

坐在我后面的一位先生忍不住对他的同伴啧啧称奇，说海京伯的手段高明，但又慨叹老虎的怯弱。

不知怎的，我觉得这人真蠢。我想告诉他，海京伯所用的并不是一个什么了不得的聪明的法子。这不过是一个老方法。从许久以前一直到现在，已经有许多人在用着，并且都和海京伯的一样有效。我还想叫他赶快回家里拿镜子照照，看看自己有没有点象那老虎的脸或是那狗的头。

自然，这不过是心里想想而已，并没有当真的对他说。我怕他也叫我照照镜子的时候，自己可真没有拿镜子的勇气!

忽然我又想起“亡魂岛”。想起那一群饱受了酷刑而被造成人形，被作为奴隶的野兽，结果认识了他们的主人也和他们一样地会死去，终于在“再没有戒律”的怒吼之下而击杀了他们的暴君，我不觉有点替海京伯及其手下担心。

假如那些虎豹熊狮等也有一天知道了他们的力量是胜过一根皮鞭，更知道毁灭了皮鞭之后将会得到更充足的食物呢?

海京伯已经离开了上海。我也没有意思打电报去警告他，并且，你想他会听信我的话么?

我觉得我自己也正和那啧啧称奇的人一样的蠢!

（原载一九三三年十二月二十一日）

# 万里长城

熙

中国的万里长城是和埃及的金字塔一样为世界闻名的伟大而又古老的建筑之一。最近史家房龙在他的著作里描写中国的长城说："……沿黄海岸的中国肥沃平原，始终是对于中央亚细亚的刚蛮侵入者开放着。为要弥补这个缺点，纪元前三世纪时的中国皇帝造了一条巨大的城墙，一千五百哩长，二十尺阔，三十多尺高，从辽东湾起一直到戈壁沙漠边上肃州城西的嘉峪关为止。这条花岗石的屏障曾经好好的尽过它的职。十七世纪中，满洲人猛袭而来，它却不能抵挡了。但是，一条维持差不多二千年的防御物，毕竟是非同小可的，我们如今所造的城墙，过了十年就要无用，又须拿极大的费用去重筑了。……"这话是赞美还是嘲笑，我体会不出来。不过长城在汉朝以后满清以前，的确曾尽过一番保境安民的义务。虽说是从汉朝到现在，凡是读书人，没有一个不骂秦始皇，可是这一点我们应替秦始皇伸一伸冤，倘使不是这位专制魔王造下这条巨大的城墙，挡住胡人的侵略，也许胡人早已南下牧马，而我们要有几千年读不成《四书》了。

自从中国的版图向北扩充到萨彦岭，长城便成为只供游览赏玩的东西，虽然在奉直之战，它也好象为双方尽过一点义务，可是这是中国人自己的小事，不足称道，总之这几百年来，长城的确是已死去了。

然而天下事竟不可料，死了几百年的长城，在“九一八”沈阳之变以后，接二连三地经过了一些巧妙的变迁，现在居然复活了，它不单是替我们服务，而且在替我们的侵略者服务。这样的一番“化腐朽而为神奇”的奇迹，不要说去今二千年的专制暴君秦始皇料不到，即现代的地理家房龙也是料不到的。房龙赞美它是一条维持二千多年的防御物，而我们现在还不知道它再要维持几多年！想到这里，我真不能不跟着房龙赞美它一声“毕竟非同小可！”

（原载一九三三年十二月二十三日）

# 略谈英雄

风　子（唐　弢）

自有历史以来，中国是代代都有英雄的，而且也一定能够改造时势，故昔人曰“英雄造时势”。

这大概是真的。天下大乱，必有妖孽，而荡平妖孽的大功，则务须划到英雄名下。所以李自成、张献忠之后，就得来一个清世祖，平流寇，伐有明，经略中原，于是百姓“箪食壶浆，以迎王师”。

“箪食壶浆”，所迎的照例是王师，而王师也还是一样的杀人。

统率这王师的，不消说，是英雄。

英雄领着王师，浩浩荡荡，杀进关来，不但杀了一阵，而且还撒下种子，准备世世代代杀下去。汉族真不愧是“忍辱负重”的臣民，死几个人总不介意。何况杀人乃英雄天职，而死者也还是应遭劫数。

应遭劫数的固然是该死，杀人得诸天赋的据说也有些来历。所以英雄大都属于星宿，紫微星，武曲星，白虎星之类，只要凡心一动，便得谪往下界，去做一回英雄，所以凡人只是凡人而已，英雄的条件是必须与生俱来的。

谪限一满，星宿归位，于是又另有一批下来。

但中国人大都不钦仰当代伟人，而喜欢先朝英雄。罗通盘肠大战，武松独手擒方腊，以至于黑旋风拿着二条板斧，杀进江州城，不问官兵百姓，逢人便砍。说起来总觉得有些痛快，好象并没有血淋淋这一回事。可是罗通、武松，却因此丧命；黑旋风杀了一阵，也还不能不逃上梁山泊去。独有清世祖既杀得堂皇，而于己非但无损，反倒有益。可见英雄可为，方法却不能不讲究。

最讲究做英雄方法的，是曹孟德。他曾特地跑到星相家那里去请教，星相家明知他是奸雄，却加了一句，说他是“治世能臣，乱世奸雄”，孟德也明知当时是乱世，心头便禁不住非常高兴。金圣叹大概漏了一笔，因为这恐怕正是为后文煮酒论英雄“张本”。

此外还有一个“不能流芳百世，亦当遗臭万年”的桓温。

但我所谈及的，却是清世祖。

（原载一九三三年十二月二十六日）

# "崇洋"与"迷旧"

林徽音

不满于现状想是人情之常，而社会之得以日益进化也可说大半由于那现状的不满而加以改善。可是，中国人却往往并不如此，就是对于现状虽有不满，却并不设法把它改善，只想找一个什么寄托，以忘却或鄙视那现实。

要鄙视自己，便尽量崇拜欧美；西洋人的随便的一句话，或者随便的一个行为，都被看做神奇的，是值得被仿效的，而有时甚至崇拜得但愿自己就是那个外国人。只是那显然不是可能的事情，于是，不得已而求其次，便有意地或无意地把自己看做或简直叫做东方的某外国人，或者某外国人第二。在电影界，在文艺界，在政界，在无论哪一界，中国都有了那样的人才；在外国，一国中只有几个的，而中国却几乎有了各国所有的全体。

可是那只是说崇拜，只是说仿效，而且仿效得几乎自己就是那被仿效者，却并不就是说懂得。要说懂得，却就很蠢。即以一件日常的最琐碎的事情说，现在门上装弹簧锁的是很多了，可是口袋里随带了钥匙的却似乎很少，而总是回家时还得不嫌麻烦地叫着门。只知道洋人的就是好的，却往往不知道好在什么地方。

还有一种不满现状的人使他自己退缩到旧时去。那退缩会是十年，二十年，一百年，或者一千年。他看那时是多么好，为人既超脱，生活又安闲，可踏雪寻梅，可邀月饮酒。他实在逼得无法再压止的时候，就引一行他那心灵所寄托的古人的诗，或节几句文，以稍展他的心中的积郁。

现状是可被忘却的，而洋的崇拜与旧的迷恋就是忘却现状的两个最简捷的方法。这两个方法的被应用，从这正在伴着我们前进的耶稣诞辰与新年两个节期的被一般地称做“圣诞”与“阳历”新年，就可看到是很普遍的。诞辰被称做圣诞的，中国原来也有一个，可是现在要是只说圣诞而不名的话，那就决不会轮到那中国的，而一定指的是耶稣的诞辰，不管你信不信他的教义，而说着过阳历新年的，他不用说还在等着过新年——那是正宗的新年，所以倒也不一定要用那“阴历”的冠辞。

（原载一九三三年十二月二十八日）

# 从江湖到洋场

风　子（唐　弢）

江湖是隐士豪客的出处。

鼎革以后，一般遗老遗少，明知大势已去，不能再替主子尽力，于是附庸风雅，相率做起隐士来。今天写几首诗，明天填一阕词，养笼鸟，种盆花，这个是“烟霞旧侣”，那个是“江湖散人”。便是二十几岁小伙子，只要哼得上几句，也便“道人”“居士”，亲加诰封；好象一辈子要和烟水为伍，其实只是闹市寓公，洋场阔少，连一些江湖气息都没有的。

然而谁敢说这些不是隐士！

其实，如今不但隐士要遁迹洋场，便是豪客，也还要脱离江湖的。上海就有许多替人代抱不平的“英雄”。如果乡下有甚么姑娘羡慕都市的繁华，独个儿到上海来，就有“仗义疏财”的豪客们，自愿出来陪着看戏，吃点心，开栈房，最后还得来一下“千里送蛾眉”，一送就送进火坑去。

万一家里派人来寻，那就更好。于是又有一批豪客挺身而出，帮着分头去找；照例总是找着的，但不能见面，先得使用些银钱。等到钱一到手，于是推托几句，好象是“功败垂成”，再不然便“鸿飞冥冥”。

但也未必飞到江湖上去。

捉奸，打诨，寻隙头，吃讲茶，也总有这些洋场豪客们的份。

洋场自然是热闹了。隐士豪客以外，看相，算命，变戏法，卖街拳，玩西洋镜，早已应有尽有。从前是走江湖，现在是坐洋场。

这里好象要安适得多，江湖应该是冷落了吧！

（原载一九三三年十二月三十日）

# 一九三四年

# 新年试笔

寒　峰（阿　英）

“千家笑语漏迟迟，忧患潜从物外知；悄立市桥人不识，一星如月看多时。”

提起笔来想写“新年试笔”，黄景仁的这首除夕诗，竟如故旧一般，很快的在脑海里浮现出；无可奈何，我的“试笔”也只有从除夕开场了。

除夕诚然如黄景仁所说，一面有那“悄立市桥”的，一面却也有“千家笑语”；而所谓新年之乐，最紧张最使人高兴的 Moment，实际上也只有除夕。很多的人，在除夕是不睡的，一般是称作“守岁”，大家在不断的花爆声中，等待着天亮——新的时代潜潜的走来。

“守岁”的人，大概可以分为几种。一种是兴高采烈的赌博，熬过——也可说是暂时忘却——那茫茫的长夜，等待着新的光明。一种是饮酒赋诗，清谈小语，在欢乐悲苦的交错回想中，看天色渐渐的曙。一种是照例的酣睡，暗夜也好，天明也好，与自己好象是漠然无关。另一种，大概是女人们，在这一夜，却加紧的准备新年来到的祝贺菜肴和食品。孩子们，因为新年可以使他们生活比平时优裕，束缚减少，游戏的机会加多，也是整夜的跳嬉，等待天色的由暗而明。

虽然在这一个茫茫长夜之中，在人们的生活方面有各种各样的形态，但除掉那少数的，就是想尽可能的忘却了夜的，也不免有时要感到夜是太长了，太使人窒息了。搔一搔头，望一望天，或者问一声："天快要亮了吗？"如果回答是："还早呢。"他们一定显出不耐烦的神情，说"怎么天还不亮"，或者"真急死人"。所以，对于除夕夜，这些人企图把自己麻醉了过去，事实上也有不可能。渴望新的年，究竟是人同此心的，除去那些特殊的人们。

还是青年人和孩子们是有希望，想到除夕夜的生活，我总这样的确信。至少，他们中的大部分不在赌博，不愿忘却夜；或者确信新年不久会来，很热烈的在期待。或者不时的望着天，看日和夜的战斗，亲切的体验着，看新的年怎样一步一步的静默无声的逐渐显现。也有不耐烦等待，或者觉得夜是太长的，就拿出花爆拼命的放，想用花爆的力量把黑色的暗夜，炸成白色的光明，他们具着一种战斗的心情。

所以，新年的到来，虽说一定要经过茫茫的长夜，但在到处的"天快亮了吧"，"怎么还不亮呢"的声中，以至于看到天色放鱼肚白，就要提着灯笼去迎新的行动里，却使我们看到人类，至少是大部分，是如何的对着光明向往了。

"恭贺新禧！""从今天起再来努力一番！""新的开始！"当除夕夜消失了时，在街坊上，在家庭中，我们会到处听到这样的颂词，新的努力的声音，这[是]如何使人们高兴、欢愉的事啊。新年，不仅使我们精神得到一番新的愉快，而且是生命的最崇高的象征。读者诸君，从除夕到新年，请在这里面来认识"人生真义"吧。

这算是我的新年试笔。

（原载一九三四年一月一日）

# 宫刑及其他

风　子（唐　弢）

明人柯维骐撰《宋史新编》，因为要专注思虑，便发愤自宫。但也有人说他是想摹拟司马迁，所以不但在文章上求其相象，便是境遇，也得“如法炮制”。

柯维骐象不象司马迁，我不大清楚，但一个作家对于他的境遇，倒是不容忽视的。《史记》也确有受宫刑影响的地方，不过这并不是说没有生殖器便写得出好文章。而问题倒在于平日自视清高，一旦横遭宫刑，这些牢骚便觉得按捺不住，发为文章，难免有些激昂。但如果自己去宫了一下，胡子也许真的会脱落，声音也许真的会尖锐，倘说是这样便写得出《史记》来，倒也未必见得。

不但自宫是如此，便是被宫，也还是不会见效的。历代都有太监，而不曾都有《史记》。即使有《史记》，也不是出诸太监之手。

受宫刑可以做好文章，在中国试验已经失败。这回是希特拉先生忽发雅兴，要用宫刑来治国了。据说凡患疯癫、梅毒、神经衰弱，以及犯罪行为的，都得消灭其生殖机能，换一句话说，便是施行宫刑。这种法律从今年起已经实行，例如路透社六日柏林电：

消灭生殖机能新律，已自本年一月一日起发生效力，当局现正积极厉行。今日普鲁士西里西亚之哥尔里资法庭，将被控犯鸡奸幼童罪之五十四岁工人一名，判处徒刑一年，并施宫刑。

这种盛事也真值得讴歌。只要轻轻一刀，便已万事俱全，不但终此生不会再犯此罪，便连子子孙孙，也都给安排定当了。人民的鳏寡旷怨，穷困颠沛，一切后天的引诱胁逼，这与希特拉先生的德政丝毫无关。梅毒、疯癫、神经衰弱，以至犯罪行为，都是先天的遗传，而应该归罪于爹妈。所以罪人一宫，天下太平，伟矣哉，希特拉先生也。

中国去年好象在提倡解决监犯的性欲问题，这在希特拉一辈人看来，多少终是危险的事，说不定就此会生下一批强盗窃贼来，可是中国人却并不担忧。

这理由很简单。好文章使人头痛，只要写不出好文章，也便不必宫刑；至于生出一批强盗窃贼来，那到底是后一代的事。

（原载一九三四年一月九日）

# 谈地图变色

穆木天

去年看见日本《改造》杂志新年号的附录《最新世界政治经济地图》，在那里边，把我们"中华民国"这块土上密密地涂着各种颜色的大点子，说那些点子是表示列强的势力范围的意思。"满洲国"当然是跟日本同颜色了。事情总是无独有偶的，前夫某报载，美国的 *The Geography* 杂志十二月号附图中，将我们的东北四省涂以红色，标为日本领土（与日本同颜色），并印有"满洲国"字样，又加拿大 Manufactures 生命保险公司刊行广告历书，书中有世界地图，将满洲涂以红色，我国涂以黄色。

我是不谈国事的人，但因为提到"满洲国"，总有点切肤之痛，现在听说地图变色，见景生情，不免在心中要流几点流亡者之泪。

可是我又觉得那些绘地图的人们，虽是心怀叵测，而在有些地方，却是值得我们钦佩的。常言道，"明人不作暗事"。养汉作贼的，能自招出来，我觉得，也可以佩服。我最不喜欢"盖着盖儿摇"的人。他们坦坦白白地，表白出来，于我们也是有好处的，那可以使我们自己警惕，清切地了解我们的地位。而那些绘图的人们，若是站在揭奸的立场上，那更值得我们感激了。总之，东北的民众，作了亡国奴是有两三年了，这是世界周知，而被一部分人所默认了的事实。明明白白地，他们告诉我们，也省着我们怀疑。我们在地图上天天看见那些颜色，也可以免得忘记我们在作亡国奴。

我们中国的民众，是须要知道我们为什么到了这步田地，而努力图谋解救之道的。我以为我们再不能抱那“家丑不可外扬”的主义。如果早能克服家丑，振作家声，自然是好的。既不能克服，而只是抱着不扬主义，那能于事有补么？

我们是需要收复失地的。要那种名誉的国土作什么？假使东北实际上被日本人占据着，而地图上却还涂着中国的颜色，那于我们有什么好处呢？我们是要名实相符的。我们如何才能收复失地？这才是我们时时要考虑的问题。

登载上面那段新闻的报纸在末尾加着按语道：“此类非法刊物，应行严重取缔，向关系国交涉禁止也。”我觉得只要我们把失地收复了，不用我们取缔或交涉禁止，那一类地图自不会再有。只要我们把那些野心勃勃的侵略国的势力完全驱逐出去了，我们能够名符其实地独立起来，那么那些颜色的点子，就是我们不去交涉，也自会被取消的。可是，得怎样才能做到呢？这才是我们要问的。

（原载一九三四年一月十八日）

# “商业竞卖”与“名士才情”

徐懋庸

沈从文先生说：“名士才情与商业竞卖相结合，便成立了吾人今日对于‘海派’这个名词的概念。”我看这是不对的。“名士才情”与“商业竞卖”其实是“结合”不起来的两种东西。自来名士最鄙商人，商人最疏名士，因为名士重风雅而以商人为俗；商人重实利而以名士为狂。而且，名士常常假借官僚的势力剥削商人，最为商人所憎。两者根本上是对立的。

商人孜孜为利，固不及名士的吟风弄月之高超，然吟风弄月之徒多矣，而未必都是名士者，盖未必都有官僚势力作背景故也。构成名士的条件，不单是“才情”。比才情更重要的还是官僚势力。所谓名士，其实是官僚或官僚门下的蔑片。官僚当得意时，无心——而且不必吟风弄月，但为博提倡风雅的名声起见，就叫他们的篾片去吟弄，蔑片大抵是有才情的人充的。但是官僚总有失意的时候，在这时候，他们无聊了，于是自己也来吟风弄月，也成了名士。例如吴子玉将军，固一世之雄也。但在下台之后，雅兴倒是不浅的。

以此而论，文坛上倘真有“海派”与“京派”之别，那末我以为“商业竞卖”是前者的特征，“名士才情”却是后者的特征。海派文人，多半以稿费为第一目的，故“投机取巧”“见风转舵”等丑态，诚不能免。京派文人，则或为大学教授，或兼政府官职，凭藉官僚机关而生活，基础巩固，薪金丰厚，自不至如海派文人之穷形极相，故亦不必“投机”“看风”也。

商人和名士都要钱用。但商人用的钱，是直接地用手段赚来的。名士用的钱，则可来得曲折，从小百姓手中出发，经过几数机关而到名士手中的时候，腥气已完全消失，好象离开厨房较远的人吃羊肉一样。名士的清高就在此。他们的所以能够大骂商人也在此。

但上海到底是一个复杂的地方，“商业竞卖”的海派文人，固多如过江之鲫，而“名士才情”的京派文人，也不是没有，不过两者实未尝“结合”，成功一个“海京伯”大马戏班而已。

（原载一九三四年一月二十日）

# 批评家的批评家

倪朔尔（鲁　迅）

情势也转变得真快，去年以前，是批评家和非批评家都批评文学，自然，不满的居多，但说好的也有。去年以来，却变了文学家和非文学家都翻了一个身，转过来来批评批评家了。

这一回可是不大有人说好，最彻底的是不承认近来有真的批评家。即使承认，也大大的笑他们胡涂。为什么呢？因为他们往往用一个一定的圈子向作品上面套，合就好，不合就坏。

但是，我们曾经在文艺批评史上见过没有一定圈子的批评家吗？都有的，或者是美的圈，或者是真实的圈，或者是前进的圈。没有一定的圈子的批评家，那才是怪汉子呢。办杂志可以号称没有一定的圈子，而其实这正是圈子，是便于遮眼的变戏法的手巾。譬如一个编辑者是唯美主义者罢，他尽可以自说并无定见，单在书籍评论上，就足够玩把戏。倘是一种所谓"为艺术的艺术"的作品，合于自己的私意的，他就选登一篇赞成这种主义的批评，或读后感，捧着它上天；要不然，就用一篇假急进的好象非常革命的批评家的文章，捺它到地里去。读者这就被迷了眼。但在个人，如果还有一点记性，却不能这么两端的，他没有一定的圈子。我们不能责备他有圈子，我们只能批评他这圈子对不对。

然而批评家的批评家会引出张献忠考秀才的古典来：先在两柱之间横系一条绳子，叫应考的走过去，太高的杀，太矮的也杀，于是杀光了蜀中的英才。这么一比，有定见的批评家即等于张献忠，真可以使读者发生满心的憎恨。但是，评文的圈，就是量人的绳吗？论文的合不合，就是量人的长短吗？引出这例子来的，是诬陷，更不是什么批评。

（原载一九三四年一月二十一日）

# 谈　皇　帝

致　立（徐懋庸）

溥仪要登极称帝了，自然，这是承日本的意志的，是日本亡满“第二步工作”。日本为此将发一宣言，“其内容较‘九一八’之进兵更为严重”云。

“非常时”“非常时”那么嚷着的日本人决不有闲，倘无严重的用意，决不来凭空加演这一出傀儡戏的。也许真如《孟却斯德指导报》所说，这一出戏将来要演到“北平复位”罢？——但是这宗国家大事的前因后果，实也难说，而且说起来也没有什么意味。后事如何，我们一向是专等后文分解的，“船到桥门自会直”，话说在先是庸人自扰。况且施蛰存先生曾说：“现在还有什么严重的问题呢，东三省全部奉送也没有成为严重问题哪。”所谓“东三省全部奉送”，即“九一八进兵”也，然而“并没有成为严重问题”，则即使“北平复位”一旦实现，在看客的我们的心目中到底会不会觉得严重，正未可知哪。

倘若文人们要在这事情上面做文章，那么最好是谈点与实际无关的空话，例如为什么要称帝号之类。——我现在就来谈这个。

把做文章和称帝号两件事联在一起想来，有一个相似之点。做文章的人可大别〖分〗为两种。一种是先做好文章而后拟题目，一种是先定了题目而后做文章。相似的是称帝号的人也有两种，一种是先创了大一统的帝国而后议号，另一种先称了帝号而后去造帝国。秦始皇“平定天下，海内为郡县，法令由一统，自上古以来未尝有，五帝所不及”，于是命丞相御史等议号，是前者。屋大维（Octa vian）打倒群雄，统一罗马，于是称 Augustus，也是前者。他如查理曼（Charlemagne），拿破仑，威廉第一等，都是此类。

至若袁世凯、溥仪等，则属于后者。袁世凯的做总统，是先有文章而后拟题的。但他嫌这篇文章欠堂皇，于是另外定了一个题目——要称帝——而后做八股文似的做去，然而起，承，一转，八十三天之后一合，不成样子，结果是从头除掉。溥仪可曲折得多了，他本有一篇现成的文章和一个现成的题目，但是被辛亥革命扯碎了，后来张勋帮他重做过一次，不成。如今他是照了日本老师所出的题目，又在重做了。结果如何，将来自会知道的。

什么叫做皇帝呢？独断上说：“皇帝，至尊之称。皇者，煌也。盛德煌煌，无所不照。帝者，谛也。能行天道，事天审谛，故称皇帝。”这种界说，虽然有点糊涂，但已使我们明白皇帝是一个至尊的称号。然而“号者，功之表也”，正如题目之为文章的标识也。照理，总是先有其物然后有其标识。所以曰皇帝，曰 Augustus，曰 Emperor，曰 Kaiser，曰 Tzar，曰 Princeps，曰 Imperator，曰 Dictator，……总该先有相当的功业，方可称道，否则便是“沐猴而冠”，不免为世所笑的。

但古今的野心家们，总爱称皇称帝，既即在小范围之内。恺撒尝说：“宁为一村之雄长，不为罗马第二人。”这正是韩非所说的“宁为鸡口，勿为牛后”之意，野心家们的乐于在小范围内称王道霸，其实即由于这一个观念。赵佗上汉文帝书云："南方卑湿，蛮夷中西有西瓯，其众半羸，南面称王，东有闽粤，其众数千人，亦称王，而北有长沙，其半蛮夷亦称王。老臣故敢妄窃帝号，聊以自娱。"因为他自己"身定百邑之地，东西南北数千万里，带甲百万有余"，比其他的称王者都伟大些。这"聊以自娱"四个字，实在掬出了野心家们的本怀。但赵佗到底还是个老实人，初则对汉文帝声明"自帝其国，非敢有害于天下也"。终则去帝号，仍为南粤王，虽然实际上的权势始终是一样。

古今数千年的历史，虽云都是帝王的家谱，历代的帝王虽然不胜枚举，但是"以天下之大，四海之内，所共尊者一人"那样的大皇帝，毕竟未尝有过，以今日的眼光看来，秦始皇、屋大维们的版图不消说是很小，查理曼、拿破仑、威廉第二们虽有作世界皇帝之志，终于也未尝实现，并且，即使是小范围内的成功，为时又何其暂也！始皇满想从自己起"世以计数，二世三世至千万世，传之无穷"，谁知不到三世，秦祚就绝了。查理曼的帝国，到他子孙手里，也就分裂得不成样子。拿破仑和威廉第二，且不待身后，即告失败。至尊之荣，不过如昙花一现。英气盖世的恺撒被刺时，对凶手 Brutus 惊呼："你也这样吗，我的儿子！"（TuQuoqu，Fili mi！）所谓"皇者煌煌，人莫违也"的话，又不可靠。由此观之，"妄窃帝位，聊以自娱"这事情，实在是很无聊的。尤其是现在的溥仪那样的称帝，更为无聊——但这是我只对于溥仪敢说的话。因为我相信我对溥仪称臣的日子尚远，故尚敢对于他妄加议论。

（原载一九三四年一月二十一日）

# 杂谈礼教

风　子（唐　弢）

汉高祖既登大位，因为群臣放肆，便觉得坐龙廷的滋味未必比住凉亭好；等到叔孙通把朝仪一定，才恍然于做皇帝的高贵，而感到礼教的需要。

其实需要礼教的，除非身是皇帝。倡导礼教的人，常是只替为帝为王者设想。每每让大众戴上镣铐，使人与人之间隔着高墙，而仅仅给予少许野心家以特权。如果有人摆脱了镣铐，爬过高墙，甚而至于使野心家的特权发生动摇，那就是背叛礼教，成为“乱臣贼子”，“人人得而诛之”了。

然而这也并不是甚么不易的定律。

“乱臣贼子”如果能够做到帝王，倡导礼教的先生们也就立刻背着礼教的招牌光临了。这回自然也还是替为帝为王者设想。乱臣贼子一坐龙廷，不免就生野心，镣铐既锁不着自己，而况还有许多好处，落得做个人情。所以几千年来，诸子百家，被斥为邪说异端，散佚殆尽，而孔二先生却能够巍然独存。

孔二先生的巍然独存，也便是礼教的不落伍。何况读书人还要拿来当作看家本领，努力宣传。于是男人制服女人，礼也；主子压迫奴才，礼也；上司驱策下官，礼也；至于帝王治国，当然更非礼教不可。这见解越来越深，就弄到虽非“乱臣贼子”，但

"君要臣死",也就"不得不死"了。

这上面便产生了"莫须有"。

其实结果更惨的,却要算死守睢阳城这一幕了。据《唐书·忠义传》载:

> 张巡守睢阳城,尹子奇攻围既久,城中粮尽,易子而食,析骸而爨。巡乃出其妾,对三军杀之,以飨军士;曰:"请公等为国家戮力守城,一心无二。巡不能自割肌肤,以啖将士,岂可惜此妇人!"将士皆泣下,不忍食。巡强令食之。括城中妇女既尽,以男夫老小继之,所食人口二三万。

这回是弄到夫要妻死,官要民死,也都不得不死了。因为要保全自己对主子的一点忠心,去完成礼教,便不惜牺牲无辜。所谓礼教也者在这里才现出了它的真面目:原来是吃人的恶魔!

(原载一九三四年一月二十五日)

# 皇帝瘾

于时夏（陈子展）

或谓溥仪又做皇帝梦。予则以为彼非做皇帝梦，过皇帝瘾而已；殆石敬唐之不若，张邦昌刘豫之类也。张邦昌之伪国仅四十余日，刘豫之伪国亦止七年。溥仪之伪国，纵长于张邦昌，未必不短于刘豫，窃号自喜，能几何时？虽然，如嗜鸦片者，明知其为毒害至烈，但能过瘾，遂不顾一切以求之。有皇帝瘾者，虽臣皇帝，侄皇帝，儿皇帝，孙皇帝，亦乐为之，降而至于土皇帝，匪皇帝，亦可也。

新莽之季世，公孙述据蜀，欲为皇帝。梦有人语之曰："八厶子系，十二为期。"觉谓其妻曰，"虽贵而祚短，若何？"妻对曰："朝闻道，夕死尚可，况十二乎？"遂自立为天子，号成家。晋咸康中，李寿据蜀，亦欲为帝，命筮之。占者曰："可数年天子。"其属任调喜曰："一日尚为足，而况数年乎？"解思明曰："数年天子，孰与百世诸侯？"寿曰："朝闻道，夕死可矣。任侯之言，策之上也。"遂僭即帝位。此过土皇帝瘾者也。

又晋安帝时，王始聚众于太山，自称太平皇帝，号其父为太上皇，兄征东将军，弟征西将军。慕容镇讨擒之，斩于都市，临刑，或问其父及兄弟何在？始答曰："太上皇帝，蒙尘于外。征东征西，乱军所害。惟朕一身，独无聊赖。"其妻怒之曰："止坐此口，以至于此！奈何复示？”始曰：“皇后！自古岂有不破之家，不亡之国邪？”行刑者以刀环筑之，仰视曰：“崩即崩矣，终不去帝号！”此过匪皇帝瘾者也。

呜呼！石敬唐之过儿皇帝瘾，石重贵之过孙皇帝瘾，固已丑矣。然南宋自孝宗以下，过侄皇帝瘾而不耻，则于过臣皇帝瘾之张邦昌刘豫又何讥焉！第未知今之溥仪过皇帝瘾而居于何等也？

（原载一九三四年一月二十七日）

# 文坛的现状

谷　远(郑振铎)

这时代有点特别：不仅政治上的怪状特别多，即文坛上也是牛鬼蛇神，百出不穷。

正和大人先生们之以小喽罗为进身的阶级一样，文人学士们也呐喊着，呼号着，以同道者们为踏步而爬了上去。当他们在呐喊着，呼号着的时候，是隐藏了一切的劣点——特别是过去的缺憾，以博得读者们的同情的。

当它们在博同情求群众的时候，他们是热烈的，是前进的，是显着全新的面目而出现于文坛上的。他们攻击着旧的一切，他们要破坏，毁灭旧的基础，而创造一个新的；他们是表现着一个革命者的大无畏的精神的。

这一切都和初出茅庐的政论者相同。

他们为群众所注意了，为读者社会所喜爱了；乃至旧的势力也视之为新人的领袖，新人的代表而与之暗送“秋波”了。

在这时，他有了社会上推不倒的地位，他无须乎青年人的拥戴。他的势力伸张到旧势力的圈里去。他成了旧势力的一员；旧势力欢迎新加入的有力分子；他也倾心于拥护旧的一切——他要更向上爬，踏着别一种阶梯。

他完全成了另一种人物，完全现出原来的狰狞的面目；他不再号呼，他不再呐喊，反以他人的热情的号呼为足扰其清闲的生活。他知道了一切的新旧文坛秘诀，他知道怎么迎合旧的势力以创造自己新的地位，同时他也知道怎么诱惑着后来者，怎么去蒙蔽他们的耳目。他是一个“过来人”；较之一切旧势力都更可怕的一个足以领带了一班盲目的青年们向牛角尖钻去的“过来人”。

他们的大胆，他们的善于逢迎，善于创造自己的新的地位，乃至他们的无耻，都是旧势力所未曾具有的。孔子杀鲁大夫少正卯，道：“天下有大恶五，而盗窃不与焉。心逆而险，行僻而坚，言伪而辨，记丑而博，顺非而泽。少正卯兼有之，不可以不除。”这正是他们的罪状！

每当一个文坛上新的势力兴起的时候，总会有这样的一种人；所谓博大名，成了文坛柱石的人物，象王世贞，陈眉公，袁子才等等，无一不是如此，而今日则尤多。

自旧式军阀以至新式流氓，无不视他们为同道的人，仿佛药中的甘草似的，无往而不宜；而他们也便“所如辄合”，水乳相融。

旧势力在暗地里失笑，高兴：“擒贼必先擒王，如今新兴的王是被擒在我们手里了；他们毕竟跳不出我们的手掌心儿。想不到他们是这样柔顺，知人意！”而有了若干新人物点缀于其间，也足够表示他们是“新”了。——而这个保护色便使他们不必摇身一变也就相安无事。

那些进身到旧的势力圈里的人物们，也在暗地里失笑，高兴：“原不过作为进身之阶。过了河还留着桥作什么用呢？”——教猱升木，为虎添翼，他们是怎样的为旧势力助威增势！

原来是截然分明的两个不同的界线的；前进或后退，到新的来或向旧的去。不容你踌躇，不容你徘徊，不容你依违两可于其间。但现在是阵线混乱了！他们领头儿在带领一部分青年们向旧势力妥协，纳款；而同时却还俨然的摆出一副新的领袖的面目。他们的读者社会未尽觉察出其鄙劣的行为，他们的群众，对之也还保留一部分的信仰；他们以新的领袖的资格出卖，但同时又利用旧势力以巩固他们的地位。

这影响便够糟：一部分更年轻的人们，震惑于他们过去的呐喊与呼号，几乎带点迷信的过分相信了他们，便天真的也开始对于新的阵线发生了疑虑，动摇。做古律诗，写词度曲，乃至学刻图章，练字——一切都恢复了光宣和民初的熙熙攘攘的风气。说起来该怎样痛心疾首！

想不到变得那末快！从打倒旧诗，提倡新诗，一转脸便再度写起什么“词”来，从说是要把中国旧书一概抛却的话，不多几时便在鼓吹作赋！提倡写文言文，多看旧书，说是要从旧书获得些什么。

假如要说什么革命的“投机”分子的话，这一批文人学士们便的真不假的是“投机”者流。

他们也正和政治上的投机者流相同：以同道者们为进身之阶。一踏到了阶梯的最高级，便立刻捐弃了他们。

今日在大学里主张着大学生要写文言文的，还不是那一批在新文化运动里打滚出身的人物；今日说是要填什么词，还读什么古书的，还不是在新文学潮流中抢得了上风的分子们。

投机者们的真面目终于是狰狞的显露出来。

于是乎阵线整个的混乱了；谁都忘记了黑幕派所留下的罪恶是怎样；而他们也便混入新的阵伍里来，所谓“新人”们也不再喊叫，不再向旧的势力进攻，而且也便在从前视为敌人们的营垒里成为“帮闲”者。

新和旧是混杂着，新和旧是妥协着，他们对峙着的阵线是被移去了。

天下遂以太平无事；恢复了光宣民元的熙熙攘攘的情形。

然而天下果真太平无事了么？

另一个新的阵线，新的壁垒却正在树立着。

一批过去的新人们是被旧势力圈所吞噬了！然而终将和旧势力同走上毁灭之途！

（原载一九三四年一月二十七日）

# “天　　道”

张　读（徐梵澄）

若干年来统治着中国的伦理，全部出自儒书。佛教的思想走极端，非“中庸”之道，故佛子虽在这世间生活，服从一切国王王子大臣，然他们却从人丛中离开，占住了山川风物极优美底地方，算是逍遥“世外”。道士们比较妥协，原来的哲理根据并不分明。黄老的哲学虽高深，然非道士们所奉的宗教。越流越低下，弄到后来假借些烧丹炼汞的把戏，出没于公卿间。这几派的伦理将人民的脑筋围的水泄不通，布着地网天罗，但凡有一种稍奇异底稍特出底思想产生，便给它们完全吞灭下去。象一个蜘蛛吞灭一只蜻蜓或蝇子。

然而无论出世入世，“生活”二字抛不开，既有生活，必有斗争；既有斗争，必终之以杀戮。所以许多出世之道，其实也正是入世之门，宣传“福音”者，一方面固然是救人，但大半是要救自己。

于是将一切理想的纸冠毁掉，露出生命原始的真形。这时三教以至五教乃真同源，来了一个笼统底调和——曰“天道”。

“天道”统治着中国社会，已五千年。它无所不包，无所不贯。孔夫子知而不说，聪明人做而不言。荡荡平平是“天道”，杀人如草不闻声也是“天道”。做官的是行“天道”，为盗的也是“替天行道”。读《水浒》里的梁山泊诸公的行为，看他们一个个抡起板斧或长枪，杀的落花流水，未始不以为痛快，因为觉得他们是在杀人么？以为他们是“替天行道”呢！

这便是一切罪恶的借口，野蛮的解释。天道有分于阴阳，并无分于善恶。对于渠们善恶都是好的，正如有夜里也要有白天，这正是阴阳之分。而天下又是什么呢？那妙处是“天何言哉”？恰恰是——渠们自己。

翻开历史一看，这么一套把戏，耍了五千年。人命草木似的滋生，也草木似的奄灭。文明华胄如果不将这野蛮的“天道”推翻，重新建立起新的“世道”来，则灭亡的日子也不远哩！

（原载一九三四年一月二十九日）

# “京派”与“海派”

栾廷石（鲁　迅）

自从北平某先生在某报上有扬“京派”而抑“海派”之言，颇引起了一番议论。最先是上海某先生在某杂志上的不平，且引别一某先生的陈言，以为作者的籍贯，与作品并无关系，要给北平某先生一个打击。

其实，这是不足以服北平某先生之心的。所谓“京派”与“海派”，本不指作者的本籍而言，所指的乃是一群人所聚的地域，故“京派”非皆北平人，“海派”亦非皆上海人。梅兰芳博士，戏中之真正京派也，而其本贯，则为吴下。但是，籍贯之都鄙，固不能定本人之功罪，居处的文陋，却也影响于作家的神情，孟子曰，“居移气，养移体”，此之谓也。北京是明清的帝都，上海乃各国之租界，帝都多官，租界多商，所以文人之在京者近官，没海者近商，近官者在使官得名，近商者在使商获利，而自己也赖以糊口。要而言之，不过“京派”是官的帮闲，“海派”则是商的帮忙而已。但从官得食者其情状隐，对外尚能傲然，从商得食者其情状显，到处难于掩饰，于是忘其所以者，遂据以有清浊之分。而官之鄙商，固亦中国旧习，就更使“海派”在“京派”的眼中跌落了。

而北京学界，前此固亦有其光荣，这就是“五四”运动的策动。现在虽然还有历史上的光辉，但当时的战士，却“功成，名遂，身退”者有之，“身隐”者有之，“身升”者更有之，好好的一场恶斗，几乎令人有“若要官，杀人放火受招安”之感。“昔人已乘黄鹤去，此地空余黄鹤楼”，前年大难临头，北平的学者们所想援以掩护自己的是古文化，而惟一大事，则是古物的南迁，这不是自己彻底的说明了北平所有的是什么了吗？

但北平究竟还有古物，且有古书，且有古都的人民。在北平的学者文人们，又大抵有着讲师或教授的本业，论理，研究或创作的环境，实在是比“海派”来得优越的，我希望着能够看见学术上，或文艺上的大著作。

（原载一九三四年二月三日）

# 古　　怪

了　然(徐轶澄)

科学既经昌明之后，使人类的精神少年了许多。在科学里旧的大概是要不得，新的才是好的。北方烧火酒钳头发使之蓬蓬松松，已不甚时新了，远不及电气烫发那蓬松之度更永久。这当然是新的好。

然而“后之视今，亦犹今之视昔”，要使许多老顽固飘飘然。现今的青年鼻子这么高么？不忙，再过二十年也和咱们差不离，咱们二十年前也是新党。要等他们也受受打击，看看气焰全没有了，等到那时再较量谁是顽固！

那纠纷，就在以为新的皆是好的或坏的，以为旧的皆是坏的或好的。这么标准一定，便要生出许多毛病来，无以名之，名之曰古怪病。

青年穿西装而衔烟斗，要使长袍大褂而捧水烟筒的老辈叹气，以为古怪得可以了。及至青年们也弄古董，看线装书，使渠们更当诧异，也走上咱们这道儿了吗？原来外国人也读《论语》。而咱们新的东西，便也涵盖一切。新的总是好的了。

然而新与旧，好与坏皆是相对之词。那么新的标准又在哪里呢？巴黎女人的帽子，便未曾有过两顶相同，每人都别扭成一个样儿，多少总比旁人的要新一点。而中国文学，则据说卢那卡茨理[1]的文艺理论之类还不算新，要高尔基才行；然而高尔基也成为旧作家了，不会更新到哪里去的，也还是不行。那么也还是要视新作家头发之长短或黑领结之大小为转移的。

于是乎便很艰难，使时下的人们觉得那样好。国粹国学之流弄的人少了，因为渐渐觉到太极拳虽是好，也抵挡不过洋鬼子之皮鞭或手枪，这很使人丧气，没有法子。弼卡德新到想上天，而上海有人则要坐在一根柱上六十日，这也要算新的世界纪录的。然则到底怎样才是好的呢？

曰：是亦不难见。总之来一个古怪而已。比方写文章吧，引一大通古史，作成一种新文；绘画则用西洋的和中国的技艺混在一块。西洋人看了是东方画，东方人看了是西洋画。讲话最好夹杂中文和英文；穿衣裳呢，内穿衬衫，加以套裤，再穿皮鞋和套鞋，再加长袍，再加大衣，合成一种不中不西的样儿，则也非新非旧，到处通行的。

更有一点应该注意的，则是古怪之外，再加上一点不可了解的质素，使人永远感觉模糊，便可算更新更时髦了。

（原载一九三四年二月二十二日）

① 现译卢那察尔斯基。

# 麻将哲学

孟　真

除了梅兰芳，中国文明之能发扬于海外的，怕要首推麻将了。

麻将何以能得人欢迎呢？因为这百三十六张当中，包含了我们中国的人生哲学。碰，吃，和三字，实说明了我们人间的一切。

抹牌最要紧的是对子能够碰倒，顺子嵌当能够吃着，那么和就很有把握了。我们中国人的生活也是这样，只要运气好，机会巧，一路顺风，就可以由书记而主席，由马弁而督办，倘若奖券能够中了头彩，那末不但名流闻人，可以唾手而至，并且要做什么长或主任之类，也大是易事。所以我们中国人最注意的是天命，卜筮星相，能被斥为迷信，却依旧是社会的流行，上至党国要人，下至车夫苦力，莫不拳拳服膺。

然而虽曰天命，亦有关人事。手风好时，虽是谁都可以和一色三翻，但是到了手风不顺的时候，则精于抹牌者，也可以输钱较少。因此，一方面虽相信天命，而他方面也说人定可以胜天。

还有，八圈麻将，往往忽胜忽负，波浪重叠，令人为之喜，为之怒，把一切都完全忘怀，在这当中，却始终抱着一种希望，赢钱的希望能够更赢，输钱的则能够翻本。这有如人对于生活的执着，无论如何非到绝望，不愿放弃其生的意志而自杀。

在一个社会，既然有的人只要机缘巧合，即毫无生活技能，亦可坐享最优美的生活资料，而有的人则虽很有才能，却潦倒终身。麻将的游戏方法，无怪是一种最相当的表现了。其实一切的社会关系，业已固定，表面上说是运命，说是人定亦可以胜天者，无非借以取消斗争的意识，保持既存社会的安定而已。因为若由人定胜天主义言，旧的不合理的关系，尽可以人力来打破，但是在麻将中，却始终逃不了手风主义的支配。所以虽说人事，还是全部关系天命。

麻将产生在封建的有闲阶级支配下的中国，至二十世纪，乃流行于资本主义的有闲阶级支配下的美国，这是有其由来的。因为中国与美国的不同，不过一在封建剥削的最高阶段，一在资本主义榨取的极峰而已。

（原载一九三四年二月二十八日）

# 回到古代去

克（魏猛克）

中国恐怕也真是老大的民族，守旧精神毕竟特别地久长。欧风据说东渐了，“御侮”起来却仍旧打赤膊，拿大刀。在文学上，连有些可说是新时代的新青年，也在指导大约并非新时代的青年们，赶快读线装书，回到古代去寻做文章的师父。谈到美术，那更是非常古怪的。

我们早先的文人，除了看花、赏月、嫖妓之外，是还要涂得几笔山水人物如王摩诘之流的，才算齐全，高雅。所以早先的美术家，大抵也是文学家兼做。现在的文人却不然了；虽说嫖妓之类有些不但仍然喜欢，而且似乎进了步，但对于那绘事，是不大有人理会的。这原因，大半是以为没有前者那么易学，舒服，倒并非革了什么命。但是，那祖传的美术，存在却依然存在着，不过大半竟已经到了慈善家、商业家之流的手中，做了交易场上的应酬品。而他们也就因此兼做美术家，成为高雅的名士了。他们的画，不是一个和尚在山上观瀑布，便是一个隐士在树下弹琴，大抵宽袍大袖，飘飘然都象神仙的。他们评作品的标准，是以你所抄袭的东西象哪一朝人的作风而定，凡是最古的，就最好，最有价值。总之，是也要赶快回到古代去，都做古人去。

最奇的，是近来竟有人于所谓“国难期中”，闲情逸致地，将中国这样的古董搬到外国开展览会去了。据说这不但是“沟通中欧文化”，而且在促成“东风欧渐”。因为“中国的绘画，自三代以至现在，已历四千余年的历史”，故“卓然在世界艺苑独树特帜，而领有东方全域”。德国教育部长茄斯特不是说“我们很浅薄很惭愧，我们应该十二分虚怀去看中国画”么？这实在很象于中国有莫大的光荣。但是，中国恐怕因此要变成欧洲考古学家研究的古希腊、古罗马了。希腊罗马在文化史上的地位诚然不差，但现在早并领土也送给别人了。

“日本的文化实由中国输入”，但日本现在的美术并非中国古代的东西，从这里，我们大概不难明白日本之所以成为世界的强国，中国之所以成为“次殖民地”的原因吧。

不过，一定有人要质问：“西洋画”不也输入中国了么？关于这，只要看过许多自命为新“艺术家”所画的什么“印象派”之类，就可知其实并非现在欧洲时髦的东西；何况又有人在画佛像，画古代的美人，要添上“东方色彩”了呢！

中国恐怕也真是老大的民族！

（原载一九三四年三月六日）

# 人间何世？

野　容（廖沫沙）

主编《论语》而有“幽默大师”之称的林语堂先生，近来好象还想谋一个兼差，先前是幽默，而现在继之以小品文，因而出版了以提倡小品文相标榜的《人间世》。有了专载小品文的刊物，自然不能不有小品文“大师”，这是很逻辑的登龙之道吧。

揭开封面，就是一幅十六吋放大肖像，我还以为是错买了一本摩登讣闻呢！细看下款，才知道这是所谓“京兆布衣”知堂先生周作人的近影，并非名公巨人的遗像。那后幅还有影印的遗墨一般的亲笔题诗，接下去都是名家奉和的墨迹。古香古色，煞是可贵。周先生的诗道：

> 前世出家今在家，不将袍子换袈裟。
> 街头终日听谈鬼，窗下通年学画蛇。
> 老去无端玩骨董，闲来随分种胡麻。
> 旁人若问其中意，且到寒斋吃苦茶。

读了此诗，不免触发了我的灵感，颇有恭和一首之意。无奈生平不解吟咏，只好倩人捉刀，代和一首。诗曰：

先生何事爱僧家？把笔题诗韵押裟。
不赶热场孤似鹤，自甘凉血懒如蛇。
选将笑话供人笑，怕惹麻烦爱肉麻。
误尽苍生欲谁责？清谈娓娓一杯茶。

抄诗已毕，颇想细读下去。按发刊词“包括一切，宇宙之大，苍蝇之微，皆可取材”的范围，逐篇读下去，却始终只见“苍蝇”，不见“宇宙”。莫非又和近来的《论语》相似，俏皮埋煞了正经，肉麻当作有趣；压根儿语堂先生要提倡的是“苍蝇之微”，而不是“宇宙之大”么？

语堂先生提倡的“幽默”，已经是一切都不出所料“将屠户的凶残，使大家化为一笑，收场大吉”（鲁迅：《论语一年》）。而据说包括一切的人间世，现在却只看见几只“苍蝇”。前者的“一笑”，与后者的“苍蝇”实在是二而一者也。这种东西，倘说它不是吗啡红丸，但也并不是什么清心补脑之物罢。这是一。

据说十四年来中国创作小说的佳作，是由小品文训练而来。这话，我不知底细，因为我不是创作小说的。但长于小品文的“京兆布衣”知堂先生周作人为什么至今不见有小说行世？而另一善写小品文和杂感的鲁迅，在写《狂人日记》《孔乙己》以前，又曾写过怎样的小品文字呢！

倘说，那是另有原因，那就是代小品文夸张盗名，倘说是确有其事，那就是发刊者违心欺世。这是二。

个人的玩物丧志，轻描淡写，这就是小品文。西方文学有闲的自由的个人主义，和东方文学筋疲骨软，毫无气力的骚人名士主义，合而为小品文，合而为语堂先生所提倡的小品文，所主编的《人间世》。

我把《人间世》捧读了一遍，真不觉有人间何世之感！

（原载一九三四年四月十四日）

# “过去的幽灵”

胡　风

在十年前曾经做过“文学青年”的，大概总有些人还记得盲诗人爱罗先珂吧。虽然他从日本飘来了以后就嚷着我们这个国度是“沙漠”，但毕竟是在经过了一场“五四”的狂风以后，青年们有不少的正在望着蓝天做梦，在烦恼里制造微笑，因而他写给我们的《桃色的云》和《童话集》被我们纯真的心所拥抱，增加了当时在黑夜里摸路的人所不可缺少的勇气。

但还有一件事以不同的感觉使我常常记起来的，是他底一篇讲演，叫做《过去的幽灵》的。内容由当时站在新文学运动的前面的周作人先生翻了出来，说是在你们（当时的中国青年们）里面还住着不少的“过去的幽灵”，时时会跑了出来，鼓动你们照他们的意思做事。这很简单，但由他那一种诗人的说法说了出来，简直是活灵活现，抓住了我们，使我们甚至在路上走的时候有时都会愓然回顾。他为什么作了一篇这样的使幼少的我们感到有些阴森的讲演呢？那来由当然不能够确切地知道，但现在回想起来，总不外是虽然他瞎了眼睛，看不见，但这个古国几千年来所压积下来的黑暗的力，以一种阴沉沉的气息压着了他，使他感到了快要窒息，因而不得不向脸上略略现着新的红润的青年们叫喊了吧。

时光流了过去，现在的战斗的青年已经在纯真上炼出了刚强和灵敏了，爱罗先珂已渐渐地被忘去。这是应该的。

然而，今天我在书摊上面买到了一本创刊的《人间世》，还没有拜读"宇宙之大，苍蝇之微"的"可喜文章"之前，就被前面的周作人先生底大照片和他底五十自寿诗吸引住了。周先生在"五四"文学运动上，在介绍外国文学上，有了不小的努力，当他五十岁的时候我们也许还愿看一看他底照片的，但使我哑然的是那两首诗(那些和诗更不用说了)。如果是在《四库全书》的什么集子里面发现的，对于这样"炉火纯青"的七律，当然要拍案叫绝。然而，这个作者却就是当年为诗底解放而斗争过了的《小河》底作者，现在在这里"谈狐说鬼"，"街头终日听谈鬼"的作者，当年却热心地为我们翻译了《过去的幽灵》。

"幽灵"(Yulei)，不错，在爱罗先珂用的日本语里面，正是我们所说的"鬼"的意思，而他们所说的"鬼"(Oni)，却是阴间的不象人形的怪物。那么，周先生现在自己所谈的鬼，听人家所谈的鬼，是不是当年他翻译的时候叫我们防备的幽灵呢？昔日热烈地叫人防备，现在却促膝而谈之，不晓得是鬼们昔日虽然可恶而现在却可爱起来了呢，还是因为昔日虽然象现在的批评家似地"浮躁"，而现在的八道湾居士却功成圆满，就是对于小鬼也一视同仁了？或曰，周先生虽然逍遥世外但终不能忘掉"人间"，谈鬼云者，不过是对于鬼蜮人间的一讽刺耳。那么，就是"不将袍子换袈裟"也可以，我们还是希望八道湾居士对于一批一批"失足落水"的青年们来一次超度的干脆。

以上都算瞎说。"旁人若问其中意，且到寒斋吃苦茶"，有心人顶好是买一张由上海到北京的联票，在烟雨迷蒙的八道湾上，穿过"胡麻"地，你可以找得到一座茅庵，只须叩门，不用名刺，被小童迎接进去之后，你就可以闻到一阵茶香。至于在十里洋场上出现的《人间世》，既不“吟风弄月”，也不“玩物丧志”，只是有点力求“精雅”，“谈狐说鬼”而已。

（原载一九三四年四日十六日、十七日）

# 摩登之破坏

徐懋庸

宋朝有过这样的摩登服装：

“宣和之季，京师士庶竞以鹅黄为腹围，谓之‘腰上黄’。妇人便服不施衿纽，束身短制，谓之‘不制衿’。始自宫掖，未几而通国皆服之。”

“不施衿纽，束身短制”的那种妇人服，想象起来似乎比现在的摩登衣服还要摩登，一定是很好看的吧？但据说，亡了宋朝的就是这些服装：

“明年，徽宗内禅，称上皇竟有青城之邀，而金虏乱华，卒于不能制也。斯亦服妖之比欤！”（《程史》）

那时没有摩登破坏团，所以那些“服妖”未遭厄运，若在今日，则也不免岌岌乎殆哉了。

“国家将兴，必有祯祥，国家将亡，必有妖孽。”服既成妖，则国家之必亡可知。摩登破坏团之破坏摩登衣服，是除妖救国也，厥功不可谓不伟。然而，国家之亡，与妖孽之生，其因果关系若何，我们还不得而知。假如国家之亡完全由于妖孽之生，则除妖诚可以救国。倘若，妖孽之生，根本由于国之将亡，则摩登破坏团也未免徒劳了。

况且，服装不过是妖孽身上的附属物，并非妖孽的正体，若徒破坏了服装，妖孽可施金蝉脱壳计，现他种形相，依旧出来作祟。剪刀虽利，割不断虚荣之念，镪水虽烈，蚀不尽奢侈之欲。今之摩登生活，岂仅止于一袭外衣哉。摩登服装若系“妖服”，则摩登男女所享受之一切物质，甚至彼等之思想举止，何一而非妖？摩登破坏团岂能尽行破坏之乎？至于仅有一袭摩登外衣之人，当然也不少，但如某刊物所云，此类人之穿摩登衣服，“原是处于被动的地位，而迎合着享乐之人的心理，并以他们自己的肉去换来勉强穿在身上，以便于到人肉市场竞争的，故此剪破了觉亦太残忍。”

按之实际，摩登之破坏，并不待摩登破坏团之动手，在摩登社会中，除了少数有产阶级的男女，真正过着享乐的摩登生活以外，其他多数的摩登模仿者，在精神上身体上实随时受着自然的破坏。昔者“楚王好细腰，宫中多饿死，吴王好击剑，宫中多瘢痕。”据某报说，今之摩登女郎，十九患寒腿病（或云即系冻疮，是则病名也摩登化了）。这种破坏，实远较剪刀镪水为烈也。

（原载一九三四年四月十七日）

# 人与魔鬼及神

刘　明（艾　芜）

在乡下人心目中，大概要以魔鬼为最可怕的吧？

唔唔，不见得！过旧历新年的时候，只要在大门口，贴上两张威风凛凛的门神，便一家清吉平安了。因为他们想象中的魔鬼，是讲礼，又很傻瓜，不爬墙，不钻洞，非门不入的君子，看见纸画的家伙，就会逡巡不前了。而且，内地有些地方，在五月端午，叫了一名叫化子，身穿红衣，脸涂煤烟，装成魔鬼，大家则鸣枪击鼓，从而追之，闹得纵横数十里内，鸡犬皆惊。当乎假的魔鬼活捉之后，于是，一切躲在暗中的真实魔鬼，便会全都吓软了，逃之大吉。

总之，对待魔鬼，乡下人是很聪明的。

那么，神呢？也不见得怕啰！

请看田间的土地庙吧，竟然这样的对联也有了，“烧酒甜酒都不论，公鸡母鸡只要肥。”那么，里面坐的温文尔雅的先生，还成什么菩萨呢，只不过一个好吃好喝的老头儿罢了。至于小孙儿生病，老太婆便赶忙拿着三枝香，走到神的面前，喃喃有词的祷求着，如果保佑好了，说是定要献上谢礼；神是吃肉的，便许下雄鸡一只，刀头一个；吃素的呢，就许下豆腐一方，蒸馍三个，总之，绝不空口说白话。难道这还不象纳贿一样的么？只是神太老实些，并不象官那么聪明，要暗中打“背手”，表面称清高的。

虎豹在咬人了，就弄个山神出来，江水在泛滥了，就弄个江神出来，修起庙，穿起金，顶礼膜拜。倘不需要了，便由它凋零，破败，以至倒塌。然而，对待人呢，可不能这么干脆了。真命天子是要的，但无道昏君，却仍然不得不顶在头上。收税的皂隶，拉夫的丘八，是很讨厌的，但来了的时候，门神自然没有用，即使预先关紧大门，也会给你打得稀烂的。难道再叫一名叫化子，装成皇帝之类的东西，象赶魔鬼似的赶他一场吗？乡下人也知道这已吓不走“老鸦”了。故乡下人喟然而叹曰：“人是比神还难将就，比魔鬼还可怕呵！”

（原载一九三四年四月二十七日）

# 小品文的生机

崇 巽(鲁 迅)

去年是“幽默”大走鸿运的时候,《论语》以外,也是开口幽默,闭口幽默,这人是幽默家,那人也是幽默家。不料今年就大塌台,这不对,那又不对,一切罪恶,全归幽默,甚至于比之文场的丑脚。骂幽默竟好象是洗澡,只要来一下,自己就会干净似的了。

倘若真的是“天地大戏场”,那么,文场上当然也一定有丑脚——然而也一定有黑头。丑脚唱着丑脚戏,是很平常的,黑头改唱了丑脚戏,那就怪得很,但大戏场上却有时真会有这等事。这就使直心眼人跟着歪心眼人嘲骂,热情人愤怒,脆情人心酸。为的是唱的不内行,不招人笑吗?并不是的,他比真的丑脚还可笑。

那愤怒和心酸,为的是黑头改唱了丑脚之后,事情还没有完。串戏总得有几个脚色:生,旦,末,丑,净,还有黑头。要不然,这戏也唱不久。为了一种原因,黑头只得改唱丑脚的时候,照成例,是一定丑脚倒来改唱黑头的。不但唱工,单是黑头涎脸扮丑脚,丑脚挺胸学黑头,戏场上只见白鼻子的和黑脸孔的丑脚多起来,也就滑天下之大稽——然而,滑稽而已,并非幽默。或人曰:“中国无幽默。”这正是一个注脚。

更可叹的是被谥为'幽默大师"的林先生，竟也在《自由谈》上引了古人之言，曰："夫饮酒猖狂，或沉寂无闻，亦不过洁身自好耳。今世癞鳖，欲使洁身自好者负亡国之罪，若然则'今日乌合，明日鸟散，今日倒戈，明日凭轼，今日为君子，明日为小人，今日为小人，明日复为君子'之辈可无罪。"虽引据仍不离乎小品，但去"幽默"或"闲适"之道远矣。这又是一个注脚。

但林先生以谓新近各报上之攻击《人间世》，是系统的化名的把戏，却是错误的，证据是不同的论旨，不同的作风。其中固然有虽曾附骥，终未登龙的"名人"，或扮作黑头，而实是真正的丑脚的打诨，但也有热心人的说论。世态是这么的纠纷，可见虽是小品，也正有待于分析和攻战的了，这或者倒是《人间世》的一线生机罢。

（原载一九三四年四月三十日）

# 认　　真

林珂穆（徐梵澄）

埃及文化久已堙没了，而金字塔巍然独存，矗立在沙漠中间，使人想起当日的丰功伟烈。——为什么金字塔会建造起来的呢？是因为古代埃及人“认真”的缘故。

但中国人对于生活的态度不同，“戏场小天地，天地大戏场”。大家自以为生旦登场，有意无意的在做戏。既在做戏，当然无所谓认真的道理，大家假一通，糊糊涂涂罢了，不是名士郑板桥的横幅到处挂着么？文曰：“难得糊涂。”

然糊涂如不是天生而要装作，也要认真才行，郑板桥虽然好象玩世，但骨子里是非常认真的，否则他的字画决不会有那么高深的造诣。而其艺术之所表现，一点也不糊涂。一到近代丧乱滋多，是非风起，人的精神处处遭打击，每因受压迫，便只得颓唐起来，不认真算了。

算来只有佛教是主张空寂的了，但大乘缘起正理，正反对取空相而起贪著，于毕竟空中生种种过，并不能作不认真的解释，懒惰的护符。只看多少学佛人的辛劳，便知他们的目的并非做戏。五霸七雄丑末耳，诚然。但将释迦、耶稣，及中国之老、庄、申、韩，扮起丑末来，终于有些不称的。

我们中国人的精神何尝会不认真呢？医生之诊病，决不宽恕病菌，使病人容留些疾病在身；党派之倾轧异己，也毫不容情，只差不到“鞭墓”的地步；争锥刀之末的小贩，分文之清楚，比西洋会计师还精明。只有国家大事难得糊涂，强敌在前，不许认真，只得罢休了。

不认真有几种说法，一是向压迫者说的，被打而无力还手，请不认真算了吧，这是求饶的呼喊，虽失败而有生机；一是向自己说的，成了道地的糊涂虫，永无救治；一是向给自己打倒的人说的，是一种麻醉药，使人安心当奴才。——此外则许多人在作戏，行使伪钞，或专演空城计，是认真不起来的。

认真的生活也许太多苦痛吧，但只有这才是生路——金字塔不是随便建筑起来的。

（原载一九三四年五月十一日）

# 偶　　感

公　汗(鲁　迅)

还记得东三省沦亡，上海打仗的时候，在只闻炮声，不愁炮弹的马路上，处处卖着《推背图》，这可见人们早想归失败之故于前定了。三年以后，华北华南，同濒危急，而上海却出现了“碟仙”。前者所关心的还是国运，后者却只在问试题，奖券，亡魂。着眼的大小，固已趋向不相同，而名目则更加冠冕，因为这“灵乩”，是中国的留德学生白同君所发明，合于“科学”的。

“科学救国”已经叫了近十年，谁都知道这是很对的，并非“跳舞救国”“拜佛救国”之比。青年出国去学科学者有之，博士学了科学回国者有之。不料中国究竟自有其文明，与日本是两样的，科学不但并不足以补中国文化之不足，却更加证明了中国文化之高深。风水，是合于地理学的，门阀，是合于优生学的，炼丹，是合于化学的，放风筝，是合于卫生学的。“灵乩”的合于“科学”，亦不过其一而已。

五四时代，陈大齐先生曾作论揭发过扶乩的骗人，隔了十六年，白同先生却用碟子证明了扶乩的合理，这真叫人从那里说起。

而且科学不但更加证明了中国文化的高深，还帮助了中国文化的光大。马将桌边，电灯代替了蜡烛，法会坛上，镁光照出了喇嘛，无线电播音所日日传播的，不往往是《狸猫换太子》《玉堂春》《谢谢毛毛雨》吗？

老子曰："为之斗斛以量之，则并与斗斛而窃之。"罗兰夫人曰："自由自由，多少罪恶，假汝之名以行！"每一新制度，新学术，新名词，传入中国，便如落在黑色染缸，立刻乌黑一团，化为济私助焰之具，科学，亦不过其一而已。

此弊不去，中国是无药可救的。

（原载一九三四年五月二十五日）

# “文化失调”

叔 灵

“中国现代文化之动向”，在今日，成为时髦的题目了。

倘使自鸦片战争时代起算，的确，“动”是动得非常利害，至于“向”，则人各异其词，而且无往不言之成理。

老百姓生活不下去了的动，这里且不多说，只看负有文化使命的知识分子怎样？外国的枪炮巨舰攻入之后，有些人在故纸堆中探出头来，不免有些胆战，于是乎“中学为体，西学为用”起来。

一直到新文化运动起来之后，一干人更认定德先生和赛先生为现代文化的两轮。同时，通都大邑，大量生出买办之外，也矗起冲天的烟囱，环绕这四周的，还有青年男女在拼命地跳舞着，另一方面怎样呢？三家村里的学究却在教学生写这类文章（见某省教育刊物）：

“论者有言曰：惟天生民有欲，无君乃乱。君也者，万民之所瞻仰，社稷之所寄托。虽在平安无事之时，由〔犹〕不可无之，而况于敌国鹰瞵强邻虎视之日哉？……”——《高宗复辟论》。

“……菩萨者何？菩者普也，萨者济也，尊称神祇故有菩萨之号。敬者何？恭敬之心也。释道本外国之种，尚知恭敬；菩萨我国之人，高居华夏，素称礼义之邦，岂可不知敬菩萨之道哉？”——《说敬菩萨》。

“中国现代文化”是：真龙天子，电影明星，跳舞，跑狗，赛马，国粹马将，剑侠，同善社，峨嵋山，少林寺，哥老会，鸦片，雪茄，白面，“花瓶”，钻狗洞，仙人跳，十姊妹，××主义，××主义，空中英雄，自杀……

这动的迹象之被表现在年青人的行动中者，可设譬以明之——贾宝玉的父亲是洋行买办，因此贾宝玉得留学美国，等到学成归国之后，便在上海出风头，刚巧林黛玉在那儿读书，于是一见倾心，一同去看电影，打牌，跳舞，跑狗，赛马……于是开房间，完成一手交钱、一手交货的恋爱，就比方是林黛玉罢——林黛玉便哭起来，做了许多诗，这便遇到职业文学家，于是发现比自杀更高贵的一条路——革命，倘她不愿这样走，又不愿自杀，那么她将遇到“剑侠”，将她拿来跳仙人跳，玩钻狗洞，这下场头可说不来，也许是“野鸡”。

中国现代文化是最奇怪的文化：有两千年前的，有两百年前的，乃至最时髦的。这些“文化”，有的混合，有的根本就对立，有的矛盾地互相溶洽，于是到处都显见文化失调（Cunlural Maladjustment）。

（原载一九三四年七月十四日）

# “黑白渡河”

穆木天

洋大人真是厉害，处处都想尽了法子作他们的侵略的宣传。在学术上，在商业广告上，他们都宣扬他们作侵略者的“正当性”。

在旧的人类学、言语学上，都表露着他们的侵略的“意狄欧罗奇”，那已为新的人类学者、言语学者所否定了。洋大人复活起来绿瓦朱栏的中国的封建建筑，暗示着中国一些人向后退。

最近，看见了某肥皂公司，征求一种答案的有奖的广告，可是里边的含义是很不简单的，题目叫做“黑白渡河”。

“黑白渡河”大意是这样：棕村和榄村中间是一条河。有三个白人和三个黑人要从棕村渡到榄村，可是，河内只有一只渡船，其中只能坐二个人。而只有三个白人和一个小黑人能撑船。并且，渡到榄村或留在棕村之黑人数不得超过白人。因为三个黑人都吃人，都会吃白人。

这个算术问题，是很有趣味的。我想有些人，特别是妇孺，一定津津有味地去研究它的。而且可以发财，更适合了我们的财迷主义。研究的人，应征的人，一定不少。可是在不知不觉间，一定有好些人会信黑人是真会吃白人的。于是洋大人的大功告成了。

其实是谁吃人呢？是黑人呢？还是白人呢？我只听见过有黑奴，未听过有白奴。其实，把“黑白渡河”中的黑人同白人掉换一下，倒还适当的。自然，在白人里边，倒不是人人都会吃人的。侵略者是某一部分人。

侵略者是专会造谣的。据从法国回来的友人说，法国教堂里悬着救济中国儿童义捐箱。他们说，中国儿童受苦，要他们来救济，可是，理由是什么呢？说是中国人用小孩子喂猪。若不救济，快喂光了。可是用小孩子喂猪，在中国，是不是有呢？天晓得！慈悲的背后，就是正当化侵略的存在理由。

对于侵略者，我们是要反抗的。我们更要时时刻刻细心地防备着他们所散播的细菌。

（原载一九三四年七月二十一日）

# 算　　账

莫　朕（鲁　迅）

说起清代的学术来，有几位学者总是眉飞色舞，说那发达是为前代所未有的。证据也真够十足：解经的大作，层出不穷，小学也非常的进步；史论家虽然绝迹了，考史家却不少；尤其是考据之学，给我们明白了宋明人决没有看懂的古书……

但说起来又有些踌躇，怕英雄也许会因此指定我是犹太人，其实，并不是的。我每遇到学者谈起清代的学术来，总不免同时想"扬州十日"，"嘉定三屠"这些小事情，不提也好罢，但失去全国的土地，大家十足做了二百五十年奴隶，却换得这几页光荣的学术史，这买卖，究竟是赚了利，还是折了本呢？

可惜我又不是数学家，到底没有弄清楚。但我直觉的感到，这恐怕是折了本，比用庚子赔款来养成几位有限的学者，亏累得多了。

但恐怕这又不过是俗见。学者的见解，是超然于得失之外的。虽然超然于得失之外，利害大小之辨却又似乎并非全没有。大莫大于尊孔，要莫要于崇儒，所以只要尊孔而崇儒，便不妨向任何新朝俯首。对新朝的说法，就叫作"反过来征服中国民族的心"。

而这中国民族的有些心，真也被征服得彻底，到现在，还在用兵燹，疠疫，水旱，风蝗，换取着孔庙重修，雷峰塔再建，男女同行犯忌，四库珍本发行这些大门面。

我也并非不知道灾害不过暂时，如果没有记录，到明年就会大家不提起，然而光荣的事业却是永久的。但是，不知怎地，我虽然并非犹太人，却总有些喜欢讲损益，想大家来算一算向来没有人提起过的这一笔账。——而且，现在也正是这时候了。

（原载一九三四年七月二十三日）

# 趋时和复古

康伯度（鲁　迅）

半农先生一去世，也如朱湘庐隐两位作家一样，很使有些刊物热闹了一番。这情形，会延得多么长久呢，现在也无从推测。但这一死，作用却好象比那两位大得多：他已经快要被封为复古的先贤，可用他的神主来打“趋时”的人们了。

这一打是有力的，因为他既是作古的名人，又是先前的新党。以新打新，就如以毒攻毒，胜于搬出生锈的古董来。然而笑话也就埋伏在这里面。为什么呢？就为了半农先生先就是一位以“趋时”而出名的人。

古之青年，心目中有了“刘半农”三个字，原因并不在他擅长音韵学，或是常作打油诗，是在他跳出鸳蝴派，骂倒王敬轩，为一个“文学革命”阵中的战斗者。然而那时有一部分人，却毁之为“趋时”。时代到底好象有些前进，光阴流过去，渐渐将这谥号洗掉了，自己爬上了一点，也就随和一些，于是终于成为干干净净的名人。但是，“人怕出名猪怕壮”，他这时也要成为包起来作为医治新的“趋时”病的药料了。

这并不是半农先生独个的苦境，旧例着实有。广东举人多得很，为什么康有为独独那么有名呢，因为他是公车上书的头儿，戊戌政变的主角，趋时；留英学生也不稀罕，严复的姓名还没有消失，就在他先前认真译过好几部鬼子书，趋时；清末，治朴学的不止太炎先生一个人，而他的声名，远在孙诒让之上者，其实是为了他提倡种族革命，趋时，而且“造反”。后来“时”也“趋”了过来，他们就成为活的纯正的先贤。但是，晦气也夹屁股跟到，康有为永定为复辟的祖师，袁皇帝要严复劝进，孙传芳大帅也来请太炎先生投壶了。原是拉车前进的好身手，腿肚大，臂膊也粗，这回还是请他拉，拉还是拉，然而是拉车屁股向后，这里只好用古文，“呜呼哀哉，尚飨”了。

我并不在讥刺半农先生曾经“趋时”，我这里所用的是普通所谓“趋时”中的一部分：“前驱”的意思。他虽然自认“没落”，其实是战斗过来的，只要敬爱他的人，多发挥这一点，不要七手八脚，专门把他拖进自己所喜欢的油或泥里去做金字招牌就好了。

（原载一九三四年八月十五日）

# 女人与装饰

徵　明（茅　盾）

说来也并不奇怪，为什么到了夏天，关心世道人心的先生们对于男女之大"防"要突然加紧。夏天的女人的装束实在太富于挑拨性。而"挑拨"的焦点在于肉体部分呈露得太多。所以取缔女人露腿赤脚的官文正是扣准了题目的得意之作。

我们的祖先在山林子里过"野蛮"生活的时候，本无章身之具；大家光裸裸看惯了，并不觉得什么。然而这正是野蛮人之所以为粗浅。"文明人"头脑复杂得多了，凡事都讲究个"含蓄"，"有余不尽"；从此而"联想"也特别发达，见一光露的小腿就觉得有点那个了。其实腿只是腿而已，远不及眉毛能说话，眼睛会"送媚"。说到这里，就不能不佩服从前土耳其女人上街要带面纱这一办法为能真正彻底。

至于露了腿还要搽什么油膏，扑什么粉，赤了脚还要染红指甲，从贪图简便凉快一变而为要麻烦要好看，——这真是更骇听闻。自然，这样搽之扑之染之的腿，恐怕只是光腿中间极少数的一部分，它们的目的，和普通光腿完全两样。此等腿不但不许它"光"，彻底些不妨投畀煤窑。所可惜者，此等腿大都坐在汽车里，奉公守法的警察先生只好朝它看看罢了。

再从反面一想，腿主人不怕麻烦而搽油扑粉，无非为要好看。把腿弄好看了，也不是自己欣赏，而为的是那个抓权禁止光腿的男性社会需要这等样的装束修饰。据说从前有个女性中心的社会。那时候，男人们是不是也象现在的女人那样刻意艳妆，我们还不大明白。但是吴敬梓却在《镜花缘》里给我们一个回答。《镜花缘》里女儿国的男人即使是一部大黑胡子也还要搽脂抹粉。然而现在关心世道人心的先生们读《镜花缘》到这一段时不肯掩卷想一想。

（原载一九三四年八月十七日）

# “进化”与“奴化”

涅　之

“欧化”是必要吗？“国粹”应必留吗？对于这些问题的答复，只能是相对的，而不能作绝对的。关键就在于它本身的“及时价值”上来定取舍标准。即是说，谁合环境的需要，谁便有“采取”“保留”的价值；谁成了历史的障碍物，或者远不及时以“明天”来代替“今天”，谁只好送进历史博物馆或放入预备队里面去。不过地球是圆形的，“超时”往往会与“过时”合并，好象六路圆路的电车由直径下再开下去仍会走原来的方向。所以，“欧化”是不是为西人侵略张目？“国粹”是不是会毒死国人？全在把握住“时代进化”的动向来下判断：“适者生存，不适者淘汰。”谁也逃避不了这条自然逻辑的规律呵！

手工业总算是“国粹”了，在现时，我们主张仍然保住手工业呢，还是采取“欧化”了的机械工业呢？大概只要不是痴子，谁也明白“开倒车”的手工业是不能谋经济出路的。保守下去只有毒死！（其实，你要保守也不容你保守。）然则采取机械工业吗？机械在外国，贩进来就有“欧化”嫌疑，有意无意的要为西人的侵略张目。那末怎么办呢？“因噎废食”连机械工业也一并不要吗？不成功！我们应来分别清楚：“进化”是一回事，“奴化”又是一回事。这就是说：“国粹”比较“欧粹”真的落伍了，那末不采用也只好采用。不信？指几条例：吴淞铁路上第一辆火车不是给国粹先生们送进海里去吗？现时怎样呢，恐怕国粹先生们没有火车也会感觉生活不便罢！电灯自来水都是"来路货"，站在国粹观点讲话，应把它及早消灭，可是到了今日，龙虎山张法师的信徒们打起醮来也要借重五光十色的电珠；佛教徒的"玄妙观""功德林"，吃的，用的，没有一样不是自来水。这是什么玩意儿呢？难道今之主张保存国粹的典型人物比张门人与佛教徒还有更进步的吗？

可见进化是无法阻碍的，落伍只有赶上去。管它"欧化"也好，"亚化"也罢。

其次，来说"奴化"。奴隶有好几种解释：甲受乙的宰割，忍气吞声，唯命是从，固然是甲作乙的奴隶；然而人类不能利用自然，反处处为自然征服：寅年水灾，卯年旱灾，地震过了，继以飓风，那也可说人类作了自然的奴隶。作人与人之间的奴隶，原不应该，而人作自然的奴隶亦所不当。所以被压迫民族甘受帝国主义的剥削是"奴化"，主张复古不会利用自然硬开倒车也是"奴化"！明白了这一层，什么问题就都明白了。至于如文体上强学欧化，使读者不易懂得，这是"学的人"的罪恶，进化的"欧化"本身不任其咎；然而有人因其"学得不当"主张向后复古，抬出文言的活尸来自耀，那无异反对"高跟"而主张"缠足"。这类"国粹"，是不应保留的，是应当反对的。

（原载一九三四年八月二十二日）

# 何必多问

龙贡公（欧阳山）

每次看见大人装出凶狠强横的面孔，挥起藤鞭威吓无知小孩，一面嘴里问："怕不怕？敢不敢？"的时候，心里便毫不感兴味地判定这是一种顶拙劣的训练法。大人是快意的。小孩子还不曾晓得到什么地方去声诉这种虐待，假使房门已锁，藤条乱下，虽是满肚子委屈，答话也只好暂时找那在目前有利的一个了。

又如顶蠢笨的马师骑马。皮鞭扬起，不问情由地乱打一通，一面嘴里问，"走不走，走不走"，那么即使马性极倔强，片刻的胜利仍一定属于马师。

如果平心静气一想，大人跟马师用怕不怕，敢不敢，走不走，这样的方式去向受逼害者征求意见，是只能加强他们底怨毒，丝毫没有益处的。顶多也不过说明大人跟马师比他们底受治者更缺少理性，而嗜好这么一种残暴乖戾的玩弄罢了。

表面上，不管是否出于自愿，那些"走，怕，不敢"的答案总是被寻获了，虽然有点儿朦朦胧胧。不过由于这朦朦胧胧，祸根也就深深种下。转眼之间，小孩子就会把煤油倒在抽屉里，把尿撒在床上，而那匹倔强的马，就能够把它底乘坐者摔到地上，或扔进乱石崖巉的山壑里。

最近德国希特勒的命令全国人民投票选举他做总统，那情形正类此。其实他要当甚么，要做甚么，自己决定了就行。用不着去问别人，别人一时也来不及，或不能够问他。

但是他要问："赞成不赞成？"

其实在他统治下所谓选举，只不过是一个无聊的节目；选举而只许选一个人，否则该票作废，那又何必人民多此一举？然而在这种不生实效的游戏里，居然有十分之一的选民硬要表示反对的意见，这种现象自然为希特勒党人所不满。所以国社党正式机关报《攻击》发表一篇文章，叫做《为投反对票者进一言》。说赞成希特勒的既达三千八百万人，则这少数反对者又焉能为害，"此无异小儿手撼铁柱，徒见其不自量也"云云。把七百多万选民比作一个小孩，这又是一个创见，但这小孩竟能不怕凶狠强横的面孔，抗声直说，并以手撼铁柱，又可以想见他们虽是有反对的意见，却也可见他们愚昧到若何程度了。

某自由文学家曾引莎士比亚底作品证明群众永远是盲目的，我想这手撼铁柱的七百万德国人，大可以替他做证人，然则对于盲目的家伙，德国圣明的领袖又何必多问呢？

（原载一九三四年八月二十四日）

# 京派的起源

何　如（徐子展）

大约是百一居士的《壶天录》罢，说到北京除夕故事，载着某孝廉的除夕自撰联语：

放千枝爆竹，把穷鬼轰开，数年来，被者小奴才，扰累俺一双空手；

烧三炷高香，将财神请进，从今后，愿你老夫子，保佑我十万腰缠。

原来北京虽在清朝末年，国运不济，还是很繁华的，政府官吏要摆空架子，商店居民也要摆空架子。比方拿旧历过年来说罢，阔人爱热闹，大放爆竹；穷人没饭吃不要紧，爆竹是不能不放的，好象不是这样，就不配在北京。百一居士说到这一点，还很津津有味，京派的味道，算他领略到了！

本来是阔人，装出一副寒伧相，固然大可不必；本来是穷措大，装出达官贵人公子少爷模样，就更觉不堪。还有，自己大有面子，固然不必骄傲；借他人大面子来骄傲，又何苦来？“三保大人亲口骂我忘八蛋”，难道这还可以夸嘴？魏忠贤是你干爷，难道就算你沾了光？然而摆空架子的，讲假场面的，爱虚名的，究竟不少，林语堂先生痛骂的凡夫俗子，假如存在的话，该是这等人了。

自己想做圣人之徒，不免造出一个道统，把尧舜禹汤文武周公孔子之道，传给自己的老师，他们的衣钵才算归了自己。自己想做文豪，不免造出一个文统，把周秦诸子到明季公安竟陵都认做言志派，于是文坛上言志派独尊，自己就算继承了言志派的正统。推崇古人，原为自己沾光，欺骗世人，盗窃名誉，伎俩不算不巧，手法不算不高了。

自然，墨子也说过这样的话："爱人如己，己在所爱之中。"可是把这个作为沾光的方法，也有用得很笨的。比如你本是南方的瘦子，却偏爱捧北方的胖哥儿，自己也穿上宽袍大袖的衣服，自以为是胖哥儿党，这就未免笑煞人了。又如北京虽然做过几百年的国都，破铜烂铁当然屯集了不少，倘若把它拿出来向人炫耀，说这是京货，自己自命识货，破铜烂铁虽未必增价，说话的人自己该觉得太难为情了罢！

破落户的子弟，爱夸祖上家当。暴发户的人，也想抬出几个有面子的先人。做了文人，就不能不述祖德，不能不夸天才，从屈原以来，就是如此，那也不足怪。天才无凭，自然可以瞎夸。祖德难于假造，也许还是盘瓠氏之苗裔，家族渊源是说不过去了，只好夸师友渊源。诗哲是我的同伴，博士是我的朋友，学者是我的熟人，名流我曾拜访过，他们都曾住在北京，我也属于京派了。这就是京派的起源。

（原载一九三四年八月二十九日）

# 论 悲 哀

穆时英

在我们的文学里边，“悲哀”是两个被人们所爱好着的字；而悲哀这情绪，在青年的群里，也是非常轻松地流行着的。李后主、李清照、纳兰性德的词，李义山的诗在市场用各种式样的版本被贩卖着；一些笼罩着廉价的感伤主义的雾团的小说，象《少年维特之烦恼》《沉沦》《迷羊》《茵梦湖》《茶花女》，甚至完全模仿《茵梦湖》的《梦里之微笑》之类，被广大的群众所珍贵着；“悲哀哟”那样的语调充斥在青年们的对话和通信里边；沉郁的脸色被当着诗人气质看；这些都是近在手边的例子。

就是在民间，凄婉的调子也是到处可以听到的，象《孟姜女》《凤阳花鼓》之类。我们的乐器，胡琴、笛子、箫全有着依依的丰姿，而我们所有的几种简单的旋律，在苏滩，大鼓词，和京剧中包含了并应用了的旋律都是有着苍凉哀怨的意味的。

我们真是眼泪和叹息的民族！

可是，让我们来看一看悲哀究竟是怎样的东西吧。

悲哀的起源是痛楚。而悲哀的机能一方面是痛楚的治疗，就是把眼泪太息来抚慰痛楚，所以悲哀实际上是一种快感；在另一方面是乞援的表征，所以悲哀的感觉，是和同情安慰等相联系的。无论从那一方面讲，悲哀是弱者的情绪。

强者没有悲哀——在强者，痛楚的结果只有愤怒。强者不需要眼泪，因为他的企图不是痛楚的抚慰和解放，而是积极的痛楚的剔除。强者不需要叹息，因为在他，援助、同情和安慰是多余的。

（原载一九三四年九月十五日）

# 头　尾

周木斋

只要不是健忘，总还记得过去曾有一句响亮的口号："迎头赶上去！"这是以自己的落后为根据的。且不去管赶上没有赶上，不过迎头总算迎过一时的了。

有人对这口号，起了怀疑，说："赶，是要在尾巴后面赶的，迎头如何赶法？既然在尾巴后面赶，无论慢步快步总得要一步一步的赶上去，跳是不行的！"

初听这话，倒也有理，好象那口号是不通了，而其实是"断字取义"的。你赶，人家不是不走，也许还要走得快些。倘在尾巴后面，假定速度是同等的，那末，人家的尾巴，赶，赶，赶，怎么能够赶上？"迎头赶上去"的意思，无非是要学取人家进步的事物，不要学取人家遗弃的糟粕，也就是要迎头赶上，不要追尾逐臭。自然，在迎头赶上去的时候，倘能顺便地看看尾巴，那是最好。人家的粪，也许可以供作我们的肥料的。但肥料只是肥料，切不要当作正经饭吃。

但这在人家尾巴后面赶，总还比不赶要好些。因为人家的尾巴，总还比我们要前进些。——总还比在自己的尾巴后面赶自己的尾巴要好得多。在自己的尾巴后面赶自己的尾巴，好比立着的狗，不知是痒还是为了别的什么，回过头来咬自己的尾巴，却咬不到，尽在那里打圈圈转，只给人们看了有趣。

人类的祖先，本有尾巴的。我们有句“国骂”，而且是“古典的骂”，叫做什么“衣冠禽兽”，虽是骂人，虽出于不懂科学的嘴里，却暗合于人类学的。只因为禽兽被衣冠了，才消失了一条尾巴。《风俗通》记有两句的俚语：“狐欲渡河，无如尾何。”这是说狐未渡河时对于那条尾巴不能摆布的惶惑。《易》曰：“狐尾濡火。”这是说狐在渡河时它的尾巴拆了烂污，想来一定很懊丧的。可见狐是怎样吃了尾巴的亏，人类该庆幸运。

（原载一九三四年九月十七日）

# 不关宇宙或苍蝇

维　敬（茅　盾）

自从《人间世》的发刊词上有“宇宙之大，苍蝇之微，皆可取材”那样的话，遂惹起了一番论争。综合那论争的要点，似乎有两种：一是以为小品文应该大处着眼，小处落笔，篇幅即使短小，却应得“袖里有乾坤”；这是不满意《人间世》谈苍蝇之微的，倘使要给它一个名目，那么，称之曰“宇宙派”，亦未始不可。又一是《人间世》方面的论调了，发刊词中所谓“特以自我为中心，以闲适为格调”，似乎就是一联标语。

照《人间世》方面此种主张看来，可知他们即使取材于宇宙之大，也还是“以自我为中心，闲适为格调”的；而事实上也使我们颇信《人间世》确在谨守此“宗旨”。

然而世人不甚深察，遂以为《人间世》专谈苍蝇，这已经是冤枉了人的谬论，不料最近有《太白》出版，一般人对照之下，哗然相告语曰：这是宇宙派来了！且看宇宙派和苍蝇派各显神通。此种“舆论”，并不表示对双方有什么爱憎，可是把《人间世》当作专谈苍蝇，却已显明得很。

这是极大的误会。《人间世》昭昭在人耳目，何尝专谈苍蝇？它最近谈过宇宙之大的东西，不胜枚举，不过谈的立场是“自我为中心，闲适为格调”而已。

所以假使因为最近又出现了一本《太白》而我们来比较这两种专登小品文的刊物的性质，那么，问题应不在宇宙或苍蝇之分，而在所谓小品文者是否应以“自我为中心，闲适为格调”。

我觉得小品文应该让它自由发展，让它依着环境的需要而演变为各种格调，不该先给他“排八字，算五星”。定要“宇宙之大”似的载“道”，固然是枷，可是“特以自我为中心，闲适为格调”，也是镣锁。《人间世》言小品文是想追踪公安竟陵的罢？在“方巾气”弥漫两间的明朝，公安竟陵派的“性灵”“闲适”固然颇有点“解放”的味儿，但时代不同了，在这秽恶充塞的现代，小品文需要另一种中心和格调，一味追踪前贤，不免是“自做枷来自戴”！

那么，小品文是怎样一种东西呢？说来并不是了不起的。它只是用最经济的笔墨写出社会上的种种现象。可以是印象记，可以是“速写”，可以是“小评”或“杂感”，……什么都可以，只不能先给它排定了“八字”，是“自我”加上“闲适”。

时代会给小品文挣扎出一种最合宜的格调。谈宇宙或苍蝇，都可以；但假使以“自我闲适”的眼光去谈苍蝇不为时代所需要，那么，同样去谈宇宙时，也未见其可。读者是最后的评判人，群众并不是全然愚盲。

尼采式的超人的自信在“方巾气”的混沌的社会内可以视为不同流俗，但在一个思想分野很明显的社会里，则故意要不同流俗的超人姿态，只恐不免成为修正派的“方巾气”了。在这上头，好象标本之一就是辜鸿铭先生！

（原载一九三四年十月十七日）

# 读史有感

云　彬(宋云彬)

《通鉴》隋炀帝六年,有这样的一段纪事:

> 诸蕃请入丰都市(东都的东市)交易,帝许之。先命整饰店肆,檐宇如一,盛设帏帐,珍货充积,人物华盛。卖茶者亦藉以龙须席。或过酒食店,悉令邀延就座;醉饱而散,不取其直,绐之曰:"中国丰饶,酒食例不取直。"胡客皆惊叹。其黠者颇觉之,见以缯帛缠树,曰:"中国亦有贫者,衣不盖形,何如以此物与之?缠树何为?"市人惭,不能答。

聪明一世的隋炀帝,这桩事却做得异常笨拙。他不曾把那些"衣不盖形"的穷人统统赶出丰都市,终于留着破绽给那些"黠胡"看出。

但想不到过了一千三百多年,据说还有用着隋炀帝的老法子以欺骗外国人的。去年巴黎出版的《两世界杂志》载有Comte W. Kokovtzoff(姓名很陌生,大概是一位亡命海外的白俄?也许是一个波兰人?)所做的一篇攻击苏联的文章(最近已经有人把它译成中文了),在《诳骗的宣传》的小标题之下,有这样的一段文章:

另外一种宣传的方法，就是使外国人在专门的向导的严密的监视之下，在国内游览，在没有预备好给他们看时，就不容他们看到，不让他们走过可以看到贫困的真相的道路。

象这一类话，我在义愤填膺的英雄们的口头上，笔尖上，领教过不少次数。其实国家的贫穷和衰弱，不能用欺骗方法来掩饰的。一个国家里面如果有几十万甚至几百万的饥民，决没有方法把他们关在一起，而使市上不发见“衣不盖形”的穷人。一个贫困的国家，至多只能在招待外宾时拆去几个草棚，决不能建设起许多大工厂大电厂来夸耀他们的工业的发达。而况事实上我们知道，一九三三年俄国农产物的输出，曾搅乱过欧美的市场；而一九三四年日内瓦的国际联盟会员，正在鼓掌欢迎李维诺夫入席。我不相信一个“灾情特别严重，死尸就倒在大路上，食人肉是不用说了”（节录原文）的国家，会有资格去干预欧洲的国际事件。

所谓“黠胡”，他的“黠”的程度，原也依时代而进化的。在一千三百多年前，“胡人之黠者”，只能凭一时的观察，暴露了中国大皇帝的“诳骗的宣传”，一千三百多年后的今日，“胡人之黠者”，便会假揭破“诳骗的宣传”之名以行其“诳骗的宣传”之实。历史究竟是进步的，不是循环的！

（原载一九三四年十月二十四日）

# 再论批评

羊 枣（杨 潮）

中国以前文人玩的一套，是寻章摘句，推字敲辞。此外不是相轻，便是相榜，而所谓批评，可说是没有；有，也是不是相骂，便是相捧的。

可以说得上是批评，大概是跟着英夷打开大门，商品一拥而进之后才出现的吧？《饮冰室文集》该算得代表之一。

也许正因为是跟着那东西同来的缘故，自从有了之后，批评就总带着些商品气。骂你的，我的价值增高；捧你的，大家一齐登龙。因为只有文人能写，把戏还是专门。相轻相榜的老脾气照旧之外，铜臭还加上一点。

安那托·法郎士曾说："我从没有读过一篇关于我自己的批评，因为我觉得没有必要。"不去理会任何谩骂，嘲笑，讽刺，或真正的批评，似乎是已一般地被认为自重的君子底高尚态度的。法郎士那样说也自有他的理由，在创作和批评已经普遍地成了商品的时候。

可是也有自命不凡而实际腹内空空的什么家，一旦被别人戳穿了纸老虎，便立刻怒气冲天，"圈子"哪，"头巾气"哪，"令人齿冷"哪，只差不骂他的娘，临了还来一个"老死不相往来"，实行关门经济，保护土产，抵制外货。

于是批评家便该“死无葬身之地”了。

其实，虽在这么个商品世界之中，凡是批评，只要是公开的，莫不沾上了点气味，但也有些确不是商品的。确有一种批评，它是在唐吉格德[1]式的想把一切陷人类于不能自拔的陷阱内的成见，习惯，风俗，制度……加以审查，再估价，批判，扬弃，替被陷的指引一条共登彼岸的大路。这种批评之所以能产生，发展，主要地还得先从批评自己起。

而许多人所受不了的恰是这种批评，因为坐在陷阱里看不见陷阱，而以为里面很舒服。

批评在中国是太少了，尤其是自我批评。

（原载一九三四年十月二十七日）

① 今译唐·吉诃德。

# 文人与穷

周木斋

从来文人与穷，这中间好象有什么关系似的。其实，穷的，何止文人？文人的穷，又怎比得非文人的穷？然而，文人以穷为“常谈”了，好象只有文人是穷，非文人的穷也不算什么。

文人说穷，一方表示其雅，一方则认为穷与文有关，所谓“穷而后工”，虽不是原动力，至少是推进力。穷了，文就“工”了，这就显得。但非文人的穷，是说不到这些的。他们正因为穷，才被所谓文雅之士称为俗人。他们正因为穷，才非但不能做文人，而且被文隔绝了，丧失了这相互间传达情意的工具。他们正因为穷，才形成这特殊的非文人一群。而且，连穷都成为文人自命和标榜的工具，他们的穷被摈弃在圈外，不算什么。

文人的穷，该与非文人的穷不同罢。

那么，非文人的穷，是生活的穷，文人的穷，则是遭遇的穷。文人是读书人中间的优秀群。读书人即是士，士者，仕也，要“学而优则仕”。不仕，就是不遇；不遇，就是穷了。古人往往以“穷”字和“达”字对称并用，就是这个意思。如孟子说：“穷不失义，达不离道。”又说：“穷则独善其身，达则兼善天下。”如穷是指生活的穷，怎能“善其身”呢？从来文人是沿袭了这意义的。

因穷达的不同，文学也呈异观。达者的文学，是歌颂文学。穷者的文学，是牢骚文学。这一分派，欧阳修在《梅圣俞诗集序》一文，说得清楚："予闻世谓诗人少达而多穷。夫岂然哉？盖世所传诗者，多出于古穷人之辞也。凡士之蕴其所有，而不得施于世者，多喜自放于山巅水涯之外，见虫鱼草木风云鸟兽之状类，往往探其奇怪，内有忧思感愤之郁结，其兴于怨刺，以道羁臣寡妇之所叹，而写人情之难言，盖愈穷则愈工。然则非诗之能穷人，殆穷者而后工也。予友梅圣俞，少以荫，补为吏，累举进士，辄抑于有司，困于州县，凡十余年。年进五十，犹从辟书，为人之佐，郁其所蓄，不得奋见于事业。……然时无贤愚，语诗者必求之圣俞。圣俞亦自以其不得志者，乐于诗而发之。故其平生所作，于诗尤多。世既知之矣，而未有荐之上者。……若使其幸得用于朝廷，作为雅颂，以歌咏大宋之功德，荐之清庙，而追商周鲁颂之作者，岂不伟欤！奈何使其老不得志，而为穷者之诗，乃徒发于虫鱼物类羁愁感叹之言？世徒喜其工，不知其穷之久而将老也。可不惜哉！"这里，所说"非诗之能穷人"，是很对的。诗文非但不能穷人，反之，且能使人不穷，显达。诗文原是从士到仕的工具。工具有效，便达。便做歌颂文学。这就是"幸得用于朝廷，作为雅颂，以歌咏××之功德，荐之清庙，而追商周鲁颂之作"，岂不伟欤！工具无验，便穷，便做牢骚文学。这就是"发于虫鱼物类羁愁感叹之言"，可不惜哉！

但若所谓"穷者而后工"，"愈穷则愈工"，却有一个分辨。首先，这穷是指遭遇的穷，非指生活的穷，穷的内容决定"工"的内容。其次，即使由于遭遇的穷，也影响到生活的穷，但这不过对达而言，为穷而已。因此，也还不能感到真正的穷的生活经验，不能写出真正穷的生活实况。假如说“工”的话，那是牢骚的“工”，所谓“工愁善病”而已。

（原载一九三四年十一月七日）

# 脸　谱

贾植芳

聪明人往往是把自己打扮起来，象绅士，或淑女——总之，除过一身照例的阔衣裳之外，他们的特征，是一双会微蹙的眉，和表示轻视记号的轻鼻音——来教诲他们眼里的“愚妄者”，或“下流人”的。

他们一出，一手指天，一手指地，曰：“天地之间惟我独尊。”别人，仿佛真就象一些庙宇里塑的泥像。望着袒胸露肚纨裤气十足的如来，是理应做“站神”，或简直就该睡在他们的大脚趾下。

他们如果是大学文学系的“正牌文学家”，于是对一个没这个能力去受象他们一样教育的机会的，而同时也居然弄弄文学，写点东西的人说了：

“读过 Dàntw 底吗？读过一本较好些的文学大纲之类吗？”

这话是带了浓厚的怜悯口气说的；他方面，也足衬得出自己的才丰八斗，学富五车。假如被教诲者，真太那个的话，那么，真象是太伤了他们的心似的，他们立刻能暂抛开了自己的身份，红起眼睛，竖直脖子，宣言要口诛笔伐了，哇啦哇啦了。于是，“愚妄”，“浅薄”，甚至“甘心下流”，“受人利用”等等词句，足以堆砌成一个坟墓，使你出气不得，总才算合了他们的心。

然而他们自己是死也不肯写出来一篇，比试比试，这或许就如厨川白村所云，是存心讲究一下“缺陷美”？但就历来事实证明，原来他们乃“金枝玉叶”，大概不须动弹一下，而已早是“名流”或什么家之类了。

所以他们，用不着我们去“强行无礼”的去剥掉阔衣裳，拉破粉面皮，他们自己倒是最忠实于自己艺术的艺术师。曰：他们的脸谱自己早已画得微妙毕肖的。他们虽没有作品，据说也是修养颇深的，他们闭着眼睛说别人的“愚妄”，“浅薄”，是素不后人的人。

不过假货总要有一天现出原形，不用我们费劲去剥掉褂子，戳破面皮；人们也会看出那副划好了[的]嘴脸是伪制的。

（原载一九三四年十二月四日）

# “书生”有用论

孟　加

曹聚仁先生感慨着书生之“百无一用”，这句话虽然好象是很深于世故，实际上却是不然的。汉宣帝之所以不用书生，为的是“俗儒不达时宜，好是古而非今，使人眩于名实，不知所守’之故；《儒林外史》中的倪老爷之所以不得不要卖掉最后一个儿子，做了三十七年的穷秀才，也正“坏在读了几句死书，拿不得轻，负不得重”这一点上。

事实上，俗儒并不都是“不达时宜”的。象这样的儒士，也实在是“表”“里”都“俗”透了的。历史上有不少不“俗”的儒士在。而这帮雅士们也正因此便成为“有用”的。

黄仲则也许是为了“不遇”，才有“百无一用是书生”这种牢骚。倪老爷之所以“无用”，也正是因为他虽然“连最小的孩子也留不住”，却也只能向戏子鲍文卿诉诉苦，一点儿反抗的念头都不曾有的缘故。

书生并非“无用”，不过其“用”不同而已。

纶巾羽扇，聊存风雅；喝苦茶，玩骨董，躲在书斋里谈狐说鬼，也只是“没奈何”罢了。怀疑，苦闷，伤感，这正是转换期底黑暗面的特征。在时代的锅炉中的残滓，不管是辗转呻吟的也好，一点儿不起劲瘫痪地守着缄默也好，总不过也是残滓而已，然而这种生活态度也还是“用”之一，因为在客观上，它是帮助着旧时代底维系的缘故。

然而现代的书生并不止此。“脱下长衫”，在本质上他们已不再是书生了；勇于凝视现实，他们懂得：“忧愁与痛苦，我们一定将有，而挣扎也一定无穷境。我们要把勇气和痛苦打成一片，从不断挣扎中开一条路。”他们歌着叶赛宁的诗句：“死并不困难，困难的在如何把生活重新建起。”而投身于为光明的奋斗中。这样的书生已可以说是书生的“新型”；他们已不是苦雨斋中焚香啜茗的名士了。

书生并非“无用”，不过其“用”不同，因而价值也异罢了。

（原载一九三四年十二月二十六日）

《申报·自由谈》杂文选（1932—1935）

# 一九三五年

# 俗物主义

企(周　扬)

高尔基有一篇有名的作品，叫做《鹰之歌》，写一只鹰带着对自由，对光明的热望，飞向天上去，在半空中落下来，恰恰落在一条草蛇躺着的地方。胸膛戳破了，羽毛沾着血，但勇敢的鹰却一点也不懊悔，他懂得“战斗的光荣”。对潮潮的，暖暖的穴中生活完全满足的草蛇是不会了解鹰的勇敢的行为的。他嘲笑鹰的胡闹。既而他又想道：“鹰那么想上天，一定天空的生活是快活的。”于是他打算亲自飞上天去看个明白，忘却了“凡是天生着用肚子爬的东西是不能飞的”。他把身子向空中一射，便跌到石岩上的蛇却以为自己已经飞上过天，看见过天空了。他大笑着说：“原来飞上天去的滋味就是你得跌下来的意思。”于是他更加觉得那些想飞上天去的鸟的“可笑”，他们的“欲望的痴狂”，他们的“不适于实际生活”，而得意洋洋地把自己的身子盘在石岩上。

这条“聪明的”蛇真是俗物主义(Philisinism)的最好的标本。安于自己的“潮潮的，暖暖的”生活，而嘲笑那些为自由和光明而死的人们为“可笑”，为“痴狂”；或是自己还没有正式参加过战斗，便声言“脱离战壕”，仍旧回到自己的“潮潮的，暖暖的”老巢去——这些便是俗物们的行径。他们是天生着用肚子爬的东西，在他们身上找不出飞跃的精神。高尔基说俗物主义代表着寄生者层，他们是不事生产而专门消费的。他们宣传最小抵抗的个人成长的哲学，在两种力量之间寻求多少安定的均衡，羡望，贪欲，俗恶的 Gossip，互相诽谤……这些便都是俗物主义的表现。

高尔基本人的伟大就在于他是俗物主义的最彻底的反对者。他初期作品中的爱自由的勇敢的浮浪人、无家者，都是作为和灰色的俗物恰相对立的存在，而放射永远不灭的光芒。凡是优秀的作家对于市民层的微温，小气，卑鄙，庸俗，几乎都是抱着无限的轻蔑与憎恶的。“对市民层的憎恶是道德的第一步”，保守的福禄贝尔也不能不这样说。戈蒂叶曾以幻想的服装和长发来和市民的庸俗对抗，骂市民层“仅拜倒于五法郎的金币，除保存自己的皮衣以外无其他理想”。普希金恼于社会上层的流俗苟且，而写了下面这样的激怒的诗句：

以爱为羞耻，把思想抛掉，
却自献身买卖，
叩头于偶像之前，
希冀黄金和锁。

但是作家自身虽然痛恨自己阶层的庸俗，却不能同意于俗物主义的根源之断绝，结果自己也“同乎流俗”了。戈蒂叶不用说，就是普希金后来也不能不和自己所鄙视的俗物们妥协，把“自由意志的抒情诗的短剑”放回了“金黄色的剑鞘”。刺到了俗物主义的心脏，无论怎样也不肯住手的，在文学史上，仅高尔基一人而已。

伟大如哥德也不能免于“狭量的俗物”之讥。哥德在《浮士德》里表现了对环境的不满，对伟大事业的追求，想要改变生活的努力。但他有时却变成非常保守。他曾对爱克曼(Eckermann)说：

> 现在关于贵族政治和民主政治谈得太多了；但这个问题在我们年轻时是非常简单的，那时我们既没有看财产，也不能珍重它们的价值，所以我们是民主主义者。但是假如我们在长期的生活中抓取了一些财产的时候，那我们就必须使它安全，不只是为了我们自己，而且也为了我们的子孙，他们是将要继承我们的财产的。所以到了老年我们都变成了贵族主义者，不管我们青年时抱有怎样的见解。

读了这段话，我们几乎不能相信这是出于一个“傲慢的，侮蔑世俗的天才”之口！为什么哥德也是这样一个俗物呢？这除了在他是佛兰克府市会议员的规规矩矩的大少爷，而自己又是淮玛尔的大臣这个事实上面寻求解释以外，再找不出旁的原因来了。

（原载一九三五年一月九日）

# 吃茶文学论

再 青（阿 英）

吃茶是一件“雅事”，但这雅事的持权者，是属于“山人”“名士”者流。所以往古以来，谈论这件事最起劲，而又可考的，多属此辈。若夫乡曲小子，贩夫走卒，即使在疲乏之余，也要跑进小茶馆去喝点茶，那只是休息与解渴，说不上“品”，也说不上“雅”的。至于采茶人，根本上就谈不上有好茶可喝，能以留下一些“茶末”“茶梗”，来供自己和亲邻们享受，已经不是茶区里的“凡人”了。

然而山人名士，不仅要吃好茶还要写吃茶的诗，很精致的刻“吃茶文学”的集子。陆羽《茶经》以后，我们有的是讲吃茶的书。曾经看到一部明刻的《茶集》收了唐以后的吃茶的文与诗，书前还刻了唐伯虎的两页《煮泉图》，以及当时许多文坛名人的题词。吃茶还需要好的泉水，从这《煮泉图》的题名上，也就可以想到。因此，当时讲究吃茶的名士，遥远地雇了专船去惠山运泉，是时见于典籍，虽然丘长孺为这件事，使“品茶”的人曾经狼狈过一回，闹了一点把江水当名泉的笑话。

钟伯敬写过一首《采雨诗》，有小序云：“雨连日夕，忽忽无春，采之瀹洺，色香可夺惠泉。其法用白布，方五六尺，系其四角，而石压其中央，以收四至之水，而置瓮中庭受之。避溜者，恶其不洁也。终夕缌缌焉，虑水之不至，则亦不复知有雨之苦矣。以欣代厌，亦居心转境之一道也。”在无可奈何之中，居然给他想出这样的方法，采雨以代名泉，为吃茶，其用心之苦，是可以概见了；张宗子坐在闵老子家，不吃他的名茶不去，而只耗去一天，又算得什么呢？

还有，所以然爱吃茶，是好有一比的。爱茶的理由，是和“爱佳人”一样。享乐自己，也是装点自己。记得西门庆爱上了桂姐，第一次在她家请客的时候，应伯爵看西门庆那样的色情狂，在上茶的时候，曾经用首《朝天子》调儿的《茶调》开他玩笑。那词道：“这细茶的嫩芽，生长在春风下。不揪不采叶儿渣，但煮着颜色大。绝品清奇，难描难画。口儿里常时呷，醉了时想他，醒来时爱他。原来一篓儿千金价。”拿茶比佳人，正说明了他们对于两者认识的一致性，虽说其间也相当的有不同的地方。

话虽如此，吃茶究竟也有先决的条件，就是生活安定。张大复是一个最会吃茶的人了，在他的全集里笔谈里，若果把讲吃茶的文章独立起来，也可以印成一本书。比他研究吃茶更深刻的，也许是没有吧。可是，当他正在研究吃茶的时候，妻子也竟要来麻烦他，说厨已无米，使他不得不放下吃茶的大事，去找买米煮饭的钱，而发一顿感叹。

从城隍庙冷摊上买回的一册日本的残本《近世丛语》，里面写得是更有趣了。说是：“山僧嗜茶，有樵夫日过焉，僧辄茶之。樵夫曰：‘茶有何德，而师嗜之甚也？’僧曰：‘饮茶有三益，消食一也，除睡二也，寡欲三也。’樵夫曰：‘师所谓三益者，皆非小人之利也。夫小人樵苏以给食，豆粥藜羹，仅以充腹，若嗜消食之物，是未免饥也。明而动，晦而休，晏眠熟寐，彻明不觉，虽南面王之乐莫尚之也，欲嗜除睡之物，是未免劳苦也。小人有妻，能与小人共贫窭者，以有同寝之乐也，若嗜寡欲之物，是令妻不能安贫也。夫如此，则三者皆非小人之利也，敢辞。’”可见，吃茶也并不是人人能享到的“清福”，除掉那些高官大爵，山人名士的一类。

新文人中，谈吃茶，写吃茶文学的，也不乏人。最先有死在“风不知向哪一方面吹”的诗人徐志摩等，后有做吃茶文学运动，办吃茶杂志的孙福熙等，不过，徐诗人“吃茶论”已经成了他全集的佚稿，孙画家的杂志，也似乎好久不曾继续了，留下最好的一群，大概是只有“且到寒斋吃苦茶”的苦茶庵主周作人的一个系统。周作人从《雨天的书》时代（一九二五年）开始作《吃茶》到《看云集》出版（一九三三年），是还在“吃茶”，不过在《五十自寿》（一九三四年）的时候，他是指定人“吃苦茶”了。吃茶而到吃苦茶，其吃茶程度之高，是可知的，其不得已而吃茶，也是可知的，然而，我们不能不欣羡，不断的国内外炮火，竟没有把周作人的茶庵，茶壶，和茶碗打碎呢，特殊阶级的生活是多么稳定啊。

八九年前，芥川龙之介游上海，他曾经那样的讽刺着九曲桥上的“茶客”；李鸿章时代，外国人也有“看中国人的‘吃茶’，就可以看到这个国度无救”的预言。然而现在，即是就知识阶级言，不仅有“寄沉痛于苦茶者”，也有厌腻了中国茶，而提倡吃外国茶的呢。这真不能不令人有康南海式的感叹了：“呜呼！吾欲无言！”

（原载一九三五年一月十八日）

# 笔　与　刀

胡依凡

前人读书，或牢骚满腹，或忠义奋发的时候，往往就得意忘形，长嘘高歌曰："我有笔如刀。"

实则笔之于刀，究竟是截然不同的两般家私，而文人会拿它来相提并论，是与《三国志》所记刘先主的"髀肉复生"的话，有同等感慨，同类牢骚。

文人，谁也知道天生成就是"手无缚鸡之力"的白脸书生，并无武将上阵冲锋的那般威风和神勇。只会摇笔杆子，不善舞刀，更不要说拿刀杀人，似乎也成了天经地义。然而，他竟于是敢拿笔来比刀了，其不甘示弱也可知。

文人说自己的笔可当刀，实在是一点也不算夸大了的。这就只要看自古圣明天子开科取士，便是自古已然。因此，有武状元，也就一定会有文状元。而且从笔底下得来的，类如探囊取物，毫不费力，用不着象武的那样要拿性命去赌，喘气如牛。是笔的力量，不仅"如刀"，有时甚至是"胜过于刀"了。

从前的时候，文武界限綦严，但还有所谓"儒将"这人物。如要说明白一点，所谓儒将，就是因为他在能武中带了点文，才凑成了风雅。因为能拿刀杀人，又会摇笔杆子，就不复是匹夫之勇了，人们才看重了他，叫做文武双全。于是做元帅招讨也就绰有余裕了。这就是毕竟不能不说靠了这枝笔杆子的福。

武将使刀天字第一号能耐的却要算关夫子，然而他的绝计也只止于拖刀计。到现在，就纵不失传，也抵不过飞机大炮，万人敌也就变做了徒然。而文人的笔的伎俩，却没落伍，倒有惊人的进步了。

文人利用着这支笔可以作进身之阶，固不用去说，重要的还是当成了武器，他可以利用着它来颠倒是非，造谣撞骗。虽是那么一支笔，然而在文人手里，却已变作了明刀真枪，暗箭流矢，烟幕弹，这些现代杀人利器了。

就拿战术来说，武人自古就是角力取胜，文人用的却是机智，到现在仍然还是机智。他对敌人可以不从正面打，乖巧的晓得傍敲侧击，使你防不胜防。真是笔扫千军，无敌不摧，无战不克了。

"有笔如刀"的说法，单看，只是成为文人不遇的牢骚，但过去却是〔太〕偏于正面作想了；以为那笔锋刀势，似乎专门为了斩奸除邪，如今才晓得是大谬不然！

笔果"如刀"，且可"胜刀"，是一些儿也没错。因此在现代，这支"如刀"或是"胜刀"的笔握在了文人手里，是可以够人寒心的。此外象那些国际流行的有所谓"维持什么和平"之类的这文章做出来，那只是高鼻子之类的伟大文人，抄袭了中国的王道，笔法自又不同！笔到了那些物质文明的文人手里，也就更进步科学化了：那笔就不止是"如刀"，"胜刀"，竟然是毒瓦斯了。

（原载一九三五年二月二十七日）

# 都市人的忧乐

孟　加

这时候，能够“乐以忘忧”的绝少，真能如此的也多半是无“忧”或其“忧”非忧的人们。在新年，“我们有杀牲口，接财神的市侩；有乘佳节，作雅集的书生；有钉着女人掼掼炮的英雄；有立在马路边拍手叫好的清客”，以至于逛跑狗场买独赢，到百乐门跳却而斯登的洋场遗少，他们真个有过“忧”么？有的，这许是醋海风波的烦恼，而这些捞什子“忧”也实在是可以“乐”而忘之的。如果为了这便责备他们忘记“国难”，“好了创疤忘了痛”——何况创疤其实尚不曾好——也还“隔膜”而已，他们的有些人，也还有以为是“不后人”呢，因为他们着实也有些是穿着“国货”的。何况现在，实际上也并没有什么“创疤”。

“在创痛中能忘了痛寻一点开心”，这只有那些自以为创痛并不大，或是全然没有，却又在脸孔上装作真的好象有什么创痛似的人们才做得来，他们没有创痛，或者其“创”甚小，逛了一两次跑狗场，搂了一下舞女，到夜里三点钟时候，让汽车载着疲惫的身子回到家里，爬上床，明早也就可以忘个一干二净了。

在都市，破产者的啜泣，与外强中干惟恐被人看出弱点的强颜欢笑，的确是给无线电收音机里的“桃花江”“妹妹我爱你”的温柔的歌声和得意者的哄笑掩没了的。至于在乡下，不但没有元宵，简直连“新年”也没了。“忧”是有的，而且并不是“乐”可以忘掉的。就是有了什么“乐”，也搅不起这一团高兴，何况事实上连足以忘忧的“乐”也没有。

在元宵时候，谁曾见过讨饭的瘪三，在弄堂口跳却而斯登。在“乐以忘优”么？我只曾见过从破产的江北农村逃到这繁荣的都会里来的“叫化”钉着高贵的少妇，——然而并不是掼掼炮，而是要个把铜板，但得到的，却只那个的皱皱眉头，一二声“屈死”！

可见“乐以忘忧”的人们，究竟很少，不是无论什么人都能办到的。



（原载一九三五年三月五日）

# 文学的别用

姚雪垠

所谓"别用"者，干脆点说，就是它的敲门砖作用。文学被当做敲门砖，由来很久了。在封建时代，文学作为宫廷贵族及士大夫阶级的一种享乐品，因此社会上便产生出来大批的供奉的文人。那时代，文章并不象在资本主义时代一样，呈出鲜明的商品形态，以文易钱，简直是例外的事情。读书人生在不能以卖文为职业，而身份观念又重于财货观念的时代，便自然而然地都抓住个"学而优则仕"的思想，把文章当做敲门砖了。

文人因为不能把文章作为商品拿到市场卖钱，除做官外又没有适当的职业，生活不能独立，便很难说到骨气。从汉朝以来，读书人拿赋、诗、词、曲、散文作敲门砖用，十有八九。尤其在齐、梁、南唐、后蜀……诸朝，朝廷好文，正象法国路易十四时代一样，文人群集于宫廷。文人奔走于宫廷及达官幕府，这风气，一直延续到封建社会的崩溃为止。清代的阮元、曾国藩、张之洞诸人，他们幕僚中文人之盛，可见一般。中国不象法国一样，没有好客的贵妇；倘若有的话，中国文人也一定会大批的携着作品，走进富丽堂皇的客厅，请求主妇的赏识。

封建社会改换为资本主义社会，一切组织变动了，文化换移主人了。这时候，一切由劳动生产的东西，都以鲜明的商品形态出现在市场上，于是文人就可以独立起来，不必去找官做，也不必再去替人帮闲。然而在封建社会崩溃不久的中国，资本主义害着干黄病，出版界是那么稚弱，想拿文章糊口，真不是容易的事。况且要文章写得好，不是短时期能办到，衣食无着的穷青年，有几个有这般耐性？因着生活的不安定，便常想着侥幸取巧，于是许多文章写得半通的文人们，就又把文章当做敲门砖来应用起来。

从前人们拿文学敲宫廷士大夫的门，如今却拿来敲社会的门。在社会上争碗饭吃，得有资格，有名望，真本领倒在其次。在公寓或亭子间从事文章生产的人，大半是没有大学商标的穷青年，倘不兜个作家头衔，恐怕连教学的机会也没有。为兜个作家头衔而从事文艺，并没有把文学当做终身事业，根本就想投机，滥产，千方百计地想把原稿变做铅字。万一文章出去后左右碰壁，风头出不出来，便设法办刊物。但办刊物也须自己能够活动，且多少有点地位，才能办得起来，没有这两条资格的，就只好于千艰万难中，自费印个集子出来，分赠亲友传观。而出集子时央名人题封面，写序文，央朋友写书评；都是必要的工作。有了集子，到外省外县便俨然是个作家，再加朋友帮忙，找事做往往就不成问题。至于拿杂志跟集子去骗女人，去升官发财的，近来也已屡见不鲜；但笨一点的只能孤独的去教书糊口。

文化的水准虽然一天提高一天，但文艺界的投机取巧只有日日巧妙，绝对不会绝迹。不过从投机取巧所获得的一点点便宜，也只能象朝露一般，决不会保持长久。一切物品的价值，与所费去的劳动量成正比例；伟大的收获，永远只给伟大的努力者，决不是投机取巧者所能获得，这是可断言的。

（原载一九三五年六月五日）

# “今文八弊”补

南宫离（唐　弢）

语堂先生作《今文八弊》，连载《人间世》三期，洋洋洒洒，大文章也。然而“东壁打倒西壁”，以世事的纷扰，文坛的零乱，虽然是大文章，也还不能尽发其弊，我这里且替他补上两条，凑足十条，以附合十大罪状之谱，这原是老例，也就是所谓“大国风度”。倘不以“赶时行，趁热闹”视之，幸甚幸甚！

一、卖烂膏药，死人招牌——江湖上有一种卖烂膏药的脚色，他手里捏着一点莫名其妙的东西，嘴里却说得天花乱坠，好象真是什么灵丹妙药，无论腰酸头疼，跌伤打破，以及无名肿毒，疑难杂症，只要贴上一张膏药，便可以立时痊愈，这种膏药并不是家传秘方，据说大都得诸仙人——其实是死人的亲授，这死人普通是吕纯阳，但是文坛上却是袁中郎，招牌高竖，今天一句“中郎有言曰”，明天一句“子才不云乎”，总之，他所出卖的是性灵这烂膏药，但奇怪的是：却又头头是道，百病可医，其实性灵那里管得着这许多。此种流风所至，其弊在吹，救之之道，在于戳穿其西洋镜。

二、绅士风度，猢狲气味——还有一弊呢，那就是开口英国，闭口英国，他看不起新大陆，也厌恶法兰西。他所以这样的推崇英国，是因为英国人富于绅士气，爱保守，喜欢说自己的好话。

在这上面他又自拟于辜鸿铭，以为有蛮劲；然而他也爱萧伯纳，因为他是英国人，可又忘记了萧伯纳其实是反对他所爱的那些英国人的。这好象有点矛盾，但实在是糊涂，是做作，是假。可不是么？幽默也会发火，闲适尤善骂人，这真象猢狲做戏，自喜是山林逸品，其实早已戴好面具，骑上羊背，在热闹场中奔走了。此种流风，其弊在伪，救之之道，在返于真。

以上两弊，合语堂先生八弊，一共十条。可惜我语录写得不好，只能夹些成语，算是“文中之白，白中之文”，好在意存箴失，从此“收拾归来”，让它“水连天碧”吧！

（原载一九三五年六月十九日）

# 我也来谈谈卫生臭豆腐干

陈子展

知堂老人不满意目前各种刊物上常见的科学小品，他把这类小品文比做卫生臭豆腐干。自然，有些小品文好比臭豆腐干，但未必就是科学小品。说起臭豆腐干，好象是各地都流行的，但我总觉得只有出在长沙的好，我敢发誓，不是替它宣传，何况我也只是偶然买它一点尝尝，自己并不曾把它当饭吃。未必长沙的油炸豆腐便是妙味，只因它和我的脾胃相投，就算好了，卫生不卫生的计较，倒在其次。知堂老人也爱吃臭豆腐干，而且只说公安竟陵两家的好，各有脾胃，悉听尊便。可是他老人家一定要把公安竟陵两家的货色介绍给大家，象卖糖的说糖甜，卖酒的说酒好，著成尊书，作为广告，就未免犯了推销卫生臭豆腐干的嫌疑了。

还有，知堂老人是相信命运的。他说："我近来很有点相信命运。那么难道我竟去请教某法师某星士，要他指点我的流年或终身的吉凶么？那也未必。这些要知道，我自己都可以知道，因为知道自己无过于自己。我相信命运，所凭的不是吾家易经神课，却是人家的科学术数。我说命，这就是个人的先天的质地，今云遗传。我说运，就是后天的影响，今云环境。"从来的命运论只是臭豆腐干，以知堂老人之圣且智，难道他还不知道么？

他要相信命运论，他得做到，西式改良，特别卫生。他把西洋生物学家关于遗传与环境的学说“歪曲”一下，就成了他的新命运论。他倡新命运论要根据“科学术数”，这也象卖臭豆腐干的要标榜“卫生”了，我以为可以喻作卫生臭豆腐干的，是所谓“科学术数”的命运论、“科学灵乩”之类，但未必便是科学小品。

（原载一九三五年六月二十五日）

# 论 潇 洒

姚雪垠

潇洒，无论在中国人的生活上或艺术上，都是个好的形容词。它的含义是闲散，清雅和飘逸。究竟什么时候它就被用作代表一种美的观念，我们没有完备的词典，一时很难查出；大概说来，它被人们热烈的提倡，崇拜，是开始在魏晋时代。在当时，它〔是〕以反抗礼教与权臣高压而出现，和清谈有着同样的意义。虽然清谈受老庄的影响最大，潇洒是由于五石散的服用，但清谈之祖也就是最先服用五石散的何晏。这就明白的告诉我们二者的关系了。

据鲁迅先生的研究，五石散几乎等于清末的鸦片，成了一种很普遍的嗜好。服了五石散之后，须吃冷食，喝热酒，并以冷水浇身和出外散步。服五石散的人，因皮肤易于擦破，便不穿鞋而穿屐；因身上发热，便宽衣缓带。至于服了五石散的人是否就清瘦起来，鲁迅先生虽没有说明，但想来是不会不清瘦的。人一清瘦了，再宽衣缓带起来，又不参加筋肉劳作，于是就自然潇洒了。所以提到"潇洒"二字，我们便不由的联想到隐士，诗人，和魏晋人物来。鲁迅先生说魏晋时服五石散的都不是穷人；其实不惟不是穷人，连商人也同样不配。因为过去的文化是封建地主的文化，大腹商人被认做恶浊俗物，讲潇洒的只是封建地主阶级，尤其是由这阶级出身的士大夫之流。

潇洒不仅以反抗的姿态在历史上出现，并且直接与封建的身分观念相关联，也和封建地主的物质生活密切的结合着。在封建时代，地主阶级的生活是闲散的，且以参加筋肉劳作为有失身分，比如养长指甲，和男人的包脚，穿长衫，都是要表示他自己是有闲的，有身份的人。生活规定习尚，习尚影响美的观念，于是在那时，一切闲散的嗜好，如品茗，养鸟，赋诗，以及琴、棋、书、画之类，都成为高雅的了。在绘画上，山水画特别发达，又被人重视，便表现了人们对于潇洒生活的向往。山水画是地主阶级对于闲散欲求的扩展，希望摆脱扰攘的尘寰，到山林里边与清风明月共处。他们又用自己的眼光来观察事物，竹子就成为潇洒的代表，可怜的渔夫樵子也都是美的诗画题材了。

在音乐方面，我们看见在历史上清唱与箫板之特别流行。中国音乐以缠绵和清雅为正宗，一方面是由于地主与士大夫生活之优美关系，一方面不能不是受爱潇洒的观念的影响。唐朝人歌七言绝句，旗亭画壁的故事，千古令人神往。至于提到宋朝人歌词时，我们便马上会想到月明之夜，诗人们携妓泛舟，和“小红低唱我吹箫”的情景来。宋以后，散曲取代了词的地位。但它也以缠绵清雅为主，多是文静细曲，唱时没有锣鼓和科白，所以又叫做清曲。最讲究潇洒的袁中郎在《虎丘记》上说：“比至夜深，箫板亦不复用。一夫登访，四座屏息，音若细发，响彻云际。”这是多么的清雅！

潇洒表现在文学上，是冲淡和性灵两种风格相结合。本来二者原是互相关联，很难单独分开。在历史上，这二者都有着反抗的意义。陶渊明和袁中郎，都是当时文艺上的叛徒。在陶渊明时代，宫廷文人把文学领到一条死路上去，徒有华丽的躯壳而没有灵魂。在袁中郎时代，摹古之风特盛，文人作文，也忘掉了还有个自我存在。因此陶渊明和袁中郎都尽力的追求自然。自然有二：一是风物上的自然，一是人性上的自然。偏于风物上的自然，便多表现山水田园的爱好。偏于人性上的自然，便反对摹古与无谓的规律。二者结合起来，便是现实桎梏的解脱，便是潇洒之极致。

但潇洒虽是一个好的名词，却不能忘掉它是封建时代的产物，它的拥护者是封建地主阶级与由此阶级出身的士大夫之流。现在适应它的社会条件已经崩溃，如果再来提倡，就不会得到多数人的同情了。

（原载一九三五年七月五日）

# 小品文与点心

钦　文（许钦文）

已故日本文学家芥川龙之介，曾经把小品文比喻作点心。小品文同点心，实在有着多方面的关系；在“文学是灌输知识的”立场说，知识饥饿的读者，看了一篇小品文，可比是吃了一餐点心；在“文学是精神营养物”的立场说也是这样。同“点心”相对待的是正餐的“饭”；在把小品文算作点心的场合，正餐的饭，就是小说和剧本了。

同正餐的饭比较，所谓点心，含着稀薄的意思；因为篇幅短小，难以写出“焦点”来形成周密的“结构”，自然不能象小说和剧本的深刻浓厚。所采纳的题材，小说和剧本都总是整个的“故事”；小品文大概只有零碎的印象。小说和剧本都可以曲曲折折的引人入胜，层出不穷的写得醒目动人，或者从突然的“转变”，使得读者受到强大的刺激。小品文的字句有限，说不上这种种。

点心，固然不是正餐的膳食，不吃无妨，可有可无；如果把小品文比作点心是确切的，那末也是含有奢侈物的意义了。

可是点心，也很有着点心的长处：第一是容易引动食欲，一提到了“吃点心”，总比说起“吃饭”来感兴趣，原是人情之常；因为点心多变化，而且多半来得松脆可口。这一点，小品文是的确很象的。其次是随时随地可吃，便当得很。

其实点心和饭，并无绝对的区别；有些食物，只是形式上的名称不同；南方人总把面和水饺子当作点心，北方人却惯把这种食物用作正餐的饭。北方人的体格，平均比南方人的来得强大，可见把“点心”当作正餐的饭吃，对于营养，并无妨害，或者反而有益。不过有个应该注意的条件，就是要吃得多。南方人把面当作点心，吃一回，总只薄薄的一小碗；水饺子也只七八只。北方人可不这样，炸酱面，拉面，固然厚实，往往一口气连吃三四碗；水饺子起码二十只，连吃三四十只是常事。由此类推，可见只要多多的阅读，从小品文，也可以得到丰富的知识，感着浓厚的情趣。文学总是“人格的表现”，小品文不例外，从伟大的作家的小品文专集，更可以感受有着系统的思想。

再说大烧饼，一般人总是当作点心吃的，许多黄包车夫却往往只把这种东西吃几个就算作一餐饭；这样的吃几回就过一天，也在维持他们的跑腿生活。

在作家说，小品文同点心还另有着一种关系；就是因为篇幅短小字数少，所得的稿费也不多，只够买些点心吃。如果没有别的收入，正餐的饭将无着落；至少在旅行中这样，只好随便叫一碗面，嚼几个馒头，就算作一餐。——自然，只要写得多，也是可以捞到饭钱的。

（原载一九三五年七月九日）

# “盛世危言”

曹聚仁

清朝末年，浙江山阴人汤寿潜曾经刊过《盛世危言》这样一部书。我读那书时，年纪还很轻，现在想来，印象很模糊。前年，看见一本由广州寄来的《盛世危言》一类的东西；其中担心亡国灭种的大祸就要到来，叫国人早日警惕，早日奋发。一番有心人的话头。国人里面，这般担惊害怕的人未始没有，如黄遵宪（公度）就在甲午战役以后写过这样的诗：

一自珠崖弃，纷纷各效尤。瓜分惟客听，薪尽向予求。
秦楚纵横日，幽燕十六州。未闻南北海，处处扼咽喉！

弱肉供强食，人人虎口危；无边画瓯脱，有地尽华离。
争闻三分鼎，横张十字旗。波兰与天竺，后患更谁知？

时间过了几十年，灭种的大痛固不曾尝到过；亡国在意料中也不一定有什么大苦难，一般人还是可以熙熙攘攘过快乐的日子的。“盛世危言”一种的说法，有人也就以为如“彗星尾巴扫到地球，地球将要毁灭”那样预言，当作海外奇谈那样“姑妄听之”就够了。

西汉文帝时，有一位得文帝宠爱的书生——贾谊，他有所陈对，文帝还前席以听，但是贾生陈情对策，总是痛哭流涕长太息。以文帝那样圣明之君，而贾生痛哭流涕长太息以言，才是道地的盛世危言。贾生自己仿佛十分不得志似的，过汨罗为吊屈原，后来哀伤短命以终，若以比之另一位痛哭流涕长太息的书生——晁错，因为帮皇帝去剪除宗室，惹起七国连兵的大祸，自己做了清君侧那口号的牺牲品，贾生的危言可说幸运多了。惟盛世方可以危言，有文帝那样圣明之君，贾生的痛哭流涕长太息才不至触忌讳；明哲所以保身，圣人给我们说了一个聪明的办法。东汉末年，党锢之禁，先后二十余年，士大夫被杀戮囚禁的以千百计。后来中常侍吕疆告诉汉灵帝，说："党锢久积，人情多怨，若久不赦宥，轻与张角合谋，为变滋大，悔之无及。"灵帝怕了起来，才解除党禁。不久黄巾乱起，东汉也就终结了。那时候有一位书生——仲长统，每回谈论时俗，必发愤叹息。他所著的那部《昌言》，斥责"君臣宣淫，上下同恶"的政局，攻击"连栋数百，膏田满野"的豪族，言下已断定汉运之将终。这也是贾生痛哭流涕长太息式的危言，其遭时忌，自在意中；可是他自己的态度却非常消极，只要过"居有良田广宅，背山临流，沟池环匝，竹木周布，场圃筑前，果园树后，舟车足以代步涉之难，使命足以息四体之役，养亲有兼珍之膳，妻孥无苦身之劳；良朋萃止，则陈酒肴以娱之，嘉时吉日，则烹羔豚以奉之"的退隐生活，就够满意，所以虽昌言一番，还没有什么大罣碍的。

写到这里，我又想起另一种盛世危言来。明清之交，东南大儒黄宗羲写过一本《明夷待访录》，现存的只有薄薄的一本。依我们推测，原书至少要比现在的要多四五倍；这些不见了的，都是经过清初那些圣明之主，康熙、雍正、乾隆删削掉的；稽古右文的十全皇帝，给《明夷待访录》来一套凌迟大刑。黄宗羲的意下，以为箕子陈洪范，武王洗耳恭听；他的《待访录》总有一天可见天日，那料后世的武王，却要叫孔子删诗书，把《洪范篇》割裂得不成样儿的。所以危言只能说得空泛一点，要说得切实如《明夷待访录》那样，只好照太史公所说藏之名山传之其〔后〕人的办法了。

有人说，韩非子的《亡征》，不是更切实的盛世危言吗？韩非子列举四十七种可亡的征象，（《亡征》者，非曰必亡，言其可亡也。）其中有最切要的几种说："群臣为学，门子好辩，商贾外积，小民内闲者可亡也。用时曰，事鬼神，信卜筮，而好祭祀者可亡也。喜淫刑而不周于法，好辩说而不求其用，滥于文丽而不顾其功者可亡也。恃交援而简近邻，怙强大之救而侮所迫之国者可亡也。好以智矫法，时以私杂公，法禁变易，号令数下者可亡也。出军命将太重，边地任守太尊，专制擅命，径为而无所请者可亡也。见大利而不趋，闻祸端而不备，浅薄于争守之事，而务以仁义自饰者可亡也。"后来韩国果以此亡了国，其它楚齐燕赵也以此亡了国，韩非子的言，皆不幸而言中。屈原自沉汨罗以前，还可写一篇长的、九篇短的痛快发牢骚的文章，而韩非子所列举四十七种亡征，可以全部保存到如今。假若生当稽古右文的十全皇帝时代，韩非子能免于《明夷待访录》的遭遇吗？

以上说的都是古老的故实。

（原载一九三五年七月三十一日）

# 素　　食

陈子展

有人以为“中国的菜比外国的好吃”，列为中国文化的优点之一。自然，在肉食的一群，吃惯了山珍海味，吃惯了大鱼肥肉，无论西餐，日本料理，他们都觉得吃了不大舒服，那是可想而知的。

但是他们不曾吃过树皮、草根、观音土之类，也不曾每日只吃粗米小菜，就不晓得同是生在中国，于他们的世界之外，还有另一世界存在，在这另一世界里，中国的菜不会比外国的好吃，因此他们论到中国文化的优点，就把自己一群吃的好菜作为优点之一了。

说也奇怪，肉食的人，也每每赞美素食。相传乾隆皇帝南巡，在常州天宁寺吃到素菜，不觉笑向住持僧道：“蔬食殊可口，胜过鹿脯熊掌万万。”然而乾隆皇帝并不因此出家。近代名流如伍老博士，提倡素食卫生，蔡孑民先生也倡素食主义。但是他们未必完全摒绝肉食。借素食换一换胃口，那倒是好的。尤其是一般肠肥脑满的人，油荤吃腻了，吃点清淡的素菜，更觉爽口惬意。上海的功德林、觉林几个蔬食处，生意还不错，就靠这一般人支持。但若有人叫他们戒绝肉食，永远茹素，我想他们未必会听从。

好几个月以前，江亢虎博士演讲《善生十箴》，他的《素食箴》道："刀俎生灵，充我口腹。人而不仁，野蛮遗俗。矧于卫生，有祸无福。何如茹素，清洁远毒！咬得菜根，香味具足。"他说："荤腥食物，有害无益。并且杀害弱小生命，道德上亦属残酷。茹素既属卫生，又属节俭。但专门茹素，亦其不便，不妨随时变通，希望在座听众痛下决心云云。"江博士的素食论，我并不反对。即是肉食的人也不妨提倡茹素。何况江博士的意思原是茹素不妨吃肉，可以随时变通。说是素食卫生，或许有理，因为乡下老百姓，一年难吃几回肉，身体倒蛮健康。说是素食节俭，也不尽然，比如上海功德林的蔬食，不见得会比大三元的粤菜，陶乐春的川菜，致美楼的京菜，价钱公道。至于说是素食慈善，佛家戒杀，本意如此。然而我们的所谓大善士大居士之流，乃是有了钱才行善，才信佛的。我们没有积下孽钱，吃斋拜佛，都非急事。倘若果有天堂地狱，我们并不希望升入天堂，地狱却未必专为我辈而设。素食不素食，素食是否一桩功德，都不是我们要注意的问题。何况只凭偶然几次的素食，尽管作孽一世，就想修福来生，我佛有灵，未必照应。

固然我们知道素食求福之说，是随着佛教来到中国的。六朝人最信佛，信佛素食的人，也未必获福，梁武帝就是一个好例。这位皇帝为了佞佛的缘故，不但自己刻苦素食，不肯伤生，他曾命令过太医，不得以生类为药。并曾禁止织造仙人鸟兽的花纹，以为亵衣裁剪，有乖仁恕。便是祭祀天地宗庙的大典，要用牲畜，他也只用面制的代替。他总算是虔诚信佛，行善去杀的了，无奈佛菩萨无用，他还是饿死台城。

大约是因为梁武帝曾经用过面制的牲畜祭物罢，后来便有人用面制的猪蹄羊腿，作为素食的珍品。至今蔬食馆子所制素菜，还有素鸡、素鸭、素火腿、素肉松等名目。记得《孟子》上说过"孔子曰，始作俑者，其无后乎！为其象人而用之也！"我以为最初创作素肉的人也该无后，因为他模仿荤血之物制造食品，可见食肉之心未忘，还不如爽爽快快的吃肉。禅宗六祖嘴里吃肉，心里无肉之说，倒觉得颇有道理。据王说的《唐语林》那部书里说，最初制造素肉的人是唐朝崔安潜。说是"崔侍郎安潜崇奉释氏，鲜茹荤血。……镇西川三年，唯多蔬食。宴诸司以面及蒟蒻之类，染作颜色，用象豚肩羊臑脍炙之属，皆逼真也。"这位肉食的官僚，为了崇奉释氏，勉强素食，然而对于肉食，又苦未能忘情，只好用面粉蘑芋之类制造素肉，亏他想得出来。倘用淫欲打比，素食算是意淫手淫之类，倒还恰切，只是亵渎了"素食"两字，要算一桩罪过了。总而言之，凡是虔诚素食的人，无论他的动机为了戒杀，为了卫生，为了省钱，我都一律看待，并不一定菲薄。虽说我们知道素食的人，不能不吃植物类的食品，不能不饮含有许多微菌的水，不伤生物是做不通，然而能够去泰去甚，不吃肉类，也自然有他的理由，我也不一定反驳。至于借了素食奉佛掩饰肉食的罪恶，或者骗个大善士大居士之名[①]，那就又当别论了。

（原载一九三五年八月六日）

① 指当时国民党政府考试院院长戴季陶在考试院内设置佛堂，持斋茹素。

# 编后记

陈子善　王锡荣

一九八二年夏天,我们参加中国鲁迅研究学会在山东烟台举办的鲁迅研究讲习班,见到唐弢先生。在闲谈中,唐弢先生提到方行先生建议他主编一本《自由谈》作品选,问我们有没有兴趣参加。《申报·自由谈》是一九三〇年代影响最大的文艺副刊,在中国现代文学史上占着重要的地位,虽然当时《自由谈》影印本已经问世,但一般读者仍较难见到,编选一本供一般读者阅读的《自由谈》作品选无疑很有意义,再说,这也是一个学习和提高的好机会,因此,尽管我们水平不高,还是不自量力地答应了。

回上海后不久,在唐弢先生具体指导下,在方行先生、丁景唐先生和上海鲁迅纪念馆全力支持下,我们着手进行工作。原先打算编选《自由谈》自一九三二年十二月一日黎烈文接编起,至一九三五年十月三十一日停刊止所发表的杂文和散文,后来考虑到这样做篇幅未免过大,而革新后的《自由谈》数杂文成就最高,当时也最受欢迎,经过以鲁迅为首的一批进步作家的倡导和前引,《自由谈》在推动中国现代杂文发展方面所起的作用极为重大,于是,征得唐弢先生的同意,我们最后决定编选《〈自由谈〉杂文选》。但我们本职工作都很忙,加上京沪两地书信往返颇费时日和技术上的一些原因,这项工作断断续续,历时三年,几经反复，方始完成。值此付梓之际，照例有几个问题要略作说明：

本书所收杂文，除了重视公认的名家名篇，也努力挖掘一些思想和艺术水平较高又不大为人知晓的佳作，鉴于《自由谈》本身就是一个"兼容并包"的刊物，对政治态度不同、艺术风格各异的作家及作品，也给予适当的注意。不过，内容过于隐晦曲折的，不选。

鲁迅是中国现代杂文的开拓者和奠基者，也是《自由谈》的擎旗人，他在《自由谈》上发表的杂文，就尖锐的战斗性、卓越的见识和纯熟的写作技巧而言，几乎每篇都可入选，然而限于篇幅，许多脍炙人口的篇章只能割爱，好在《鲁迅全集》并不难找，读者想能谅察。

由于当时严酷的政治环境，《自由谈》上的杂文多半是署笔名发表的，鲁迅一人就变换了四十多个笔名。因此，我们又对入选作品的笔名作了一番考证，凡已经查实真名者，均在笔名之后注明。至于瞿秋白在《自由谈》上发表的杂文，都经鲁迅之手且署鲁迅笔名，书中入选的几篇就直接注明系瞿秋白之作。

作为如鲁迅所说的"感应的神经"，"攻守的手足"，《自由谈》上的杂文大都具有强烈的针对性，但不少用的是"曲笔"，深沉含蓄，现在的读者恐不容易理解，为此，我们还对少数入选作品加了一些必要的简注，供读者参考。本书所收的文章，都曾与原文核对，古今字、通假字不改，异体字、俗体字径改为正体字。除更正极明显的笔误外，其余均以符号标明：〔〕表示误字；〖〗表示衍字；[]表示脱文，以存原貌。原文人名、地名和专有名词的译法与今不同的均保留，同一人名、地名在本书有不同译名的亦未作改动。

此外，入选作品的发表日期则在文末注明。细心的读者也许会发现，入选作品在数量上以一九三三年至一九三四年上半年发表的为主，这是因为这一时期的杂文最犀利泼辣，最能代表《自由谈》的风格和特色。后期《自由谈》主要发表文艺短论，我们只能选入二、三篇，聊备一格。

我们不敢说书中所选的作品已荟萃了《自由谈》杂文的精华，遗珠之憾肯定难免，我们只希望读者通过本书能对《自由谈》杂文的成就有个大概的了解，如果读者因此引起对中国现代杂文更大的兴趣和爱好，我们也就心满意足了。

今年是鲁迅逝世五十周年，我们谨以本书献于鲁迅先生灵前，作为对这位《自由谈》伟大作者的一个纪念。

《自由谈》作者廖沫沙先生热情为本书题签，谨此志谢。最后，还应向上海文艺出版社致谢，不是他们热心，本书是难以与读者见面的。

一九八六年四月于上海

新版附录

# 影印本《申报·自由谈》[1]序

唐弢

说起来已是抗日战争前夕的事情了，在上海，那时早就写了《最近三十年中国文学史》的陈子展（炳堃）教授，有一次对我说，如果要写现代文学史，从《新青年》开始提倡的杂感文不能不写；如果论述《新青年》以后杂感文的发展，黎烈文主编的《申报》副刊《自由谈》又不能不写，这样才说得清历史变化的面貌。子展的那本文学史，从湘乡古文、同光诗体谈起，一直谈到"五四"文学革命运动，其中涉及正在兴起的议论性讽刺散文，他引《庄子·天下篇》里"以天下为沉浊，不可与庄语"，和约翰·穆勒说的"专制使人们变成冷嘲"两段话，然后发挥说："生于现代的中国，要求庄语固然不可能，旁观冷嘲也不太容易。"[2]这几句话说得很好，只是刚开头便煞了尾。现在的这番议论，我想，大概是准备续写时候整个蓝图的一个局部吧，可惜终于没有写出来。但这位文学史家对杂感文的看法，尤其是对三十年代初期《申

① 《申报·自由谈》影印本，一九八一年上海书店出版。

② 陈炳堃：《最近三十年中国文学史》第十一章。《最近三十年中国文学史》，太平洋书店一九三〇年十一月出版。

报》副刊《自由谈》在推动杂感文发展方面所起的作用，已经表达得十分肯定，十分清楚了。

子展是黎烈文主编《自由谈》时候的经常撰稿者，两人为湖南同乡，他对那一段历史是熟悉的，不过心有所昵，意有所钟，会不会形成一种偏见，对《自由谈》评价过高呢？经过仔细的思索和研究，我的结论是：不会！他的评价并不高！

我已经无法详细说明《申报》销路怎样因内容革新（包括《自由谈》的改组）而猛增了，但《自由谈》改组在文化界引起的哄动，却还象是昨天的事情一样，记忆犹新。即以杂感文为例，说来不过是每篇千字左右的短文吧，其影响之大确实是空前的。被敌方恶意地指为"台柱"的鲁迅和茅盾，开始时，一个用"何家干""丁萌""干""游光"等笔名，一个用"玄""珠""郎损""仲方"等笔名，每隔两三天刊载一篇，筚路蓝缕，蹊径独辟，真的起了登高呼号、搴旗前引的带头作用。左翼青年纷纷出动。老作家如陈望道、夏丏尊、周建人、叶圣陶大力响应，从各个角度刻画了当时社会生活的特点；叶圣陶以《"今天天气好呵！"》为题，揭示了"自由"的本质，陈望道写了《法的讲法》《长寿运动》等文。留给我印象最深的是：一向从事小说创作的人，这时也群起撰写短文，老舍写了《空城计》《励友人书》《打倒近视》，在风趣中透露了严肃的主题，使人作会心的微笑；沈从文写了《劝人读经》，题目刚一见报，许多人大吃一惊，以为他也主张克己复礼，尊孔崇儒，却原来劝读的是鲁迅曾经"舍金上梓"的《百喻经》；郁达夫除了《说死以及自杀情死之类》《从法治转向武治的日本》《著书与教书》《说模仿》等许多短论随笔外，还以他擅长的游记中最佳篇什如《方岩纪静》《仙霞纪险》等篇送给《自由谈》；巴金也没有吝惜他的笔墨，自一九三三年四月二十七日开始刊出了《苦笑、呻吟与呼号——给我的哥哥》。张天翼写了《小林多喜二之死》和《看了西湖艺专四展以后》。不仅小说家如此，连本来并非做新文艺工作的人也来执笔，章太炎发表了《〈庐山志〉序》(一九三三年十月十二日)，柳亚子发表了《为〈断鸿零雁记〉给郑正秋先生的信》(一九三四年二月十九日)，到一九三四年“文言、白话、大众语”论争发生，八月一日刊登了吴稚晖的《大众语万岁》，《自由谈》作为一个报纸副刊，在文化界的地位更加巩固，它对青年群众的吸引力，也跟着不断地、空前地提高和加强了。

不过，这并不如国民党刊物《社会新闻》《微言》等所说：鲁迅垄断了文坛，或者，左翼作家包办了《自由谈》。这样说没有一点事实的根据。譬如吧，上面提到的章太炎和吴稚晖，本是多年夙敌，“老死不相往来”，他们的终于在同一刊物上出现，试问，难道这是什么“垄断”和“霸占”所能解释得了的吗？《自由谈》改组不久，一九三三年四月二十二日刊出启事，声明“本刊登载张资平先生之长篇小说《时代与爱的歧路》业已数月，近来时接读者来信，表示倦意。本刊为尊重读者意见起见，自明日起将《时代与爱的歧路》停止刊载，……”以后，《微言》和《社会新闻》捏造事实，大肆宣传，说黎烈文在鲁迅指使下，排斥异己，“腰斩张资平”，企图为“左联”建立“清一色”的天下。他们把《自由谈》描绘成“赤色王国”，而鲁迅就是这个王国的“暴君”。“新闻”迅速地在小市民中间传播，互相告语，耸人听闻，说穿了自然是不值一笑的。当然，每个副刊都有自己的倾向，有倾向便有立场；为了团结作家，照顾《申报》的历史渊源，只要不违背这个起码的立场，文章便很容易在《自由谈》刊出。我甚至觉得，《自由谈》其实是“五四”以来一个最讲究广泛团结，真正做到“兼容并包”的刊物，章太炎与吴稚晖固然是一个例子，为了证明这点，我还可以举出许多别人不大知道或者不大留意的事情来。

就以鲁迅和《自由谈》的关系为例吧，国民党刊物一直诬蔑他气量狭窄，不能容人，黎烈文言听计从，奉命惟谨。所谓"腰斩张资平"就是按照这个调子宣传开来的。那时还有一种说法，叫做："挤掉"张资平，"气跑"曾今可，鲁迅率领"喽罗"包办了《自由谈》。事实怎样呢？我想指出的是：自从一九三二年十二月底开始，有一个时期几乎隔天一篇，用笔名为《自由谈》写开篇文章的岂凡，不是别人，正是鲁迅说的在《人言》上译载《谈监狱》，"扮出一个译者和编者"，文章"含着甚深的杀机"的"邵家帮闲专家章克标"①。其次，被《准风月谈·后记》称为"讨伐军中的最低能的一位"②，化名"陈代"，写了《略论告密》《略论放暗箭》，自说要从反对鲁迅中"得到一人恶意的满足"③的林微音，也始终是《自由谈》的写稿人。再其次，那位说杂文"鸡零狗碎"④，写杂文的人是"以投机取巧的手腕来代替一个文艺工作者的严肃的工作"⑤，而自己却不断地写着杂文的"还不到一知半解程度的大学生林希隽"⑥，同样在《自由谈》上发表许多短文。这些事实，现在只要翻一翻影印的《自由谈》，便可以一清二楚，用不到饶舌了。那么，又怎么能说垄断了文坛，包办了《自由谈》呢？在当年，作为编辑的黎烈文是明白的，鲁迅呢，他的心里也明白，所以他说："我知道《自由谈》并非同人杂志，'自由'更当然不过是一句反话，我决

---

① 《准风月谈·后记》，《鲁迅全集》第五卷《准风月谈》。
② 《准风月谈·后记》，《鲁迅全集》第五卷《准风月谈》。
③ 林微音：《散文七辑·序》，绿社出版部，一九三七年一月。
④ 林希隽：《再多些与再少些》，《文艺画报》第一卷第三期，一九三五年二月十五日。
⑤ 林希隽：《杂文和杂文家》，《现代》第五卷第五期，一九三四年九月一日。
⑥ 《且介亭杂文·序言》，《鲁迅全集》第六卷《且介亭杂文》。

不想在这上面去驰骋的。”[①]这一段话，和发表在《自由谈》上一些文章，包括叶圣陶在改版第一天写的《“今天天气好呵！”》，精神完全一致。看来大家都意识到了自己文章的限度。将这些有限度的文章集合在一起，团结了更多的作家，我想，也许这正是《自由谈》的主要的成功吧。

我说限度，并不意味着文章的立场可以模糊，任何事情都有它自己的限度。至于《自由谈》的立场，作为一个副刊，倒是相当鲜明的，这一点表现在大大小小连续不断的论争上。在黎烈文、张梓生编辑《自由谈》时期，计算起来，这类论争（包括问题讨论）大概不下三十个吧。其中动员人数广泛，文章发表最多的，如大众语论争、儿童教育论争、小品文与“方巾气”论争；延续时间久长，先后反复最烈的，如关于翻译论争、旧戏锣鼓讨论、批评与谩骂论争；学术性较强的，如“著教生尅”论、“《二十四史》”、“《四库全书》珍本”问题；具有理论深度的，如“艺术论”、“讽刺与幽默”、写实主义与第一人称；命题严谨而措词有趣的，如关于“女人与说谎”、“基本英语”、“‘三层楼’与‘骨董’”的讨论；表现轻松而意义重大的，如对“文人相轻”、“京派与海派”、“别字与简字”的驳难；也有文艺界视为平淡无聊、而社会上却到处传播，哄动一时的，如因“腰斩张资平”案、“词的解放”案引起的一系列“启事”对骂，鲁迅说这时候的文坛，好象进“入了‘启事时代’似的”[②]。张资平在“启事”中自称“坐不改名，行不改姓”，接着笔锋一转，“纵令有时用其他笔名，……”他故意说自己“又无姊妹嫁作大商人作妾，以谋得一编辑以自豪”，问题就转到谁的姊妹嫁给大商人

---

① 《伪自由书·前记》，《鲁迅全集》第五卷《伪自由书》。
② 《伪自由书·后记》，《鲁迅全集》第五卷《伪自由书》。

作妾上。放赖撒泼，含血喷人，鲁迅说这是乡村流氓打架时手持“粪帚”的战法，“足令勇士却步”①。曾今可大吹大擂地刊登“启事”，宣传自己要“悄悄地离开这文坛”，因为文坛过于“污秽”，“如果有人笑我是‘懦夫’，我只当他尊我为‘英雄’。”于是关键又落到究竟是英雄还是懦夫这一点。阿Q精神，跃然纸上，鲁迅说这位“曾大少真太脆弱”，“但恐怕他仍要回来的，中国人健忘，半年六月之后，就依然一个纯正的文学家了。”②还有胡怀琛考证墨翟为印度人，受到茅盾嘲讽，终于发展为“柳宗元”要求胡怀琛道歉事件；余慕陶抄袭郑振铎《文学大纲》、赵景深《中国文学小史》，结果被封为“余文剪公”的前后经过；加上有人借何家槐、徐转蓬的创作纠纷，挑拨是非，打击“左联”。文坛景象，正反左右，一时都浓缩在《自由谈》上。就报纸副刊而言，《自由谈》确实感应敏锐，包罗万象，可以说是“五四”以来编得相当热闹、相当活泼的一个。

然而《自由谈》的成功又不光因为热闹和活泼。不错，人们第一个印象往往为它的五光十色、绚丽多彩而惊叹。杂感之外，散文、随笔、速写、游记、读书记、小考证、文艺评论、科学小品、短篇翻译等等，应有尽有。其中最受欢迎的，是每天一篇属于议论性的杂感文——也即被称为“花边文学”的一种。根据我的记忆，正式采用“花边”将这类短文框了起来，似乎开始于张梓生接编以后。黎烈文担任编辑时期，只框短诗，或在文章斜角加个“花边”而已；不过用两栏地位，排一篇杂感，形同方块，每天见报，却早成为惯例，实际上已经等于没有“花边”的“花边文学”。

---

① 《致黎烈文》，一九三三年七月八日。《鲁迅全集》第十二卷《书信》。
② 《致黎烈文》，一九三三年七月十四日。《鲁迅全集》第十二卷《书信》。

这种做法，并且为《时事新报》《中华日报》《晨报》等同一时期的报纸副刊所袭用，群起仿效，蔚然成风。有的作者甚至说，“没有‘花边文学’就不热闹，就不会……抓得住人。”因此自己宁愿为《自由谈》而不愿为其他副刊写稿[1]。议论性短文所以受作者读者欢迎，深入人心，原因之一是由于它反应迅速，提出问题及时。《自由谈》上“花边文学”执笔人多，论述既广，剖析更深。我以为后一点，又和编者一九三三年一月三十日启事所说：“为使本刊内容更为充实起见，近来约了两位文坛老将何家干先生和玄先生为本刊撰稿，……”有着相当密切的关系。

在这之前，一九三二年十二月十二日，编辑室已曾登出启事，声明《自由谈》除特约稿件外，广收外稿，“凡是合用的稿件，不问作者为谁，决定刊载，凡不合用的稿件，就是最好的朋友的作品，也断然割爱。”以示编者不问亲疏，不论新老，一律从文章出发，公平对待。副刊总的说来做到了这一点。但是，我们现在试着翻阅一下《自由谈》上的文章，尤其是所谓“花边文学”，就会觉得，如果没有那些老作家的引导，不是他们从复杂的生活现象中提出问题，揭示规律，做到条分缕析，一针见血，文章就不可能达到那么熟练的程度，具有那么深刻的水平，副刊的吸引力也会随着减低，这样说，又不得不归功于上述几位已有成就的作家，特别是写得最多的鲁迅了。这本是有目共睹的事实。但在这里，我觉得也应当提到瞿秋白，因为鲁迅的一些文章，也是秋白的文章。正是在《自由谈》这个小小阵地上，鲁迅和瞿秋白，出色地表现了他们两人之间不分尔我、一体战斗的千古不灭的友谊——这是革命的战斗的友谊。

---

① 林微音：《散文七辑·序》，绿社出版部，一九三七年一月。

根据许广平《鲁迅回忆录》记载，瞿秋白用鲁迅笔名发表的文章十篇，全部写于一九三三年，连同写作的日期分别为：《伸冤》（三月七日）、《曲的解放》（三月九日）、《迎头经》（三月十四日）、《出卖灵魂的秘诀》（三月二十二日）、《最艺术的国家》（三月三十日）、《关于女人》（四月十一日）、《真假堂·吉诃德》（四月十一日）、《内外》（四月十一日）、《透底》（四月十一日）、《大观园的人才》（四月二十四日）。其中《关于女人》《真假堂·吉诃德》发表于六月十五日出版的《申报月刊》，署名"洛文"，其它全部刊登于《自由谈》。除第一篇和最后一篇署名"干"外，别的都署"何家干"，发表日期一般比写作日期迟两天，相差最多的为八天。直到现在为止，大家都因袭许广平的说法，以为瞿秋白用鲁迅笔名发表的文章共计十篇，如果仔细统计一下，实际上应为十四篇。一九五七年版《鲁迅全集》注释中另有两篇，即《王道诗话》（三月五日）、《中国文与中国人》（十月二十五日）。后一篇较晚，收入《准风月谈》。还有其它两篇是：一、《〈子夜〉和国货年》，发表于一九三三年四月二日及三日，署名"乐雯"，"乐雯"是鲁迅的笔名；二、《儿时》，发表于同年十二月十五日，署名"子明"，"子明"也是鲁迅的笔名。我曾根据一九三四年一月十七日夜鲁迅致黎烈文信所说："无聊文又成两篇，今呈上。《儿时》一类之文，因近来心粗气浮，颇不易为；一涉笔，总不免含有芒刺，真是如何是好。"[①]将《儿时》当作鲁迅的文章收入《鲁迅全集补遗》。以后在瞿秋白遗稿里，发现这篇短文的剪报，证明它和《伸冤》等一样，也是用鲁迅笔名发表的瞿秋白的杂感，所不同者，《儿时》《〈子夜〉和国货年》两篇，没有收入过鲁迅杂文集，仅仅是借用鲁迅的

① 《致黎烈文》，一九三四年一月十七日夜。《鲁迅全集》第十二卷《书信》。

笔名，在《自由谈》上公开发表而已。

许广平还追述了瞿秋白和鲁迅商讨这些短文的经过，着重地谈到瞿秋白，文章说："在他和鲁迅见面的时候，就把他想到的腹稿讲出来，经过两人交换意见，有时修改补充或变换内容，然后由他执笔写出。他下笔很迅速，住在我们家里时，每天午饭后至下午二、三时为休息时间，我们为了他的身体健康，都不去打扰他。到时候了，他自己开门出来，往往笑吟吟地带着牺牲午睡写好的短文一、二篇，给鲁迅来看。[1] 这一情景写得很是精彩。看似平凡，不事雕饰。然而却亲切，动人，象一幅画图，内涵的精神十分丰富，美，让人似乎看到了一个活着的瞿秋白，一个手拿诗卷笑吟吟的潇洒不凡的瞿秋白。这是我们研究瞿秋白发表在《自由谈》上那些杂感时需要珍重参考的材料。

也许有人会说将瞿秋白的杂文比作诗卷不大恰当，应该说成匕首才是，我以为即使有匕首的作用，也仍然是诗——一束诗。《自由谈》常登漫画，兼刊民歌，新诗则以短小的居多。虽然不象别的副刊那样经常登诗，但说它不重视是不对的，类如《周作人诗读法》（林语堂）、《从孔融到陶潜的路》（曹聚仁）、《"请教先生'两'首诗"》（痰迷）等固然是杂感文的变相，但它毕竟连续发表了陈子展（于时夏）的《诗经试译》，刊登了许多研究和讨论新诗与旧诗的文章，同时它还要求每一篇短文都是诗，都有诗意，因此《自由谈》又发表了许多美丽的诗一样的散文。

我以为这方面首先应当提到的是艾芜，他以"岳萌""刘明"等笔名，先后为《自由谈》写了为数不少漂亮的散文，形式有游记也有速写，边陲风光，异国景色，一一映入笔底，给人以耳目一新

① 许广平：《瞿秋白与鲁迅》，《鲁迅回忆录》。

的印象。此外如叶紫、何谷天、草明、彭家煌、黑婴等，也在速写、小小说方面作出重要的贡献，各各表现了他们熟悉的富于乡土色彩的生活图景，连诗人臧克家、蒲风也写了寄意深远的短文。至于有关考证和掌故文字，阿英写得最多，子展的《蘧庐絮语》很受欢迎。他和黄芝岗两人对旧戏锣鼓的讨论，本来是属于戏曲和音乐范围的问题，与时事无关，由于化名讨论，历史较久，居然引起种种猜测，豺狼当道，人命危浅，在谣诼纷纭中，不得不偃旗息鼓，足见当时政治空气之低沉与凛冽了。

黎烈文自一九三二年十二月一日起接编《自由谈》，至一九三四年五月九日刊登启事，宣布辞职，他借口现因事忙、无暇兼顾，“自即日起，关于本刊一切事项，由张梓生先生主持。”前后编了一年六个月零九天。这个“即日”我记得比较清楚。那时何家槐、徐转蓬的创作纠纷已近尾声，从四月十四日廖沫沙（埜容）发表《人间何世？》开始，关于《人间世》也即小品文问题的论争正在展开，先后发表的有《论以白眼看苍蝇之辈》（林语堂）、《过去的幽灵》（胡风）、《谈“小品文”和“幽默”》（由）、《论文坛上的摩登风气》（古董）、《周作人先生的自寿诗》（曹聚仁）、《周作人诗读法》（林语堂）、《关于小孩》（大野）、《方巾气研究》（林语堂）、《论“天真”》（吴容）、《小品文的生机》（崇巽）等文章。林语堂在《周作人诗读法》一文中，怀疑有些文章为“登龙未就”的章克标所写，因此中间还夹着郭明、谢云翼、林语堂、章克标的来往函件。互相驳难，战火正烈。到五月九日黎烈文声明辞职那天，又登出痰迷的《“请教先生‘两’首诗”并序》。两首诗写得很好。序文说：“知堂老人，五十自寿有诗。海内名流，纷纷奉和。独以某公‘拂地裤缘疑病马’一联，可谓奇绝。此外，‘茶苦由来即苦茶’，亦可算见道之言。迷亦好诗，藉韵奉林先生两首，以博一粲。”第二天，也就是五月十日晚上，林语堂为《人间世》创刊在忆定盘路（今江苏路）寓所请客，谈到黎烈文辞职的事，林语堂说这诗是临去的“马后炮”。又对执笔者作种种推测。筵散回寓，鲁迅雇车将徐讦（《人间世》两编辑之一）和我顺道带至北四川路，他在车中问我批评林语堂的究竟是哪些人，我说我不清楚，但发表在《自由谈》上的却不象是章克标的手笔，理由之一是立论公允，没有一点挟嫌报复的痕迹。我还觉得《人间何世？》这个题目很好，虽然作者说创刊号登着周作人十六时放大照片，又是旧诗，又是用黑边框起来的手迹，一时以为“错买了一本摩登讣文”、这话不免刻薄，但看上去可又实在相象哩。

张梓生接编以后停止了这个论争。但《自由谈》内容基本上和先前相同，说得上一句“萧规曹随”。到得这年九、十月间，形势又紧张起来，十一月十三日，《申报》总经理史量才被国民党派特务暗杀，副刊编者受到内外压力，不得不涂上一层保护色，逐渐用文艺短论代替了社会批评，使冲突不那么直接。如果我的记忆不错，那时张梓生已经不大露面，而由吴景崧出面代行一切。景崧自己以“向隅”笔名，写了一些评论，至于将文艺问题用短论形式作较多发挥的，是辛人、任白戈、张香山、屈轶（王任叔）、梅雨、林林、立波诸人。至于当时受大家注意的文艺理论家，其中胡风一改过去用“古飞”笔名写《西崽哲学》《辩证法与江湖诀》的兴头，似乎不大为《自由谈》执笔，周扬继续以“企”“企影”“左企”等笔名，介绍外国文学，诸如《从比兰台罗说到文学上的悲观主义》《现实的与浪漫的》《忧郁的文学》等篇。《自由谈》上的那些文艺短论，虽然篇幅太短，言不尽意，但因刊登及时，仍然受到了作者、读者普遍的欢迎和关心。

诚如子展所说，《自由谈》之成为中国现代文学史必须写到的副刊，应当归功于以鲁迅为首的一批老作家的倡导和前引，这一点是不能抹煞的。但我还想补充几句。有一次，我曾亲自听鲁迅对编者黎烈文说：办刊物，开始时拉老作家帮忙，但出了几期，总是这几个老人却不行。刊物办得是否出色，不仅在于有没有好文章，还要看它是否培养了新人。我不知道编者对这段话作何感想。但从黎烈文到张梓生，在大约两年十一个月的时间里，无论是杂感，是散文，是探讨文艺原理的短论，都象野草一样在磐石底下曲折地生长，出现了一批新人。即以创作家为例，已经成名的靳以、芦焚、欧阳山、白尘、徐盈暂且不说，新起的如姚雪垠、刘白羽、周而复、林娜（司马文森）、柯灵、黑丁、荒煤、罗洪等，也大都发硎于此，在这里试练他们的笔墨。真的，作杂感的人多起来了，写散文、小说的人多起来了，攻文艺理论的人多起来了，历尽艰险，经过磨砺，曾是三十年代文艺大军的一个小小支队，终于脱胎蜕壳，逐渐地走向了壮大，走向了坚实。

现在历史翻过了新的一页。我们的生活起了空前的变化，我们的队伍有了惊人的发展，时移世易，追思畴昔，恰如登山人的中途回顾，虽然眼底历历，想起来却又似真似假，将信将疑，不管人们感觉的是赞叹，是惋惜，是颂扬，是鄙夷，总不能不承认那就是我们的来处，我们的起步点，我们曾经走过的道路吧。仅仅这点，我以为也是一件大有意义的事情。是为序。

一九八一年三月八日

# 唐弢先生关于《〈申报·自由谈〉杂文选》的通信

陈子善

一九八二年夏，我与王锡荣兄参加中国鲁迅研究学会在山东烟台举办的鲁迅研究讲习班。当时国内许多鲁迅研究专家到班上授课，我们见到了唐弢先生。

讲习班期间，我们常到唐先生房里小坐请益，鲁研动态、文坛往事，无所不谈。唐先生是一九三〇年代《申报·自由谈》的重要作者之一，他提到上海文管会方行先生建议他主编一本《申报·自由谈》文选，询问我们有无兴趣参加。两大册《申报·自由谈》合订本（1932.12—1935.10）已于一九八一年五月由上海图书馆影印出版。稍后，《〈申报·自由谈〉目录》也由上海鲁迅纪念馆编订出版。但两者都是供专家研究之用的，一般读者难以见到。编选一本供一般读者阅读的《自由谈》选本自然另有意义，再加又是唐先生吩咐，能在他指导下从事这项编选研究工作当然是求之不得。

没想到编选工作一波三折，费时费力。将近五年之后，由唐先生主编、锡荣兄和我编选的《〈申报·自由谈〉杂文选》才于一九八七年三月由上海文艺出版社出版，唐先生撰写了感人至深的《纪念一个友人》（友人指改革后的《申报·自由谈》主编黎烈文）作为代序，另一位《自由谈》作者廖沫沙先生题写了书名。按照唐先生最初的设想，出版此书为纪念鲁迅逝世五十周年，书印出时，鲁迅五十周年忌日已过去了半年，但终于问世，总算功德圆满。

时光飞逝，《〈申报·自由谈〉杂文选》出版至今已经整整二十五个年头了，唐先生谢世也已二十年矣。日前翻查资料，不意竟检出唐先生《纪念一个友人》手稿，以及一九八四年四月至六月间致我手札四通，均与编选《〈申报·自由谈〉杂文选》直接有关。

犹记唐先生一九九二年一月驾鹤西去后，为编集十卷本《唐弢文集》（一九九五年三月社会科学文献出版社初版），我提供了唐先生历年致我信札七通，这四通信札并不包括在内，想必放在另一大信封中遗漏了。唐先生写给我的关于编选《〈申报·自由谈〉杂文选》的信札肯定还不止这四通，但目前只找出这些。现在把它们公之于世，全信照录，个别笔误则用［　］标出，并略加说明，借以纪念我所敬重的唐弢先生。

一

子善同志：

《郁达夫文集》第八卷收到，谢谢。

上次上海鲁迅纪念馆有两位女同志来京，带来方行同志一信，谈拟印鲁迅收藏汉唐碑头图刻一事，我表示完全赞同（此事尚在商洽中），同时提起《自由谈》文选一事，大约她们两位回去汇报了。我后来因古碑事直接写信时又提及，方行同志意思是照旧进行，如老丁不愿出版，可给别家出版，我回信请其转请姚庆雄同志抓一抓（估计此信你来信时尚未收到），解决些困难。

我为此事，总觉得很对不起你，而又鞭长莫及，现在有这个答复，当可照常进行，逝世50周年总可出版的吧。

上次来信似乎也曾问及《幻洲》1—2期，我因未查，也许没有答复，以后查了，我有的，不过其中一期（现在又忘是哪一期了）丢失，从别处复制配齐的。另两刊也要查一查，《飞鸟》我写文章时查过，已借失，《青年文艺》待查后再复。

匆复，即颂

编安！

唐　弢 84.4.17

近来忙乱极了，信也写得十分草率，不成字，乞谅！

"《郁达夫文集》"，指我与王自立兄合编之十二卷本《郁达夫文集》，当时正由广州花城出版社与香港三联书店联合出版，每出一卷即寄呈唐先生，请他正编。

"老丁"，指当时主持上海文艺出版社的丁景唐先生。

"姚庆雄同志"，当时上海鲁迅纪念馆负责人。

"《幻洲》1—2期"，当时我又与自立兄合作编选潘汉年早期文学作品选《牺牲者》，因潘汉年一九二六、二七年间与叶灵凤合作组织"幻社"，出版六十四开本的小型刊物《幻洲》，故请唐先生代为查阅复印其所藏《幻洲》上的潘汉年作品。如此麻烦唐先生，浪费他的宝贵时间，现在想来，实在唐突。

## 二

子善同志：

5月7日来信收到，我因政协报到前要处理一些事务，迟复勿罪。方行同志和姚振[庆]雄同志都来北京开会。为了别的一些事情，我们见了两次面，通了好些电话，他已将《自由谈》初选目录交给我，并对你们两位工作表示赞扬，他的意思是，如果上海文艺出版社没有意思出，可以给别的出版社，希望继续搞下去，争取86年逝世50周年时出版。这样也好。但需于85年夏季完工，并让姚振[庆]雄到时再问一问上海文艺，然后给别家出版。

政协开会，我住京丰宾馆（在丰台），离家甚远，不能每日往返，要住到本月底大会结束。我将目录带到宾馆，会议紧张，这两天偷空翻了一翻。我为影印本写序时，书尚未出，只凭鲁迅纪念馆编的目录复写草稿。文章内容未读，只赖记忆。现在书已影印，但未带在手头，有些文章，不看内容，无法判断。恐怕还得等回家时翻阅后决定，现在初步有些意见，先奉告：

一、以杂文为主，我想对的，因为这正是《自由谈》的特点，但其它小考证、散文等各种门类，似乎也要兼顾一下，这个副刊也是以杂出名的。

二、现在看来，作家面尚广，如章太炎、吴稚晖、章克标、林微音、穆时英都有了，我想这是好的，是否还有遗漏，但以不掩过"左联"为限。

三、笔名必须再作仔细考订，这方面下的功夫看不出来，有点只是想当然，靠不住的。这方面必须下较多较大功夫。有些人我也说不出：比如"谷春帆"是谁，声明不是邮局的谷春帆（他是研究经济的，也不写短文），是胡风吗？我未研究。还有，单个字的有些可以不选（因为查不出何人执笔，除非文章特别好或知道是谁）。写得较多的如"小雪""欧碧""日生""元固""黄农裔""尊慧""洞若""大野""师孟""棱磨""孟加""尤其"是谁，我也不清楚，"寒峯""凤吾"似是阿英，但我也确不定。有些是真姓名，但化名的还是不少。“高平”“致立”“余扬灵”是徐懋庸，“南宫离”是我，“达伍”是廖沫沙。倘使不查清(偶有几个查不清可以，多了就不行)，我们就没有资格说选了多少家，是不是？请你和王锡荣同志多化些功夫。

四、不要凑合我写的序文，要有独立见解。

五、我回家后翻一翻(似乎你们没有留底)，当将目录寄还，希望作者化名的注上真名。

《幻洲》回家后当找出复制。《晦庵书话》初[再]版送过你没有(略有改正，但图版更差)？如未送，回家后当补送。匆复，即颂

教安！

唐　弢 84.5.15 夜

“以杂文为主”，“但其它小考证、散文等各种门类，似乎也要兼顾一下”，这是唐先生对《自由谈》文选选文的最初设想，后来由于篇幅关系，《自由谈》文选改为《〈申报·自由谈〉杂文选》，唐先生的设想未能完全贯彻。

唐先生在此信中着重讨论《申报·自由谈》作者的笔名，很值得注意。笔名问题一直是困扰中国现代文学研究深入的一个难点，研究《自由谈》同样如此。

《自由谈》上的笔名五花八门，不少莫明所以。此信中说到的寒峯、凤吾后来确认是阿英笔名，小雪也是阿英笔名，但更多的唐先生拈出的笔名，至今无法查考出作者原名。

“《晦庵书话》初[再]版”，唐先生的《晦庵书话》是现代文学书话的“经典”，一九八〇年九月由三联书店初版，一九八三年七月再版，此信所说当为再版本。查寒斋所藏这两种版本，均无唐

先生题字，可见《晦庵书话》初、再版出书后，我都及时购买了。

三

子善同志：

五月十五日信及寄下《文艺理论研究》三本，收到谢谢。这里传说此刊已停，原来仍出版，那么除缺期须配购外，以后的另寄麻烦，代订一年也好，款几何，请示，当汇至陈福康同志处，由他代转。

方、姚来京，带下《自由谈》选目一份，我因急于到政协报到（京丰宾馆，在丰台），就将目录带至宾馆，阅后曾奉一信，寄至金沙江路新址，来信未提及，不知曾收到否？你于5月7日给我的信是收到的，我那封信谈的主要也是《自由谈》文选事，方行同志主张编出来，上海文艺不出给别家出，争取纪念逝世50周年，我在前信中已详细述及。

回家后，又将目录翻了一下，与影印本对照几月，我觉得大体上合适。我选的话，也会这样。有些原则，如能将《自由谈》特点选出来、以杂文为主，照顾散文、小品、速写等等，可以不变。对照之下，有些具体想法，如用编者名义发表的《笑》《哭》《怒》《骂》等等，似可不选，第一天的《幕前致辞》倒是应该选的，所谓开宗明义第一章也。如第一天选得太多，谢六逸的那篇可以不选，选他以后写的即可。“星”“星子”是否杨幸之，我记不清楚，这要查明，他开头的太多，后来写的用真名发表的如《“不忍池”与“莫愁湖”》很好。他是留学日本的，对日本情形较熟。鲁迅、郁达夫的选目也需斟酌一下，鲁迅的不宜太少，但也不宜太多，多了就成为《伪自由书》《准风月谈》的复本了。如《“逃”的合理化》必须选，因为题目不同。郁达夫写得好的短文很多，《说死以及自杀情死之类》太长，可以不选。我写序文(影印本)时未见原文，只凭鲁迅纪念馆编的一份目录，所以你们选时，不要太多参考序文，应有独立的新见。面广些，中心要突出。除了前信已谈及各点外，现在想到要做的有：

一、译文一般不选，个别的短文如金仲华的《蚁》(32.12.15)和施蛰存译的短而隽永的，似可稍选几篇，以见一斑。

二、连载的(哪怕只连载二、三天)一般不选，个别可以例外。

三、杂文、随笔为主，适当照顾其它文体，如小考证，科学小品(写得艺术性强的)也应有一些。

四、论争文择要选一些。文艺短论(后期)不宜太多。

五、最麻烦的是笔名。你们也许认为我知道，其实我知道的不会比你们多。上次信中说过致立、高平、扬灵、余扬灵、晔子是徐懋庸。阳春、阳秋、凤举、古明、欧碧、棱磨是谁，我也不清楚(达伍是廖沫沙，达一似是陈子展)。我希望你和王锡荣同志能就入选的人名单编一个真名、笔名对照给我，这要费些功夫，但听说上海鲁迅纪念馆编过一些，已有基础。

六、我将目录附奉，请在这个基础上，再作些补充和修正，再寄给我。

七、选目定后，恐怕要请人抄，剪存不仅两面不便，而且字太小，工人不会肯排，我也看不清。此事我给方行同志信中已提及，请和姚振[庆]雄同志具体商量一下，能否请人(出抄写费)抄一下，将来编辑费中扣还就是。

《晦庵书话》再版图很差，如我未送过初版，请告(我已忘记)，当寄奉一册。如已送过，则再版未必佳于初版也。出版社答应我将来重铸，不过也许是一句空话。《简编》“文学爱好者丛书”已出，正式(教材用的)未出书，前者不好意思送人。

你要的《幻洲》编后记，已复制。我请人配（复制）的第一期重新复制，倒很清楚，原有的第二期纸色变黄，风化厉害，复制极为糊涂，用放大镜细看，还可以。兹寄上备用。

匆匆，即颂

教安！

唐　弢 84.5.29

唐先生在此信中根据我们所拟的初选目录，对如何编选《自由谈》杂文选，进一步提出了许多卓有见地的意见，十分具体，绝大部分后来都照办了。但施蛰存所译“短而隽永的”文字未选，选了他有名的引起争议的《〈庄子〉与〈文选〉》，以及《读报偶得》等。

关于笔名，唐先生在此信中再次提醒我们“最麻烦”，要求我们“费些功夫”，努力查考。后来查明，阳秋是茅盾笔名，其他唐先生所列出的笔名仍无法确定。

“《简编》”，指唐先生主编的《中国现代文学史简编》，列为“文学爱好者丛书”之一，一九八四年三月人民文学出版社初版。这是唐先生主编的三卷本《中国现代文学史》的压缩修订本，唐先生虽然说“不好意思送人”，但他后来还是送我了，环衬钢笔题字：“子善同志指正　唐弢　一九八四年六月。”

## 四

子善同志：

6.3 信收到，已详一切。有两件事急于告诉你，方行同志又有信来：一、他说老丁从外地回沪，接谈之下，又表示愿意出《自由谈》文选了；二、他认为抄写太麻烦，费钱而易错，主张复制，我不知是否能放大些？否则工人怕不肯接受，这两件请你和姚振[庆]雄同志面谈解决。

笔名是麻烦事，但你和锡荣同志得花点功夫精力，主要的最多的人要弄清楚，偶有几篇不详，那没关系。古明是徐诗荃，我原来也有此疑似[问]，但问他自己，却说什么都记不清了，到时我当再和他谈谈。《文艺理论研究》是登载这方面文章的主要刊物之一，反映了一个时期的情况，所以我想配齐它，将来有用。目前福康同志处有些余款可以应付，当再汇。

我为李大钊、瞿秋白、刘半农、陈毅等编书提供过篇目，郁达夫却记不清了，赵老如此说，当有了解。忘记告诉你一件事，《屐痕处处》初版应为现代书局现代文艺丛刊之一，以后就归北新出游记了。铁流[路]分局似是偷印或老板化名变相印的，似非正式，可能现代倒闭后纸版在他们手里。

匆匆，即颂

教安！

唐　弢 84.6.7 清晨

唐先生在此信中第三次提出笔名问题，强调决不能掉以轻心，继续要求“得花点功夫精力”。后来入选《自由谈》杂文选的作品，凡署笔名的，大部分考证出作者原名，包括徐诗荃以张恢、了然等笔名发表的《天道》《古怪》等。然而，也有个别当时未能考定，书出版后才弄清楚的，如《文坛登龙术要》署名林翼之，其实是楼适夷笔名；《不关宇宙或苍蝇》署名维敌，其实是茅盾笔名，等等，但已无法补救了。毕竟还是我们功力不够，愧对唐先生。

“赵老”，指赵景深先生。我当时为编选《回忆郁达夫》一书，向赵先生约稿，他写了长文《郁达夫回忆录》。此文第三部分"《达夫全集》"里，赵先生在详细介绍了一九四九年初北新书局拟编辑出版《达夫全集》的经过后，写道："唐弢看过我所编的《达夫全集》全部校样后，曾经细心地替我补了不少篇目，都是散见在《北斗》《文学》《太白》《宇宙风》等刊上的作品。计有《创作不振之原因及其出路》《忏语独白》《新年试笔》《怀鲁迅》《两浙漫游后记》《雪夜》《徒然草选译》《闽游滴沥》《北平的四季》《日本的文化生活》《从鹿囿传来的消息》《福州的西湖》《小品杂文感》《回忆鲁迅》等篇。"我把赵先生这段话写信告诉唐先生，唐先生才在信中表示："郁达夫却记不清了。赵老如此说，当有可能。"

二〇一二年七月二十三日急就

# 新　版　跋

陈子善

三十六年前，王锡荣兄和我在《申报·自由谈》作者唐弢先生指导下，编选了《〈申报·自由谈〉杂文选(1932—1935)》(以下简称《杂文选》)，由上海文艺出版社出版(简称"上海文艺社版")。光阴荏苒，这么多年过去，唐弢先生逝世也已三十一年，而今这本书有机会增订新版，我们作为编者，当然十分高兴。

文学副刊在中国现代文学进程中所起的作用，与文学杂志一起，堪称双峰并峙。新文学作家驰骋文坛，新文学社团风起云涌，都离不开报纸副刊这个重要媒介。《杂文选》是改革开放以后出版的第一部中国现代文学副刊作品选。两年之后，李辉先生主编的《大公报·文艺》(1935—1937)书评选《书评面面观》由人民日报出版社出版。唐弢先生一直主张，研究现代文学史应该从接触第一手史料出发，尤其应该重视文学副刊，《杂文选》的编选正是在这方面的一个尝试。

创刊于一八七二年的《申报》是上海乃至中国近现代史上发行时间最长影响也极为广泛的中文报纸，而在《申报》的众多副刊中，《自由谈》又最为有名。近些年来，对《申报·自由谈》尤其是黎烈文一九三二年十二月改革后的《申报·自由谈》的研究，虽还不能说方兴未艾，却也较为活跃。改革后的《申报·自由谈》得到鲁迅、茅盾、郁达夫、叶圣陶、林语堂等许多著名作家的鼎力支持，在当时复杂险恶的政治环境下，积极参与一九三〇年代国际性大都市上海“公共空间”的建构和开拓，这个历史功绩理应受到越来越多的研究者的关注。但愿《杂文选》这次新版能对《申报·自由谈》研究的进一步深入有所裨益。

由于上海文艺社版《杂文选》已是历史文献，而且是唐弢先生生前审定的，因此，此次新版在篇目上维持原版，不再增删，虽然今天回过头去看，还可以选得更宽泛一些，更多样化一些。当然，新版也做了一些必要的修订补充：

一、许多入选作品在《申报·自由谈》发表时署了笔名，当初编选时凡已考证出原作者的，上海文艺社版《杂文选》均已注明。上海文艺社版《杂文选》问世后，又有一些新的发现，新版据此做了新的补注。

二、上海文艺社版《杂文选》对部分入选杂文酌加了一些简注，新版做了必要的微调，有增有删。

三、增添了两篇附录。第一篇是唐弢先生为一九八一年上海书店出版的《申报·自由谈》影印本所写的序。此序对改革后的《自由谈》的历史作了较为全面的回顾，对其特色、价值和意义也作了较为深入的讨论，至今仍有不容忽视的参考价值。第二篇是当年唐弢先生关于《杂文选》的编选写给我的信，以及我的一些解说，以帮助读者了解我们当年是如何在唐弢先生指导下编选这本《杂文选》的。

新版《杂文选》本是为了纪念《申报》创刊一百五十周年而重印的，不料由于“新冠”的关系，不得已而拖延了下来，那就作为一个迟到的纪念吧。今年是唐弢先生诞辰一百一十周年，新版《杂文选》的印行，窃以为也是一个很好的纪念。

感谢黄显功兄的介绍，感谢上海科学技术文献出版社新版《〈申报·自由谈〉杂文选(1932—1935)》。

是为新版跋。

二〇二三年元月二十二日于海上梅川书舍